MARLENE FARO

Die Vogelkundlerin

Buch

Dies ist die Geschichte von Rheingard, die Vögel liebt und Katzen verabscheut, allein mit ihrer Mutter lebt und es nicht schicklich findet, vom Glück zu träumen. Eine junge Frau, die sich selbst als alte Jungfer betrachtet und den Sticheleien ihrer Umwelt hilflos gegenübersteht.

Dann fliegt Rheingard auf die Azoren; ihre weltgewandte Freundin Ursula hat sie zu dieser Reise überredet. Im letzten Moment entschließt sich auch Ursulas Freund zum Mitkommen; Rheingard soll, so scheint es, mal wieder das fünfte Rad am Wagen sein. Plötzlich kommt jedoch alles ganz anders: Die Erde auf den Azoren dampft und brodelt, die scheue Rheingard wird in ein furchtbares Geschehen verstrickt, und ein höchst ungewöhnlicher Mann beginnt sich für sie zu interessieren.

Als Rheingard von dieser Reise zurückkehrt, ist sie, unmerklich und leise, eine andere geworden. Eine Frau, die sich zu wehren weiß und ihre Chancen beim Schopf ergreift. Eine Frau, die sich ihrer Stärke bewußt wird – und die vor der Liebe nicht mehr flieht.

Mit scharfem und zugleich liebevollem Blick beschreibt Marlene Faro Menschen, Situationen und Landschaften. Und sie läßt in diesem wunderbar klaren und witzigen Roman ihre Leser aufs köstlichste an den Gefühlen, Zweifeln und Aufbrüchen ihrer Heldin Rheingard teilhaben.

Autorin

Marlene Faro, geboren 1954, promovierte Historikerin, arbeitete lange Zeit als Journalistin und lebt heute als freie Autorin in Wien und Düsseldorf. Ihre beiden Romane »Frauen, die Prosecco trinken« (1996) und »Die Frau des Weinhändlers« (1998) waren höchst erfolgreich.

Marlene Faro

Die Vogelkundlerin

Roman

BLANVALET

Umwelthinweis:
Alle bedruckten Materialien dieses Taschenbuches
sind chlorfrei und umweltschonend.
Das Papier enthält Recycling-Anteile.

Blanvalet Taschenbücher erscheinen im Goldmann Verlag,
einem Unternehmen der Verlagsgruppe Bertelsmann.

Taschenbuchausgabe Februar 2001

Umschlaggestaltung: Design Team München
Umschlagfoto: Photonika/Gr. Nishino
Druck: Elsnerdruck, Berlin
Verlagsnummer: 35355
SK · Herstellung: Heidrun Nawrot
Made in Germany
ISBN 3-442-35355-6
www.blanvalet-verlag.de

1 3 5 7 9 10 8 6 4 2

Für Lisbeth, meine Schwester.

Noah
Meißen, 1732

Noah war ein alter Mann von über vierzig Jahren, als er sie zum erstenmal sah. Ein Fuß in einem Pantoffel aus besticktem Brokat war in der Kutschentür erschienen, gefolgt von einer Fülle aus gebauschten Röcken, einer Hand, umhüllt von weißer Spitze, dann war das Mieder aufgetaucht, schimmernd wie ein Schwan aus dem Dunkel, sittsam hochgeschlossen bis zum Hals, schließlich stand die ganze Frau im Hof der Albrechtsburg in Sachsen, eine zierliche Person mit rotblondem Haar, das sich im Nebel des Novembers zu feuchten Kringeln lockte. Noahs Platz war an einem Tisch beim Fenster, aber er blickte nur selten von der Arbeit auf. Nie konnte er sich später erklären, was ihn in genau jenem Moment dazu bewogen hatte, von dem Milchkännchen, das er in der linken Hand hielt und mit einem Pinsel in seiner rechten Hand blau betupfte, hochzusehen, seinen Rücken zu strecken und den Blick in den Hof schweifen zu lassen. Ja, dieser Vorgang war so ungewöhnlich, daß sein Freund Anselm, der ihm gegenübersaß, ebenfalls aufblickte, seiner Bewegung folgte und gleichfalls auf die Kutsche und die Frau hinabsah.

»Ja, die junge Frau Löwenfinck«, sagte Anselm. »Er liest ihr jeden Wunsch von den Lippen ab, so sagen die Leute. Darum sitzen wir auch hier und dürfen die Tassen bemalen, die sie im nächsten Jahr wohl zu den Lippen führen wird. Dieses Weib wird den Herrn Oberkämmerer noch sein ganzes Vermögen kosten.«

Dann war wieder Stille im Raum, die Männer saßen über das weißglasierte Porzellan gebeugt, nur Noah sah noch immer zum Fenster hinaus. Seine Augen waren so scharf wie die eines jungen Mannes, aber seine Lungen brannten von den langen Jahren in feuchten Gewölben, die voller Rauchschwaden hingen, wenn das Feuer in den Öfen tagelang loderte. Wer an diesen Öfen gearbeitet hatte, der wurde nicht alt an Jahren. Er selbst war dabeigewesen, als der erste Administrator der Manufaktur zu Meißen, der geniale Johann Friedrich Böttger, qualvoll starb, an einem Märztag im Jahr 1719, gepeinigt von Fieberschüben und blutigem Husten, der Krankheit, an der alle zugrunde gingen, die um das Geheimnis wußten.
Die Arkanisten, so wurden sie im Ort Meißen und in der nahen Stadt Dresden genannt, die Menschen, die Porzellan herzustellen vermochten, nur selten begegnete man ihnen mit freundlicher Miene.
Noah sah auf die Frau hinab, die nun ihren Umhang raffte, um den Pfützen auszuweichen. Er holte vorsichtig Atem, zum erstenmal fühlte sich der Schmerz in seiner Brust nicht wie Feuer, sondern beinahe wie Wärme an. Es war also wahr, was die Männer erzählten, wenn sie Wein getrunken hatten, daß es mehr gab als die Augenblicke in der klammen Schlafkammer, seine eigene Frau unter Schürzen und Röcken begraben, er selbst aufgelöst wie in einer seltsamen Wut.
Die andere Frau ging auf das Portal über dem Burghof zu. Noah erhaschte einen Blick auf den weißen Fleck Haut in ihrem Nacken, ihm war, als ob der Duft von frischem Gras im Raum schwebte.

I

Rheingard stellt sich vor

Wer auf den Namen Rheingard getauft wird, der hat keinen guten Start ins Leben, ich weiß das.
Fünfzehn Jahre nach der unseligen Zeremonie hat mich auf einem Gartenfest jemand mit Frida Kahlo verglichen. Ich glaube, das hat Papa umgebracht. Daß seine einzige Tochter einer mexikanischen Behinderten ähneln soll. Noch in derselben Nacht hat ihn ein Schlaganfall niedergestreckt.
Mir ist die unbedachte Äußerung allerdings wie ein später Trost, ja eine Bestätigung all meiner heimlichen Phantasien erschienen. Schon als Kind habe ich den Verdacht gehegt, vertauscht worden zu sein, damals, als Mama nach der anstrengenden Geburt erschöpft in den Kissen der Suitbertus-Klinik lag.
Nebenan, so malte ich mir jedenfalls gerne aus, lag die heimliche Geliebte eines südamerikanischen Revolutionärs in den Wehen, natürlich unter falschem Namen, um die Häscher der Großgrundbesitzer nicht auf das kostbare Kind aufmerksam zu machen. Stunden später war ich geboren, ein pralles, kugelrundes Baby mit dichtem schwarzen Haarschopf, das glücklich und zufrieden an der Mutterbrust nuckelte.
Bis zu jenem folgenschweren Augenblick, als die Nachtschwester, überfordert und unterbezahlt, im Zwielicht der Dämmerung die beiden Säuglinge vertauschte. Juanita, die Tochter des Revolutionärs, gegen Rheingard, die Tochter

des Professors für Germanistik. Als das Unglück entdeckt wurde, war es bereits zu spät, die Geliebte des Revolutionärs befand sich samt Neugeborenem auf dem Dampfer nach Montevideo, man beschloß, Stillschweigen über den unerhörten Vorfall zu breiten, um keine internationalen Verwicklungen heraufzubeschwören.

Seither lebe ich in der Professorenfamilie, ein olivenhäutiges Kuckucksküken zwischen rosig-blonden Menschen, deren Teint so wunderbar mit grauem Tuch und beigen Strickjakken harmoniert. Oft habe ich neiderfüllt an das blonde Mädchen gedacht, das gewiß mit wehenden Haaren über die Pampas reiten durfte. Mama denkt genauso, dessen bin ich mir sicher, schon in meiner frühesten Kindheit habe ich oft ihren ratlosen Blick auf mir gespürt.

Mittlerweile bin ich dreißig Jahre alt geworden, meine Haare enden in einem dicken schwarzen Zopf, meine Augenbrauen sind über der Nasenwurzel zusammengewachsen. Sie auszureißen, habe ich längst aufgegeben, es schmerzt höllisch, Tränen laufen über meine Wangen, und ich fühle mich bloß lächerlich, vor dem Spiegel mit einer Pinzette in der Hand, die ein borstiges Haar umklammert hält.

Ich bin dreißig Jahre alt und noch immer Jungfrau. Diese Abnormität sieht man mir zum Glück nicht an, die Natur hat mich außer mit tiefschwarzen Augenbrauen noch mit schweren Lidern über dunklen Wimpern ausgestattet. Wer mich kennenlernt, der wittert meist eine geheimnisvolle, tragische Verstrickung in meiner Vergangenheit. Selbst meinen Kollegen am Institut vermag ich die Existenz eines fernen Geliebten nicht ganz auszureden.

Männer wagen sich nicht an mich heran, aber ich kann ihre Blicke in meinem Rücken spüren, wenn ich über die Gänge der Universität eile. Dort drüben, das ist Rheingard Droste,

Ornithologin oder so ähnlich, die Tochter vom alten Droste, könnt ihr euch noch an den erinnern? Dann wenden sie sich wieder ab und den Studentinnen aus dem Proseminar zu.
Hast du wirklich nie gemerkt, wie verliebt ich in dich war? Jan hat mich das gefragt, ein Kollege aus dem ersten Studienabschnitt, wir haben lange Abende gemeinsam über unseren Büchern verbracht, heimlich habe ich die Linie seines Nackens studiert und den dunkelblonden Flaum, der ihn bedeckte. Jahre später hat er mir diese Frage gestellt, Jan war längst verheiratet und Familienvater, er hat amüsiert geklungen und fast verwundert über so viel Ahnungslosigkeit.
Mich hat dieser knappe Satz in eine Monate währende Verwirrung gestürzt, wie in Trance bin ich umhergegangen. Jan mit dem seidigen Nacken war unglaublicherweise verliebt in mich gewesen, ich habe mich gefühlt wie eine junge Braut, der der Krieg den Bräutigam entrissen hat, noch vor der Hochzeitsnacht.
Aber auch dieses Erlebnis hat mein Verhältnis zur fremden Welt der Männer nicht gebessert, und ich verspüre nur das unbehagliche Gefühl, daß Krümel an meiner Backe kleben, wenn mir einer ins Gesicht blickt.
Die Abende verbringe ich fast immer zu Hause, in der Villa meiner Eltern, die jetzt nur mehr von meiner Mutter und mir bewohnt wird. Die Zimmer sind hoch und stuckverziert, mit poliertem Kirschholz eingerichtet, sorgfältig ausgesuchte moderne Möbel harmonieren mit den ererbten Vitrinen und Anrichten, den Gemälden und Kristallvasen. Vor einigen Jahren mußte die Biedermeiersitzgruppe neu bezogen werden. Mama hat sich monatelang Mappen mit Stoffmustern vorlegen lassen, schließlich hat sie sich für ein

beige-weinrotes Streifenmuster entschieden, ziemlich gewagt. Nur Papas alter Lieblingsfauteuil ist unangetastet geblieben, obwohl der Brokat schon brüchig ist.
Rund ums Haus erstreckt sich der Garten, Wege aus weißem Kies winden sich zwischen den Rabatten. Unser Park, sagt Mama gerne, aber das ist natürlich übertrieben. An warmen Abenden dringt das Gelächter der Nachbarn durch die Hecke, wenigstens ist es in unserem Viertel nicht üblich, am Samstag nachmittag Würstchen zu grillen.
Früher hat sich der alte Hermann um die Pflege der Beete gekümmert, hat im Frühling ausgesät und Gladiolenzwiebeln gepflanzt, an Sommerabenden das Gras besprengt und im Herbst das Laub der Birken und der Weide zusammengeharkt. Aber im vergangenen Oktober ist der alte Hermann plötzlich zusammengebrochen, beim Rasenmähen zwei Straßen weiter. Was für ein schöner Tod, haben alle Gartenbesitzer einander versichert, während der Arbeit zu sterben, inmitten seiner geliebten Blumen, es wurde sogar für einen Kranz gesammelt.
Seither behelfen wir uns mühsam mit Aushilfskräften, die meist deutsch-polnisch radebrechen und für zarte Blumenstengel so gar kein Empfinden haben. Es ist ein Jammer, sagt Mama, wenn sie hinter den Gardinen die Männer beobachtet, heutzutage findet man kaum noch jemanden, der sein Metier wirklich liebt, alle arbeiten nur für Geld.
Mein Zimmer befindet sich im ersten Stock, ein Bett steht darin, ein Schrank, ein Drehsessel vor dem Schreibtisch, ein Fernsehgerät auf einem Schwenkarm, ein blaues Sofa, das man für Gäste ausklappen kann, bei mir übernachten bloß Aktenordner darauf. Die Wände entlang führen Regale, ledergebundene Folianten und Taschenbücher, Skripten und vergilbte Zeitschriften stapeln sich in den Fächern, in unse-

rem Haushalt wird viel gelesen, irgendwann landet alles bedruckte Papier bei mir.
Auf dem Parkettboden habe ich buntgewebte Teppiche ausgelegt. Barfußlaufen ist meine heimliche Leidenschaft, wahrscheinlich hat diese Angewohnheit mit meiner wahren Herkunft zu tun. Indiofrauen schreiten über spitze Kiesel und glühende Kohlen, ohne mit der Wimper zu zucken. Am Abend entzünde ich gerne Kerzen, ihr warmes Licht flackert über die Buchrücken. Rheingard, du wirst noch einmal in Flammen stehen, ist allabendlich die warnende Stimme meiner Mutter draußen auf dem Flur zu vernehmen, und wir alle mit dir.
Clemens, mein blonder rosiger Bruder, kommt pünktlich jeden Freitagabend vorbei. Er hat eine Wohnung in der Innenstadt, für einen jungen Mann ziemt sich das wohl, auch wenn er allein lebt. Ich trage dann unter seinen skeptischen Blicken trockene Braten und klumpige Saucen auf, Mama kocht nicht gerne, und unsere treue Haushälterin Veronika hat sich in den wohlverdienten Ruhestand auf die Insel Norderney zurückgezogen.
Nach dem Essen wird geplaudert, ich räume den Tisch ab, während Clemens unserer Mutter von seinen Erfolgen als Juniorpartner der Immobilienkanzlei Kollwitz berichtet. Der Sohn vom alten Kollwitz erweist sich immer mehr als hoffnungsloser Versager, jetzt hat er sogar mit dem Aquarellmalen begonnen, dem alten Kollwitz, einem Studienfreund meines verstorbenen Vaters, ist das furchtbar peinlich. Aber um so enger wird der Kontakt zwischen ihm und Clemens, am ersten Samstag im Mai ist mein Bruder sogar zum Nachmittagstee bei Kollwitzens eingeladen, »mit Begleitung«.
Mama ringt voller Begeisterung die Hände in Erinnerung

an die Teegesellschaften beim Ehepaar Kollwitz. Nach Papas Tod ist der Kontakt leider etwas abgerissen, in unseren Kreisen hält man noch auf Witwenschaft, als hinterbliebene Gattin steht man nicht in pastellfarbenem Chiffon auf einer Gartenparty herum.

Aber wen soll Clemens bloß mitnehmen?

Mama ringt schon wieder die Hände, diesmal in heller Aufregung. Yvonne, diese blonde Empfangsdame aus einem Fitneßstudio, von deren Existenz Mama und ich sehr wohl wissen, über wohlmeinende Dritte sozusagen, Yvonne, die sich unserem Clemens praktisch an den Hals geworfen hat, befindet sich außerhalb jeder Diskussion.

Eigentlich habe ich ja an dich gedacht, sagt mein Bruder gerade, verblüfft und auch geschmeichelt blicke ich auf und in seine Richtung, aber Clemens sieht Mama an, auf ihrem porzellanzarten Teint beginnen rosa Bäckchen zu erblühen.

Also, das geht doch nun wirklich nicht, wie stellst du dir das vor, Clemens, ich bin eine alte Frau.

Aber Clemens ist von seiner Idee ganz offenkundig überzeugt.

Du bist einfach die einzig passende Begleitung für mich, Mama, wen sollte ich denn sonst mitbringen?

Ich pflichte meinem Bruder bei, das Ehepaar Kollwitz würde sich gewiß freuen, solch eine schickliche Begleitung kann wahrlich niemand mißbilligen. Mamas Widerstand erlischt, ihre Backen glühen wie bei einem Backfisch vor der ersten Tanzstunde.

Ich gehe in die Küche und setze das Teewasser auf, stelle die schönen alten Tassen behutsam auf ein Tablett. Das blaue Service befindet sich seit Generationen in unserer Familie, es ist fast vollständig, nur zwei Kuchenteller sind in Scherben gegangen, und zur Zuckerdose fehlt mittlerweile der Deckel, auf dem genauso wie auf der großen Kanne eine zierlich gedrehte Muschel saß. Die Zuckerdose ohne Deckel steht schon seit Jahren auf meinem Schreibtisch, ich bewahre kleine Schätze darin auf, deren Bedeutung längst verblaßt ist, Vogelfedern und eine Briefmarke mit dem Porträt der Queen, einen Perlmuttknopf, ein Glasauge, das vermutlich einer Puppe gehört hat.

Das Wasser hat zu brodeln begonnen, ich gieße Tee auf und arrangiere die Plätzchen mit Orangenmarmelade auf einem Teller mit Schwänen, die von Schilf umkränzt sind. Dann stelle ich alles auf das Tablett, auch die Zuckerschale aus schwerem Silber, die so gut zu dem alten Porzellan paßt.

Aber Mama ist heute abend ausnahmsweise nach einem winzigkleinen Likör zumute, Clemens gießt mit amüsiertem Lächeln Mama und mir einen zuckersüßen Kirschsirup in die Gläser, wir prosten uns zu, ganz ohne Anlaß.

In dieser Stadt spritzen sich angeblich Kinder Heroin in die Venen, ich lese es täglich in der »Morgenpost«, die wir abonniert haben. Frauen in meinem Alter sind schon fast wieder zu alt für die Prostitution, nur ich sitze hier und proste meiner Mutter mit einem Fingerbreit Kirschsirup zu. Es gibt Tage, da fühle ich mich in unserem Haus hinter den Bäumen geborgen wie in einer Muschelschale. Es gibt Tage, da wünsche ich mir eine Kettensäge.

Dann trage ich das Tablett zurück in die Küche und wasche die Gläser aus. Eine Haushälterin haben wir nicht mehr eingestellt.

Ursula

Mama und Clemens finden Ursula vulgär.
Schon dieses, natürlich unausgesprochene Urteil reicht aus, daß ich mich bei Treffen mit Ursula stets so verboten fühle wie ein Anarchist, der eine mit Terpentin gefüllte Flasche in eine Bankfiliale schmettert.
Heute vormittag sitzen wir am Springbrunnen vor der Universität, die Bänke und Stufen ringsum sind noch leer, aber das wird sich rasch ändern, wenn zu Mittag die Frühsommersonne den Platz erreicht und die Steine so angenehm wärmt. Ursula kramt in ihrer Tasche, sie schleppt stets Stapel hochwichtiger und streng geheimer Unterlagen mit sich herum, als Dolmetscherin steht sie mit den wichtigsten Politikern auf du und du, sozusagen, beinahe. Jedenfalls war sie schon bei Verhandlungen dabei, die unser aller Zusammenleben entscheidend beeinflußt haben, die Etikettierung von Sojadesserts ist praktisch von Ursula im Alleingang durchgeboxt worden, damals in Genf, Clinton und Jelzin konnten nur noch zustimmen.
Endlich hat Ursula gefunden, wonach sie sucht, sie holt ein Taschenbuch ans Tageslicht, auf dessen Titelblatt sich grüne Hügel bis zu einem fernen Gestade erstrecken. Ursula jongliert das Buch auf ihren Knien, während sie sich eine Zigarette anzündet, das Streichholz landet in nachlässigem Bogen hinter ihrem Rücken in einem Blumenbeet, ich schaue ihm besorgt nach, so ein Schwelbrand ist leicht entfacht.

War gar nicht einfach, sagt Ursula und bläst ein Rauchwölkchen aus ihren Nasenlöchern. Über die Azoren ist kaum etwas zu finden, gerade mal ein paar Reiseführer, diese Inseln müssen wirklich das Ende der Welt sein, aber genau das Richtige, wenn man einmal nur ausspannen will. Ich brauche einfach Abstand und Ruhe nach diesem Winter, das war vielleicht ein Streß, jetzt muß ich nächste Woche noch nach Kopenhagen, ein Kongreß über gefährdete Wale oder Delphine oder Seeschnecken, was weiß ich.
Und Ursula seufzt und schweigt und wackelt mit ihren lakkierten Zehen, die in Riemchensandalen stecken, allein ihr Anblick läßt meine Wadenmuskulatur verkrampfen.
Ich wackle ebenfalls mit den Zehen, aber das bekommt niemand mit, eine Ornithologin trägt festes Schuhwerk. In solchen Schuhen bin ich schon über die Klippen von Guernsey geklettert, wo die Zugvögel rasten auf ihrem langen Weg von Sibirien in die Gluthitze Afrikas. Tim ist neben mir gewesen, der schönste Vogelkundler jenseits des Urals, er hat mein Handgelenk ergriffen und mich über den letzten schroffen Felsen gezogen, eng aneinandergekauert haben wir einen unscheinbaren graubraunen Vogel beobachtet, dessen Hinterteil mit schneeweißen Flaumfederchen gepolstert war. White Ass lautete sein Name bis ins Zeitalter der sittsamen Queen Victoria, dann wurde er in White Ear umbenannt.
Tim wußte solche Geschichten zu jedem Halm und jedem Nest. Beim Aufwärmen in einem Pub an der gischtsprühenden Atlantikküste hat er mir forschend in die Augen geblickt, seine Fingerspitzen sind ganz nah um mein Handgelenk getänzelt, ich habe sofort Sandwichkrümel an meiner Backe vermutet und energisch im Tee gerührt. Dann haben wir uns weiter unterhalten, zwei Kollegen bei der Arbeit.

Monate später habe ich es gewagt, Ursula in Andeutungen von diesem Moment zu erzählen, war es nicht beinahe eine Eroberung?
Du liebes bißchen, diese armen Männer auf solchen Inseln, wann bekommen die schon einmal eine fremde Frau zu Gesicht, Ursula hat sich geradezu ereifert. Die sind doch dankbar für jede kleine Abwechslung, jetzt schau nicht so beleidigt drein, Rheingard, das war doch nicht persönlich gemeint.
Später haben wir diese Begebenheit nie wieder gestreift.
Und jetzt sollen es also die Azoren sein, das Ende der Welt, wo Sturmtaucher und Goldhähnchen nisten und der Priolo, dessen weitläufiger Verwandter bei uns Dompfaff heißt.
Diese Reise war Ursulas Idee, sie hat mich damit an einem Sonntag morgen überfallen, ich habe in der Diele unseres stillen Hauses gestanden, habe den Hörer ans Ohr gepreßt und nur leise geantwortet, Mama war noch nicht aufgestanden. Der Boden unter meinen nackten Füßen hat sich klamm angefühlt, die Azoren, das klang plötzlich so fern und mild, wie ein Sommerregen auf erhitzter Haut.
Na, wie wär's, hat Ursula am anderen Ende der Leitung gedrängt, der Anruf ist aus Amsterdam gekommen, wo die Urologen tagten. Ursula hat die neuesten Erkenntnisse über Nierensteine aus dem Holländischen ins Deutsche übersetzt.
Ich habe mich gestern abend mit einem portugiesischen Kollegen unterhalten, der hat regelrecht davon geschwärmt, es soll völlig verrückt dort aussehen, als ob das Allgäu im Meer schwimmen würde, so gib dir doch einen Ruck, Rheingard.
Ich habe undeutlich in den Hörer gemurmelt, Ursula hat es

als Zustimmung gewertet, nun sitzen wir da und wackeln mit den Zehen, übernächste Woche wollen wir die Tickets buchen.

Bist du dir sicher, daß du nicht mit Othmar fahren willst, frage ich Ursula, wohl zum hundertsten Mal, manches Mal kann ich ganz schön hartnäckig sein.

Ach, Rheingard, wie oft haben wir das jetzt schon besprochen, Ursula klingt reichlich genervt. Othmar kann nicht weg, seine Frau erpreßt ihn doch wieder mit ihrem Rheuma, angeblich kann sie ohne Hilfe nicht einmal mehr die Hand zum Mund führen, diese hinterhältige Komödiantin, und er fällt natürlich darauf rein. Wann werden ihm bloß die Augen aufgehen, wann?

Und Ursula ringt die Hände, sie erinnert mich beinahe an Mama, als sie von den Kollwitzens sprach.

Ich greife nach dem Reiseführer und schlage den Mittelteil auf, wo die Farbfotos prangen. Sanfte Matten in allen Schattierungen von Grün versinken in einem tiefblauen Meer, Dörfer ganz aus Stein gebaut, ein feiner Nebel scheint stets über Landschaft und Menschen zu liegen. Die Feuchtigkeit des Klimas ist eine Wohltat für die Haut, so steht es im Vorwort zu lesen, die Frauen der Azoren sind berühmt für ihren wunderbar zarten Teint.

Du kannst dir das Buch ruhig ausleihen, sagt Ursula neben mir. Ich habe es schon ausgelesen, auf diesem gräßlichen Nachtflug von Toronto nach Zürich vorletzte Woche, Stewardessen waren wieder einmal nirgendwo zu sehen, nach jedem Orangensaft mußte man dreimal klingeln. Ach, Rheingard, sei froh, daß du bloß mit ausgestopften Reihern zu tun hast, manches Mal hat so ein Dasein seine Vorteile, das kannst du mir glauben.

Ich nicke gehorsam, Ursula ist so weltläufig und erfahren,

Ursula kennt alle Kontinente, ich kenne nur sturmumtoste Vogelreservate und die Insel Norderney. Es hat mich schon oft verwundert, daß Ursula immer wieder meine Nähe sucht, sie meldet sich pünktlich bei jeder Rückkehr in unsere Stadt. Vielleicht ist das Wissen um mein beständiges Leben ja sogar eine Abwechslung für sie, eine kurzweilige Anekdote zwischendurch, Rheingard Droste, die noch immer bei ihrer Mutter lebt, stellt euch das mal vor. Ich vermeine den amüsierten Ton zu hören, wie sie ihren Kolleginnen von mir berichtet, Rheingard, der seltsame Vogel.
Auf den Stufen und Bänken ringsum räkeln sich bereits die ersten Studenten in der Mittagssonne, in einer halben Stunde ist hier kein Plätzchen mehr frei, nur die ganz Gewissenhaften schaffen es dann am frühen Nachmittag, wieder in die muffigen Hörsäle zurückzukehren.
Ursula kramt schon wieder in ihrer Tasche, diesmal ist es eine Sonnenbrille mit Bügeln im Pantherfleckendesign, die sie auf ihrer Nase plaziert. Sie verleiht Ursula die Aura einer Großwildjägerin, die nur einen kurzen Zwischenstopp eingelegt hat, um sich in der Stadt mit Patronen zu versorgen, noch heute abend geht es zurück in den Busch. Die Großwildjägerin küßt die Vogelkundlerin zum Abschied auf beide Wangen.
Wir sehen uns dann nächste Woche. Ciao, mach's gut, Rheingard, und verdrehe keinem Mann den Kopf.
Ursula lacht laut und herzlich über ihren Scherz, die Studenten ringsum blicken kurz in unsere Richtung, dann eilt Ursula davon, am Springbrunnen vorbei und unter dem Torbogen zur Universität hinaus. Ich gehe ins Institut zurück.

Am Institut

Schon als Kind habe ich Katzen verabscheut und Vögel geliebt.
Als selbsternannte Schutzbeauftragte für Vogelnester war ich bereits im zarten Vorschulalter in unserem Garten unterwegs, habe stacheligen Draht um Baumstämme gewunden und Katzenfallen gebastelt, die hauptsächlich aus stinkenden Sardinenbüchsen und Einkaufsnetzen bestanden. Aber mein unermüdlicher Einsatz war nur selten von Erfolg gekrönt, kaum ein Amseljunges hat die ersten Wochen überlebt.
Später mußte ich erfahren, daß es Menschen gibt – leider vom olivenhäutigen dunklen Typus, dem ich mich doch heimlich verpflichtet fühle –, die Singvögel wahrhaftig für eine Delikatesse halten. Damit waren die Weichen gestellt, ich wollte mein Leben der Rettung bedrohter Arten weihen, Papa hat verblüfft den Kopf gewiegt, aber keine schwerwiegenden Bedenken geäußert, zu diesem Zeitpunkt lasteten noch alle Erwartungen auf den zarten Schultern meines sieben Jahre jüngeren Bruders Clemens.
Dann ist Papa vom Schlaganfall dahingerafft worden, an seinem Begräbnis nahm fast die gesamte Professorenschaft der Fakultät teil, jedenfalls die mit den bunten Mützen und Schärpen. Zu gerne hätte Papa mich einem seiner jungen Korpsbrüder zur Frau gegeben, oft genug hat er diesen Wunsch geäußert, aber dann ist ja alles anders gekommen,

gottlob, wie ich mir in Momenten äußerster Ehrlichkeit schon eingestanden habe.
Das Studium ist mir leichtgefallen, am Institut mit seinen dunklen Schränken und knarrenden Dielen, den Glasvitrinen, in denen zierliche Vogelskelette aufgebaut sind, habe ich mich stets wohl gefühlt, beinahe wie zu Hause, in unserem stillen, kühlen Wohnzimmer. Daß ich keinerlei Ehrgeiz zeige, im akademischen Gefüge nach oben zu klettern, hat mir das Wohlwollen meiner Kollegen eingetragen. Rheingard Droste füllt auf angenehm bescheidene Art und Weise die Frauenquote aus und drängt sich nicht vor, übernimmt gerne Vorlesungen, die nur von wenigen angehenden Vogelkundlern besucht werden.
»Das Brutverhalten der Säbelschnäbler im rumänischen Donaudelta« war eines meiner bisher glanzvollsten Themen. Sieben Studenten habe ich zu Beginn des Semesters aufmunternd zugenickt, dann hat ein leiser Abbröckelungsprozeß eingesetzt, zu Weihnachten waren wir noch vier, am Schluß des Semesters hat nur mehr Eberhard Böttgen ausgeharrt, mit gestrickter Joppe und einem Ekzem zwischen seinen schütteren Bartstoppeln, das ihn zu ständigem Kratzen zwang.
Als ich das Institut betrete, sitzt Fräulein Gatterburg schon an ihrem Schreibtisch, wie immer, unsere Sekretärin verläßt ihren Platz höchstens einmal am Tag, »zum Händewaschen«, wie sie es verschämt umschreibt.
Nahrung nimmt Fräulein Gatterburg zur Zeit in Form von Keksen zu sich, die in einer Blechdose aufbewahrt werden. Alljährlich zu Weihnachten backt sie einen Vorrat, der bis nach Pfingsten reicht. Es folgen die Wochen der Blechkuchen, Fräulein Gatterburg ist dann für eine kurze Spanne von Assistenten und Studenten umringt, ihr Kirschstreusel

und ihre Aprikosenschiffchen sind puderzuckerbestäubte Kunstwerke, fast zu schade zum Verschlingen. Der Spätherbst bedeutet eine Frist des Darbens für Fräulein Gatterburg, sie behilft sich seufzend mit Fertigkeksen aus raschelnden Stanniolpapierrollen, aber schon naht ja wieder die Vorweihnachtszeit mit ihren Zimtsternen und Marzipanstollen, so nimmt das Jahr seinen Lauf, Kirschblüte und Winterstürme verflachen vor diesem Schreibtisch zu Nebensächlichkeiten.

Ah, Frau Doktor Droste, sagt Fräulein Gatterburg, als sie mich erblickt, der Herr Professor hat schon nach Ihnen gefragt.

Sie hält mir einen Teller mit Butterkeksen entgegen, aber es ist bereits später April, dies sind die letzten Butterkekse von den vergangenen Weihnachtsfeiertagen, ich lehne voll schlecht gespieltem Bedauern ab. Fräulein Gatterburg wirkt ein wenig pikiert, sie wird diese kleine Zurückweisung bei der Verteilung der sommerlichen Obstkuchen mit einrechnen.

So erfahre ich von der Liebe

Wind ist aufgekommen, die Blätter der Weide rascheln vor dem geöffneten Fenster. Draußen ist dunkle Nacht, drinnen in meinem Zimmer taucht der Fernsehapparat die vertraute Umgebung in ein silbriges Zwielicht. Ich habe den Ton leise gestellt, Mama ist schon längst zu Bett gegangen, zum Glück befindet sich ihr Schlafzimmer auf der anderen Seite des Flures.

Der Fernsehapparat ist mein Vertrauter, mein Verbündeter, ich bin auf ihn angewiesen. Über den flimmernden Schirm empfange ich Botschaften aus einer fernen Welt, manche habe ich schon ein dutzendmal gesehen und gehört, lautlos spreche ich die Sätze mit, wie eine Souffleuse, die für ein Stück probt, das niemals aufgeführt wird.

Werde ich Sie wiedersehen, Jurij, fragt Lara, die Krankenschwester mit den graugrünen Augen. Dann fährt sie davon, Schiwago bleibt zurück, er sieht dem Lastwagen nach, der auf einer Landstraße in Sibirien allmählich im Staub entschwindet.

Vergiß auf deine Einsamkeit, singt eine Männerstimme. Eine Frau sitzt vor einem Spiegel, sie zieht sich die Lippen nach, dann läuft sie über einen Platz, Tauben flattern auf, die Silhouette eines Mannes zeichnet sich vor dem Canale Grande ab, er breitet die Arme aus. Dann werden die Produkte der Firma überblendet, Puder und Rouge, Mascara und Lippenstift, der Mantel der Frau bauscht sich im Wind.

Sophia Loren hat dunkle Ringe unter den Augen, verhärmt steht sie da in ihrer Kittelschürze, Marcello Mastroianni vergnügt sich derweil mit Jüngeren. Die gemeinsamen Kinder muß sie verleugnen, zur Ehe ist er erst bereit, als sie auf dem Sterbebett liegt. Aber Sophia Loren steht wieder auf, sie wirft ihm den Ring vor die Füße, Marcello Mastroianni klettert hinter ihr her, auf einem Hügel in Schwarzweiß. Vergib mir, verzeih mir, komm zurück zu mir, ich kann ohne dich nicht leben.
So erfahre ich von der Liebe.

Frau Gerstner

Die Nachmittagseinladung beim Ehepaar Kollwitz muß sehr angenehm verlaufen sein. Mama ist erst mit Einbruch der Dunkelheit von Clemens nach Hause gebracht worden, ich konnte ihre Stimmen und das unterdrückte Lachen schon an der Gartenpforte hören. Unsere Mutter wirkt seither wie verjüngt, sie steht am Fenster und sieht den Wolken nach, drunten im Garten malträtiert der Aushilfsgärnter gerade ihren geliebten Teerosenstrauch, aber Mama hat keinen Blick dafür.

Mein kleiner Bruder pfeift bei seinem nächsten Freitagabendbesuch ungeniert vor sich hin, und das in Mamas Gegenwart, aber Mama scheint sich nicht daran zu stören, ein feines Lächeln liegt auf ihrem Gesicht.

Rheingard, was hältst du davon, mich nächste Woche zu Frau Gerstner zu begleiten?

Mama stellt mir diese Frage völlig unvermutet, ich sammle gerade die Suppenteller ein, Clemens hat kurz das Zimmer verlassen.

Frau Gerstner ist Mamas Schneiderin, die, so war ich stets heimlich überzeugt, nur über einen einzigen Schnittmusterbogen verfügt, ihre Großtante hat ihn gerade noch vor den heranziehenden Hunnen retten können, damals in Ostpreußen. Nach diesem einzigen Schnittmusterbogen verfertigt Frau Gerstner seither ihre Sommerkleider und Winterkostüme und Theaterroben, sie enden allesamt im damenhaf-

ten Niemandsland knapp unterhalb der Kniescheibe und sind im Farbton passend mit Seide gefüttert. In meinem Kleiderschrank hängt ein gutes Dutzend dieser Modelle, sie kratzen abscheulich und haben sich als unverwüstlich erwiesen.
Vielen Dank, Mama, sage ich erschrocken, ich komme gut über den Sommer, nur ein Paar Sandalen möchte ich mir noch kaufen.
So war das nicht gemeint, Rheingard, sagt meine Mutter nachsichtig. Ich finde nur, du könntest ruhig einmal ein wenig hellere Farben ausprobieren, ein schönes Lindgrün, ein sanftes Reseda, glaube mir, Farben können manchmal Wunder bewirken.
Clemens ist ins Zimmer zurückgekehrt, er sieht aus wie ein zufriedener Kater, na, was sagt Rheingard zu unseren Plänen?
Wir haben noch nicht darüber gesprochen, antwortet unsere Mutter, sie lächelt Clemens an und wendet sich dann wieder mir zu.
Du mußt wissen, Rheingard, daß der Nachmittagstee bei den Kollwitz' wirklich ganz zauberhaft gewesen ist. Wir haben Erinnerungen an die schönen alten Zeiten aufgefrischt, als euer Vater noch am Leben war, und dann, stell dir vor, war auch Leonie anwesend, du kannst dich doch sicherlich erinnern, die jüngste Kollwitz-Tochter, die beiden älteren sind ja längst verheiratet, sehr gut übrigens. Leonie hat gerade ihr Studium abgeschlossen, Kunstgeschichte, nicht wahr, Clemens, sie und Clemens haben sich sofort ganz prächtig verstanden, und nun haben wir daran gedacht, die Familie Kollwitz ebenfalls zum Tee zu laden, an einem der nächsten Wochenenden, was meinst du?
Ich nicke heftig, aber auch ein wenig geistesabwesend, aus meinem Gedächtnis steigt schemenhaft das Bild eines klei-

nen Mädchens mit Schielbrille auf. Leonie Kollwitz, Clemens hat sich gerne und ausdauernd über sie lustig gemacht, aber das ist lange her, wer weiß, vielleicht ist Leonie Kollwitz ja zu einer betörenden Schönheit herangereift. Mir fällt Yvonne ein, die blonde Empfangsdame aus dem Fitneßstudio, die unserem Clemens so beharrlich nachstellt und schon für manchen heftigen Migräneanfall von Mama verantwortlich war, ich sehe meinen kleinen Bruder an, wird sich doch noch alles zum Guten wenden?

Babsi

Und dann ist der Sommer da, über Nacht gekommen, so scheint es jedenfalls. In unserem Garten baut eine Kohlmeise ihr Nest, Fräulein Gatterburg hält Ausschau nach den allerersten sündhaft teuren Kirschen, ich verteile wohlwollende Beurteilungen an die drei Teilnehmer meines Kolloquiums »Bestimmungsmerkmale der Wasserläufer unter besonderer Berücksichtigung der Flügel- und Bürzelzeichnung«. Eberhard Böttgen holt sein Zeugnis ab, er kratzt sich am Kinn und sieht aus, als ob er etwas Wichtiges sagen wollte, aber dann reicht es nur für einen gemurmelten Gruß, bis zum Herbstsemester, auf Wiedersehen und alles Gute.

Na, da scheinen wir ja eine Eroberung gemacht zu haben.

Christoph Königsstett federt zur Tür herein, der jüngste ordentliche Professor unserer Fakultät, so smart, so fachlich beschlagen, so sportlich gestählt, wer einen Platz in seinen Vorlesungen ergattern will, der muß früh aufstehen. Das Auditorium maximum ist regelmäßig überfüllt, wenn Professor Königsstett über Waldschnepfen referiert, ich hege den Verdacht, daß nur die wenigsten Studentinnen, die auf den Treppen rund ums Podium lagern, ernsthaft an der Vogelkunde interessiert sind.

Mich hat Professor Königsstett mit kundigem Blick als leichte Beute erspäht, hilflos und bloß stehe ich da, wenn seine Scherzworte mich treffen. Nun schauen Sie doch bloß nicht so grimmig, Frau Doktor Droste, das macht Sie nur älter.

Und Königsstett federt zum Institut hinaus, ich bleibe zurück und kann spüren, wie meine Augenbrauen zu einem schwarzen Dickicht verwuchern.
Erst am späten Nachmittag verlasse ich mein Zimmer. Königsstett ist nirgends zu sehen, warmes Sonnenlicht schimmert über Folianten und Vitrinen, Fräulein Gatterburg studiert Rezepte für Streuselkuchen.
Schönes Wochenende.
Wir nicken uns zu, zwei alte Jungfern, die sich der Wissenschaft verpflichtet haben, ich hege da keinerlei Dünkel gegenüber Fräulein Gatterburg. Jetzt beugt sie sich vor und winkt mich noch einmal zurück.
Sie vergessen doch nicht unseren kleinen Umtrunk, Frau Doktor?
Ich vermag unsere Sekretärin zu beruhigen, der kleine Institutsumtrunk zum Semesterende, nie könnte ich den vergessen, mein Magen schmerzt bereits in froher Erwartung.
Draußen unter den Arkaden, rund um den Springbrunnen und auf dem weiten Platz vor unserer Universität ist ebenfalls der Sommer ausgebrochen, Haare flattern im Wind, zartgebräunte Ausschnitte wippen. Ich suche meinen Weg durch die summenden Grüppchen, der oberste Knopf meiner Bluse ist geschlossen, der Saum meines Rockes endet in Wadenhöhe. Wenn ein Bannstrahl vom fernen Planet Andromeda in diesem Augenblick unseren Universitätsplatz treffen und alles Leben darauf auslöschen würde, wer könnte sich wohl meiner entsinnen?
Plötzlich vermeine ich die Stimme meiner Mutter zu hören. Farben können manchmal Wunder bewirken, ein zartes Lindgrün, ein sanftes Reseda, oder war es umgekehrt? Ich grüble vor mich hin und steige beinahe einem Rottweiler auf die Vorderpfoten. So erreiche ich endlich den Abgang

zur U-Bahn, unter meinem Zopf haben sich feine Schweißtröpfchen gebildet, ich wische verstohlen über meine Oberlippe. Aber schon nach zwei Stufen treppab bleibe ich wieder stehen, noch nie ist mir das Schild auf der gegenüberliegenden Straßenseite aufgefallen. »City Chic« prangt in geschwungener Leuchtschrift über dem Portal, in der kleinen Auslage steht eine Schaufensterpuppe vor einem gerafften Fischernetz, sie trägt ein lindgrünes Kleid und stützt die Hände in die Hüften.

Ich höre schon wieder die Stimme meiner Mutter, Rheingard, möchtest du mich nicht zu Frau Gerstner begleiten? Zwischen meinen Schulterblättern setzt auf der Stelle ein Kratzen ein, als ob eines von Frau Gerstners Sommerkleidern über meinen Rücken scheuern würde, entschlossen steuere ich den Eingang von »City Chic« an.

Die einzige Verkäuferin im Laden wirkt ein wenig gelangweilt, beinahe erleichtert über mein Auftauchen. Kann ich Ihnen helfen, sie blickt mich erwartungsvoll an.

Kann man mir noch helfen?

Ich räuspere mich, um Zeit zu schinden. Wo soll ich mit meinem Anliegen beginnen, bei Mama, bei Frau Gerstner, bei den Studentinnen, die ihren nackten Nabel so voller Selbstbewußtsein präsentieren, wie eine Auszeichnung?

Hätten Sie etwas in Resedagrün?

Die Verkäuferin wirkt verblüfft, ich kann es ihr nicht verdenken.

Meinen Sie etwas Gestreiftes oder eher etwas Schattiertes, sie gibt sich jedenfalls redlich Mühe.

Tja, ich lasse meinen Blick über die Regale schweifen, wenn Sie mich vielleicht beraten könnten, ich suche etwas Sommerliches.

Minuten später stehe ich in einer Kabine vor dem Spiegel

und zupfe ein Schlauchkleid über meinen Hüften zurecht. Ich öffne den Vorhang einen Spaltbreit und luge nach draußen, Fräulein ...?

Babsi, stellt die Verkäuferin klar, sie betrachtet mich von Kopf bis Fuß, dann schüttelt sie streng den Kopf.

Nein, so wird das nichts, was Ihnen fehlt, das ist eine eingehende Typberatung. Ich habe erst kürzlich ein Wochenendseminar für Farbenlehre gemacht, Sie glauben ja gar nicht, wie wichtig es ist, die richtigen Farben auszuwählen, zum Teint und zur Haarfarbe passend, da werden die schrecklichsten Fehler begangen.

Babsi rollt die Augen, sie ergreift meinen Arm und zieht mich zum Auslagenfenster, das letzte Tageslicht erhellt unsere Gesichter.

Sie zum Beispiel ... Babsi zögert ein wenig ... Sie zum Beispiel sind der goldfarbene Herbsttyp, ganz eindeutig, das sollte Ihnen in Zukunft immer bewußt sein.

Ich stehe da und schaue Babsi an, eine Frau, die mir noch vor wenigen Minuten völlig unbekannt war. Der goldfarbene Herbsttyp, wann hat mir zum letztenmal jemand so etwas Nettes gesagt, kleine Gemeinheiten stecke ich mit Bravour weg, aber im Entgegennehmen von Komplimenten fehlt mir entschieden die Übung. Babsi überspielt meine Rührung souverän, ich erstehe ein dunkelgrünes Wickelkleid und einen roten Seidenschal mit Fransen, die kühl zwischen meinen Fingern rieseln.

Sie müssen sich nur trauen, glauben Sie mir.

Babsi hält mir die Türe auf, ich trete auf die Straße hinaus. Die pinkfarbene Papiertüte mit dem Aufdruck »City Cic« ist fast so groß wie ein Koffer, die Reise kann beginnen.

Das kleine Restaurant

Das kleine Restaurant könnte so gemütlich sein.
Die Wände sind in einem matten Gelb gestrichen, der Fußboden ist aus Steinfliesen, darauf stehen Holztische und Korbsessel. Kerzen flackern in gläsernen Kelchen, die Speisekarte empfiehlt Rucolasalat und Ravioli in Pilzrahmsauce, als Dessert Profiteroles mit Vanilleeis. Der Wein kommt aus der Toskana, der Wirt kommt aus Leipzig, er steht hinter der Theke und schneidet eine Limette in dünne Scheiben.
Vor der Theke steht Christoph Königsstett und ist schon ein klein wenig angetrunken, seine Wangen sind gerötet, seine Augen glänzen, das Polohemd klebt an ihm, als ob der bekannte Ornithologe soeben einen Adlerhorst in den Dolomiten erklommen hätte. Statt von Adlerküken wird Professor Königsstett jedoch von einem halben Dutzend piepsender Studentinnen umringt, die begierig an Königsstetts Schnabel, pardon, Lippen hängen.
Christoph, schmachtet eine Rotblonde gerade, Professor Christoph Königsstett pflegt liberalen Umgang, fortgeschrittene Semster dürfen ihn gerne duzen, Christoph, was ist eigentlich mit unserem Projekt Schilfgürtel am Plattensee, das sollte doch im kommenden Frühjahr stattfinden, aber es gibt noch immer keine Anmeldelisten, ich habe mich schon so darauf gefreut.
Immer mit der Ruhe, Königsstett legt begütigend seinen Arm um die Rotblonde, ihr wißt doch, wie lahm die von

der Universitätsverwaltung agieren, aber keine Sorge, ich werde mich persönlich darum kümmern.
Aber gewiß doch, die Expedition zum Schilfgürtel am Plattensee wird zustande kommen, ich hege keinerlei Zweifel daran. Draußen singt das Kleine Sumpfhuhn sein Lied, quäck-quäck-quäck-äckak-äkakak, so tönt der Balzruf des Sumpfhuhnmännchens, drinnen im Zelt nimmt Königsstett die verschreckte Rotblonde, die aus dem Nest gefallen ist, unter seine warmen Schwingen.
Pffhhhh, die Frau, mit der ich am Tisch sitze, gibt ein Schnauben von sich, sie dreht der Theke samt Königsstett und Studentinnen demonstrativ den Rücken zu. Ich kann das verstehen, es ist Clarissa, die langjährige Verlobte von Professor Königsstett, die gleich mir schon so manchen Institutsumtrunk überstanden hat. Vor Jahren hat Königsstett sie zum erstenmal ins Institut mitgebracht, eine schlanke, kühle Blondine mit einem Lächeln, das von Herablassung beinahe zu Mitgefühl wechselte, wenn es mich streifte.
Clarissa ist Designerin, hat Königsstett voller Besitzerstolz verkündet.
Allerdings, Designerin für Slipeinlagen, wie mir die kühle Clarissa in einem Moment weiblicher Vertrautheit mitgeteilt hat, ihr Zungenschlag war nach drei Gläsern Orvieto schon etwas schleppend. Clarissa arbeitet für einen der ganz großen Chemiemultis, Abteilung Damenhygiene, Clarissa verdient ihren Lebensunterhalt mit dem weitverbreiteten Mißverständnis, daß wir Frauen uns pausenlos in die Hosen pinkeln, die Slipeinlage mit seitlichen Flügeln ist Clarissas Genieblitz, sozusagen.
Seit diesem Abend beim weihnachtlichen Institutsumtrunk vor zwei Jahren sind Clarissa und ich näher miteinander bekannt geworden, die Studentinnen bleiben jedes Jahr gleich

jung, Clarissa wird jedes Jahr ein kleines bißchen älter, Professor Königsstett konserviert seinen lausbubenhaften Charme.
Fräulein Gatterburg kehrt vom Händewaschen an unseren Damentisch zurück, sie strahlt und hat rote Bäckchen.
Was für ein gelungener Abend, alle sind gekommen, unser Institut ist doch fast wie eine Familie, finden Sie nicht auch, Frau Doktor?
Zum Glück serviert mir der Wirt gerade meine Ravioli, ich bringe den neuen Fransenschal in Sicherheit und bin einer Antwort enthoben. Fräulein Gatterburg winkt zum Nebentisch, wo die älteren Herren Professoren um Souveränität in dem heiteren Treiben kämpfen, aber so ist es nun einmal üblich, heutzutage, auch ein ehrwürdiges Universitätsinstitut ist kein Hort des stillen Studierens mehr, was für eine glückliche Fügung, daß Papa solche Sitten nicht mehr erleben mußte.
Ich glaube, ich gehe jetzt nach Hause.
Clarissa, die Verlobte von Professor Königsstett, greift entschlossen nach der Handtasche, die über die Lehne ihres Korbsessels hängt.
Mir ist heute einfach nicht nach Feiern zumute, ich habe Kopfschmerzen, wahrscheinlich vom Föhn.
Nicht doch, Fräulein Gatterburg ist ehrlich empört. Wie kann man an so einem schönen Abend schon um zehn Uhr aufbrechen?
Allerdings sitzt Fräulein Gatterburg auch mit dem Rücken zur Theke, Professor Königsstett hat offenkundig etwas zuviel vom Weißwein erwischt, die Studentinnen wirken sehr besorgt.
Clarissa sieht jetzt aus, als ob sie ehrlich Kopfschmerzen hätte, ihre Nasenflügel sind ganz schmal, sie kramt einen Geldschein aus ihrer Handtasche

Rheingard, Sie sind so nett und erledigen das für mich, vielen Dank, vielleicht sehen wir uns ja einmal.
Und Clarissa verläßt das Lokal mit klappernden Schritten, sie streift beim Hinausgehen beinahe ihren Verlobten, aber der hat keinen Blick für sie.
Clarissas Abgang kann die ausgelassene Stimmung nicht trüben, an der Tafel des Institutsvorstandes wird soeben eine weitere Flasche Wein entkorkt, ja, auch wir Ornithologen verstehen zu feiern, Königsstett sucht Halt an einer brünetten Doktorandin.
Zwei Kollegen sind zu unserem kleinen Umtrunk gestoßen, ein Archäologe und ein mir nur flüchtig bekannter Kunsthistoriker, sie lehnen an der Theke und lassen die Blicke schweifen. Fräulein Gatterburg hat sich still und leise an einen der unterhaltsameren Tische verdrückt, so sitze ich da, vor meinem Teller mit Ravioli in Pilzrahmsauce und halte nach dem Kellner Ausschau, um meine und Clarissas Rechnung zu bezahlen.
Die Männer an der Theke haben Gläser mit klarer Flüssigkeit vor sich stehen, halbleere und volle, ihre Gesichter sind gerötet. Königsstett referiert über die Gemeinsamkeiten des Balzverhaltens von Vögeln und Menschen, grölendes Gelächter begleitet seine Pointen, auch ein unscheinbares Weibchen darf auf Begattung hoffen, wenigstens bei den Uferschnepfen. Endlich erscheint der Kellner, und ich begleiche meine Rechnung.
Aber noch liegt die schwierigste Strecke vor mir, von meinem Tisch in Serpentinen durch die heitere Abendgesellschaft, in einem weiten Bogen an der Theke vorbei und zur Tür hinaus, die Straße erscheint mir so fern wie Paris dem Letzten der Tour de France. Ich stehe auf und nicke zum Tisch des Institutsvorstandes hinüber, eine überflüssige Ge-

ste, dann mache ich mich auf den Weg, einzig Fräulein Gatterburg schneidet eine mißbilligende Grimasse, als sie meinen Aufbruch bemerkt.
Beinahe bin ich schon an der Tür, da holt mich das Grölen von Königsstett ein, zeigt mir eine Häßliche, die Hübschen sind so leicht zu haben. Mein lieber Kollege Königsstett dürfte jetzt wirklich ziemlich angetrunken sein, zeigt mir eine Häßliche, die Hübschen sind so leicht zu haben, das Lachen der Männer verfolgt mich bis auf die Straße.
Endlich fällt die Eingangstür hinter mir zu, ein Autobus rumpelt vorbei, dann ist es still, und die Luft ist kühl, nur aus dem Geäst über mir kann man das Aufplustern kleiner Federn hören.

Glück

Die Sommerferien haben begonnen, ein paar ganz eifrige Studenten benützen noch die Institutsbibliothek und sitzen über ihre Diplomarbeiten gebeugt. Fräulein Gatterburg hat ihren alljährlichen Urlaub in den Bergen angetreten, diesmal ist sie nach Tirol gereist, Edelweiß und Enzian werden daran glauben müssen. Das Sammeln von seltenen Pflanzen ist Fräulein Gatterburgs heimliche Leidenschaft, sie preßt die unschuldigen Gewächse, bis sie blaß und ausgeblutet in einem Album enden, das ich jedes Jahr vor Weihnachten durchblättern muß.

Assistenten und Dozenten wechseln sich in der Sekretariatsarbeit ab, ich sitze gerne in Fräulein Gatterburgs liebevoll dekoriertem Winkel, das Telefon läutet selten, ab und zu erkundigt sich ein Student nach dem Vorlesungsverzeichnis für das Herbstsemester.

Das Telefon läutet, ich hebe ab.

Droste, Institut für Ornithologie.

Ursulas Stimme ist fast ein Schock für mich, sie ruft mich praktisch nie an meinem Arbeitsplatz an.

Ursula, ist etwas passiert?

Und ob, das kannst du laut sagen, Ursulas Stimme klingt so vergnügt, als ob sie gerade in der Lotterie gewonnen hätte.

Rheingard, stell dir bloß vor, Othmars Frau ist ins Krankenhaus eingeliefert worden, offenbar war ihr ewiges Rheuma

doch nicht bloß geheuchelt, jetzt muß sie drei Wochen zur Beobachtung bleiben und am Tropf hängen, mindestens, na, was sagst du, ist das nicht ein Glück?
Mhhh, tja, manches Mal tue ich mir ganz schön schwer, Ursulas ungekünstelte Gefühlsausbrüche nachzuempfinden.
Wieso Glück?
Na, weil Othmar jetzt mitkommen kann auf die Azoren, wenigstens für eine Woche. Es wird doch wirklich niemand von ihm verlangen, daß er sich fast einen ganzen Monat ans Krankenbett seiner Frau setzt. Dieser Mann hat sich wahrlich schon genug aufgeopfert, jetzt muß er auch einmal an sich denken, das habe ich ihm deutlich klargemacht. Na, was sagst du, Rheingard, freust du dich etwa nicht für uns?
Doch, doch, ich versuche begeistert zu klingen. Natürlich freue ich mich für euch beide, ich wünsche euch einen schönen Urlaub.
Rheingard, du lieber Himmel, was soll denn dieser Ton, ich bitte dich. Du willst doch nicht etwa kneifen? Selbstverständlich kommst du mit, wer weiß, wie lange Othmar überhaupt bleiben kann, was mache ich dann den Rest der Zeit auf diesen gottverlassenen Inseln, der Zuschlag fürs Einzelzimmer kann doch kein Vermögen ausmachen, sei jetzt nicht zickig, ja?
Na schön, ich gebe klein bei. Ich habe nur gedacht, ihr wolltet sicher lieber allein sein.
Aber Ursula schneidet meinen halbherzigen Einwänden einfach das Wort ab. Also gut, Rheingard, das hätten wir geklärt, wir sehen uns dann am Freitag vor dem Reisebüro, vergiß es bitte nicht.
Und Ursula legt auf, ich halte den Hörer in der Hand und

muß plötzlich an Fräulein Gatterburg denken. Vielleicht kann ich mich ja nächstes Jahr ihrem Bergurlaub anschließen, Fräulein Gatterburg pflückt Seidelbast, ich lege Katzenfallen aus, das klingt doch recht gemütlich.

Mozart

An den dichtbesetzten Tischen rundum unterhalten sich die Menschen, Kinder quengeln, eine Frau zetert mit ihrem Dackel. Nur wir beide löffeln schweigend unsere Eisbecher, ein Zustand, der höchst ungewöhnlich erscheint, vor allem, wenn man Ursula gegenübersitzt, die doch sonst so mitteilsam ist.
Wir haben die Tickets abgeholt, drei Stück, nach Ponta Delgada auf der Azorenhauptinsel São Miguel, via Lissabon, dazu die Bestätigung für drei Übernachtungen, ein Zweibett, ein Einzel. Außerdem die Reservierung für einen Mietwagen, nach den ersten Tagen der Erholung wollen wir die Insel erkunden und uns selbst ein Quartier suchen.
Othmar ist nicht zum vereinbarten Termin im Reisebüro erschienen, er hat auch nicht abgesagt, aber bei seinem Tagespensum muß man solche kleinen Nachlässigkeiten wohl übersehen. Neben einer rheumakranken Frau hat Othmar auch noch eine gutgehende Zahnarztpraxis sowie drei Kinder zu versorgen, Zwillinge im mühsamen Alter der Vorpubertät und einen Nachzügler, der originellerweise Benjamin heißt. Seine Geburt vor einem Jahr war ein herber Schlag für Ursula, schließlich währt ihre erotisch hochexplosive Beziehung zu Othmar nun schon den dritten Sommer.
Ich habe gedacht, die beiden schlafen nicht mehr miteinander, Othmar und seine Frau, das hast du doch immer erzählt, habe ich verblüfft bei Ursula nachgefragt.

Ursula kann man so etwas durchaus fragen, Mama würde wohl in Ohnmacht fallen, aber Ursula hält mich über ihr Liebesleben stets detailliert auf dem laufenden, neben dem Fernsehgerät ist sie meine zweitwichtigste Informationsquelle.
Rheingard, du liebes bißchen, Ursula war ziemlich ungehalten über meinen Einwand. Sie hat ihn eben rumgekriegt, mit den allerschäbigsten Mitteln, da kannst du Gift darauf nehmen. Wahrscheinlich war er sturzbetrunken, solche Frauen schrecken doch vor nichts zurück, wenn sie einen Mann an sich fesseln wollen.
Mittlerweile scheint es Othmar aber gelungen zu sein, Ursula wieder zu besänftigen. Kinder wachsen ja so schnell heran, eins, zwei, drei, schon ist der Kindergarten vorbei, dann kommt die Schule, dann macht Benjamin Abitur, ein paar Semester sind rasch abgesessen, schon übernimmt der kleine Benjamin die gutgehende Zahnarztpraxis, Othmar ist endlich frei, ein neuer Lebensabschnitt beginnt, natürlich mit Ursula.
Nur heute vormittag, ausnahmsweise, hatte Othmar keine Zeit. Ursula hat sein Ticket mitbezahlt, ihre Backenmuskeln wirken ein wenig angespannt, vielleicht knirscht sie ja mit den Zähnen im Schlaf, wer weiß, wahrscheinlich hat es auch sein Gutes, daß ich nun nicht das Zimmer mit ihr teilen werde.
Ursula schweigt und starrt in ihr Glas, in dem das Vanilleeis längst geschmolzen ist.
Babsi meint, ich wäre der goldfarbene Herbsttyp, sage ich. Einfach so, um das Schweigen ebenfalls zum Schmelzen zu bringen.
Ursula blickt auf, sie starrt mich völlig entgeistert an.
Babsi? Der goldfarbene Herbsttyp? Du? Welche Babsi?
Soviel Aufmerksamkeit schmeichelt mir fast.

Babsi, sage ich, sie arbeitet in der Boutique »City Chic«, du kennst doch diese pinkfarbenen Tragetaschen, die man überall sieht. Ich habe mir ein Kleid dort gekauft und noch ein paar Kleinigkeiten, vorige Woche. Babsi hat mich beraten, es kommt darauf an, was man für ein Farbtyp ist. Babsi hat sogar ein Seminar darüber besucht, ich bin der goldfarbene Herbsttyp, ganz eindeutig.
Ach, das meinst du. Ursula hat ihre Fassung wiedererlangt. Diese Farbberatungen sind doch ein alter Hut. Ich habe mich schon vor hundert Jahren testen lassen, ich bin der honigblonde Sommertyp, angeblich steht mir Azurblau am besten, aber zum Glück kann ich einfach alles tragen. Mit diesen Methoden ist sie jedenfalls zwei Saisons zu spät dran, mindestens, das kannst du deiner Babsi ausrichten.
Ursula schiebt ihr Eis von sich und zündet sich eine Zigarette an, das Streichholz landet im Aschenbecher dicht neben einer zerknüllten Papierserviette. Gleich wird sie zu glühen beginnen, besorgt puste ich die kleine Flamme aus. Ursula lächelt, zum Glück scheint sie besänftigt. Othmars Nichterscheinen im Reisebüro ist abgehakt, Ursula trägt nichts nach, im Gegensatz zu mir ist sie außerdem der optimistische Erfolgstyp.
Weißt du, wen ich vorige Woche getroffen habe, auf dem Flughafen, beim Einchecken?
Ursula wartet meine Antwort erst gar nicht ab, wie sollte ich es auch wissen.
Du wirst es nicht glauben, aber es war die Mona.
Mona, welche Mona?
Jetzt ist es ganz eindeutig an mir, wie ein Echo auf dem Berg zu klingen.
Welche Mona, na, die Monika, du weißt schon, aus unserer Klasse, diese Streberin mit der dicken Brille. Also, die hat

sich vielleicht herausgemacht, ich hätte sie beinahe nicht wiedererkannt. Sie ist jetzt mit einem Diplomaten verheiratet, lebt in Washington, man glaubt es einfach nicht, er ist ein paar Jahre älter, aber sehr attraktiv. Mona hat mir Fotos gezeigt, wir haben uns in die Cafeteria gesetzt, mein Flug war wieder einmal verspätet. Ein Kind haben sie auch adoptiert, stell dir mal vor, ein indisches Mädchen, total süß. Tja, die Mona hat eben die Kurve gekriegt, die hat etwas aus sich gemacht.

Ursula klimpert ein letztes Mal mit dem langstieligen Löffel im Glas, dann lehnt sie sich in ihrem Stuhl zurück und räkelt sich ausgiebig in der Sonne, wie eine Katze, die ein Amseljunges verdaut. Ich knabbere an einer Eiswaffel und betrachte die Frau mir gegenüber, nie wird sie es erfahren, aber Ursula hat mir ein neues Leben erschlossen, damals, als wir beide halb so alt waren wie heute, zwei Schulmädchen am Canonicus-Gymnasium.

An einem Frühlingsabend durfte ich Ursula in die Oper begleiten, ihre ältere Schwester war an Grippe erkrankt. »Die Zauberflöte« stand auf dem Spielplan. Mozart, eitler Tand und hohles Getriller, hat Papa geschimpft, aber dann hat er mich doch gehen lassen, er hatte zu diesem Zeitpunkt andere, wichtigere Dinge im Kopf. Wir haben auf teuren Plätzen gesessen, Loge, erste Reihe. Ursulas Eltern waren wohlhabende Geschäftsleute, den Töchtern sollte es an nichts fehlen.

Rund um uns war es warm und dunkel, nur der Orchestergraben lag da in Licht getaucht. Dann hat die Ouvertüre eingesetzt. Ursula ist schon nach wenigen Minuten eingenickt, noch vor dem Auftritt Papagenos, aber ich habe dagesessen, mit glühenden Wangen und pochendem Herzen, ich hatte bis dahin nur Wagner gekannt, der am Sonntag

nachmittag aus dem Arbeitszimmer meines Vaters dröhnte. Musik wie eine dunkle Gruft, wie ein schwerer, feuchter Mantel, der dich niederdrückt und dessen Saum um deine Knöchel schwappt, so also konnte Musik auch klingen, so hell und klar, wie ein Vogel, der zum Himmel steigt, an einem taufrischen Morgen.
Ursula verschlief die gesamte Oper, die Arie der Königin der Nacht, das Glockenspiel und die Duette, nur in der großen Pause verdrückte sie ein paar halbgeschmolzene Pralinen, aber ich saß da und wollte nie mehr fortgehen, jeder Ton wärmte meine Haut und ließ mein Haar knistern.
Irgendwann hat Applaus eingesetzt, ich habe mitgeklatscht. Ursula ist aufgewacht und hat sich umgeblickt und die Augen gerieben, dann hat uns der Strom der Besucher die Treppe hinuntergetragen und zum großen Portal hinaus, wo Ursulas Vater auf uns wartete, ein aufgeräumter freundlicher Herr, der einen Textiliengroßhandel aufgebaut hatte. Kein Umgang, wie Mama zu sagen pflegte, er hat mich nach Hause chauffiert, nicht einmal das Autoradio konnte die glockenhellen Stimmen in meinem Kopf vertreiben.
Von da an war ich jahrelang in Mozart verliebt, wie die Mädchen aus meiner Klasse in Popstars mit langen Haaren. Mein Idol trug ein Zöpfchen im Nacken, ich sammelte alles über ihn, jede Biographie und jedes Bildnis, seine Musik erfüllte mein Zimmer, ganz leise nur, wie ein Geheimnis. Mit sechzehn darfst du mit nach Bayreuth, eröffnete mein Vater mir eines Abends, ich empfand es als schwere Drohung, aber dann ist ja alles anders gekommen. Papa wurde dahingerafft, ein halbes Jahr vor meinem Geburtstag, die Karten waren schon bestellt.
Die Waffeln sind aufgegessen. Ursula streckt sich, die ärmellose Bluse spannt über ihrem Busen, ein Mann am Ne-

bentisch bekommt Stielaugen, seine Frau straft Ursula und mich mit einem verächtlichen Blick.
Rheingard, du wirkst so schläfrig, du hast doch nicht die Nacht durchgemacht?
Ursulas Frage ist natürlich rein theoretisch gemeint, sie holt einen Klappspiegel aus der Tasche und zupft sich die Stirnfransen zurecht, ich fege währenddessen die Waffelkrümel mit der Hand zusammen und leere sie in den Aschenbecher.
Ursula blickt auf die Uhr, schon halb drei, ich muß noch telefonieren. Rheingard, du begleichst doch die Rechnung, und Ursula beugt sich zu mir, ein flüchtiger Kuß streift meine Wange, dann stöckelt sie davon. Ich blicke ihr nach, vielleicht hätte ich sie ja wachrütteln sollen, damals in der Oper.

Das Gartenfest

Auf dem Tisch in unserer Küche türmen sich Teller und Tassen, auf dem Herd dampft der Kessel mit dem heißen Wasser. Ich gieße Kaffee aus der Maschine in die vorgewärmte Porzellankanne um und arrangiere appetitliche kleine Obstkuchen auf einer ovalen Platte.
Die Platte ist mit einer feingestrichelten Uferlandschaft bemalt. Schwäne gleiten durchs Schilf, eine Nixe lugt zwischen den Halmen hervor, ihr Antlitz spiegelt sich im Wasser, wie ein unmerkliches Zittern der Wellen. Als Kind konnte ich stundenlang über dieses Motiv gebeugt sitzen und mir Geschichten ausdenken, bis unsere Haushälterin Veronika meinen Träumereien ein Ende setzte.
Die Schönheit des alten Porzellans erschließt sich nur wenigen Betrachtern, das Aushilfspersonal für besondere Festlichkeiten läßt beim Abservieren achtlos die Teller aneinanderklirren, und auch die Gäste verschwenden kaum einen Blick darauf, meist sind die blauen Miniaturen sowieso unter Püree und Braten begraben.
Einmal, es ist schon Jahre her, hat ein entfernt verwandter Neffe nach dem Hauptgang des Mittagessens seinen Teller umgedreht und einen anerkennenden Zischlaut von sich gegeben.
Sieh mal einer an, welch edle Manufaktur, dieses Service muß ja ein Vermögen wert sein.
Ein Saucenrest ist auf das Tischtuch getropft, Mama war

einer empörten Ohnmacht nahe, der entfernt verwandte Neffe ist nie wieder eingeladen worden.
Ich schichte die Obsttörtchen neu, schon zum drittenmal. Statt rechteckig und kreisrund prangen sie nun pyramidenförmig auf der Platte, allmählich nehmen die Himbeeren Schaden. Aber ich habe einfach keine Lust, mich unter unsere Gäste zu mischen, die draußen auf dem Rasen flanieren, eine kleine, aber feine Teegesellschaft am Samstag nachmittag. Mama hat endlos über der Gästeliste gebrütet, neben dem Ehepaar Kollwitz samt Tochter Leonie, meinem Bruder Clemens, selbstverständlich, ist noch Doktor Jauernigg geladen, unser Hausarzt, ebenfalls mit Gattin, und natürlich Lotte Rompelberg, Mamas Uraltfreundin aus Internatstagen.
Der Rasen ist frisch gemäht, die weißen Korbstühle mit den geblümten Polstern stehen zwanglos um kleine Tische gruppiert. Es scheint sogar die Sonne, beileibe keine Selbstverständlichkeit in unseren Breitengraden, die Gäste fühlen sich offensichtlich wohl.
Ahh, da bist du ja, Rheingard. Mama hat die Küche betreten.
Ist noch Mineralwasser da? Frau Doktor Jauernigg leidet etwas unter der Hitze, wir hätten den Sonnenschirm aufspannen sollen, jetzt ist es zu spät. Mama ringt die Hände, Clemens kommt herbeigeeilt, er legt den Arm um sie.
So beruhige dich doch, alles läuft ganz hervorragend, die alte Jauernigg darf ruhig ein wenig schwitzen. Er zwinkert Mama zu, bevor diese noch wegen solch einer ungezogenen Äußerung protestieren kann. Ich blicke meinen kleinen Bruder an, die Platte mit den Obsttörtchen halte ich noch immer in der Hand. Clemens läßt ein wenig überrascht seinen Blick über meine Erscheinung wandern, als ob er mich lange Zeit nicht wahrgenommen hätte.

Dieses grüne Kleid steht dir, Schwesterherz, irgendwie wirkst du darin wie eine Äbtissin auf einem alten Gemälde, na, du weißt schon, jedenfalls nicht uninteressant.
Und Clemens angelt sich ein Himbeertörtchen, natürlich aus der untersten Schicht meiner kunstvoll errichteten Pyramide. Sie sackt in sich zusammen, Himbeeren kullern, Gelatine bricht auf, das Biskuit bröselt, mein Tablett ein Trümmerfeld.
Ich blicke meinem Bruder nach, schon das zweite Kompliment innerhalb weniger Wochen, der goldfarbene Herbsttyp, wie eine Äbtissin auf einem alten Gemälde, die Schmeicheleien steigen mir allmählich zu Kopf.
Rheingard, träum nicht.
Mama geht an mir vorüber, sie trägt die schwere Kanne mit dem Kaffee, schuldbewußt stolpere ich hinterdrein und biete Törtchen an, aber niemand mag davon kosten. Der alte Kollwitz klopft jovial auf den leeren Sessel neben sich.
Liebe Rheingard, ich darf doch du sagen, schließlich kenne ich dich noch mit Zahnspange. Also, liebe Rheingard, vergiß einmal für kurze Zeit deine hausfraulichen Pflichten, auch wenn es ein sehr erfreulicher Anblick ist, so eine junge Frau, die sich nicht vor der Arbeit drückt, und setz dich zu uns.
Also setze ich mich neben das Ehepaar Kollwitz. Mama plaudert angeregt mit Herrn und Frau Doktor Jauernigg, Clemens steht mit einer jungen Frau im Schatten der Weide, sie halten Sektkelche in der Hand, die Silhouette der jungen Frau wirkt anmutig und elegant. Leonie Kollwitz hat ihre Schielbrille abgelegt so wie ich die Zahnspange, dieser Umstand ist augenscheinlich das einzige, was uns verbindet.
Das Ehepaar Kollwitz unterzieht mich einer eingehenden Musterung.

Du trägst ja noch immer diesen schönen Zopf, Frau Kollwitz hat sich zu mir gebeugt. Ich kann mich noch an dich erinnern, wie du ein kleines Mädchen warst, so groß, Frau Kollwitz streckt ihre Hand in Zwergenhöhe vor sich aus, du warst so ein gesittetes Kind.
Ihr Gatte streckt ebenfalls die Hand aus, sie landet auf meinem Oberschenkel.
Dein Bruder Clemens hat uns schon viel von dir erzählt, liebe Rheingard. Du kümmerst dich um Tiere, nicht wahr?
Ich bin Ornithologin an der Universität, antworte ich tapfer. Dieses Geständnis hat mir schon so manches entsetzte Aufkreischen eingetragen, ist das denn nicht gefährlich, kann man sich da nicht diese Papageienkrankheit holen, und mein Gegenüber rückt ein wenig von mir ab. Aber das Ehepaar Kollwitz ist noch von altem Schrot und Korn, er tätschelt mein Bein, seine Gattin schenkt mir ein Lächeln, das keine Enthüllung mehr zu gefährden vermag.
Die Sonne sinkt langsam hinter das Dach der Nachbarsvilla. Mamas alte Freundin Lotte Rompelberg bricht wie immer als erste auf, sie zieht ihre Handschuhe glatt und hält mir die Wangen zum Kuß hin.
Dieses Kleid steht dir nicht unvorteilhaft zu Gesicht, meine liebe Rheingard, laß doch einmal von dir hören.
Lotte Rompelberg habe ich schon immer gemocht, ein zarter Duft nach Lavendel geht stets von ihr aus. Drei Gatten in fünf Jahrzehnten hat sie überlebt, wie hat sie das bloß angestellt, wie funktioniert die Liebe, kann es dreimal die wahre Liebe sein? Als Studentin habe ich es einmal mit Lavendel probiert, aber mir sind nur die Katzen nachgelaufen, ich habe die Flasche halbvoll in den Glascontainer geworfen.
Unsere Gäste haben die Gartenstühle zu einer lockeren Runde zusammengestellt. Doktor Jauernigg hat sich gar sei-

nes Jacketts entledigt. Mama sieht das nicht gerne, ich kann es an ihren Augenbrauen ablesen, sie unterhält sich geflissentlich in die andere Richtung.
Ich sammle die leeren Tassen und Gläser ein und trage alles in die Küche, dort ist es kühl und still oder vielleicht nicht ganz still, aus dem angrenzenden Salon ertönt ein leises Klirren.
Ich gehe dem Geräusch nach und finde Leonie Kollwitz, sie hat offenbar gerade einen silbernen Leuchter in der Hand gehalten und auf die polierte Anrichte zurückgestellt. Sie wirkt ein wenig ertappt, findet dann aber rasch wieder zu ihrer gewohnten Haltung zurück, schmal und elegant steht sie da, eine junge Frau mit mattblassem Teint und feingeschwungenen Augenbrauen, ihr Haar kringelt sich auf dem Hinterkopf, ein blondes Löckchen rieselt über ihr rechtes Ohr.
Oh, hallo Rheingard, sagt Leonie, du hast mich beinahe erschreckt. Schöne Sachen habt ihr hier.
Und Leonie läßt den Blick wandern, über die Gemälde und das Silberzeug, den Teppich und die Vitrine mit der blaubemalten Suppenterrine, die dazugehörigen Kaffeetassen und Kuchenteller befinden sich alle noch im Garten. So stehen wir da, ich versuche mich zu entsinnen, ob Leonie größer oder kleiner war, damals, als uns eine Schielbrille und eine Zahnspange zu Leidensgefährtinnen machten, aber nicht zu Verbündeten.
Zum Glück erscheint Clemens im Türrahmen, er hält sich offenbar nur mehr in nächster Nähe zur Tochter seines Chefs auf.
Da seid ihr ja, er faßt Leonie neckend um die Taille, die beiden schlendern an mir vorbei, ich trete einen Schritt zurück.
Dann ist unser Nachmittagstee vorüber. Mama hat diskret zweimal auf die Uhr geblickt. Zeit zu gehen, die Damen er-

heben sich und streichen ihre seidenen Röcke glatt, die Herren rekeln sich noch in ihren Sesseln. Ein Glühwürmchen blinkt zwischen den Büschen auf, Frau Doktor Jauernigg schlägt die Hände zusammen wie ein Kind. Jetzt darf man die Augen schließen und sich etwas wünschen, sie preßt ihre Lider zusammen, eine ältere Dame mit onduliertem Haar, wir betrachten sie alle interessiert, was sich Frau Doktor Jauernigg wohl so innig wünschen mag?
Ihrem Gatten ist die Szene offensichtlich peinlich, genug jetzt, Hilde. Er faßt sie am Arm, und Frau Hilde erwacht, wie ein Medium, das unsanft durch einen Guß kalten Wassers geweckt wurde.
Dann verabschieden sich unsere Gäste, die Herren machen einen Diener über Mamas Handrücken, der alte Kollwitz tätschelt meinen Oberarm, das Geschmeide der Damen klingelt sanft beim Wangenküssen.
Bis dann, meine Liebe, wir müssen bald einmal telefonieren, was für ein entzückender Nachmittag.
Clemens wird Leonie Kollwitz nach Hause chauffieren, er hat ihren Vater um Erlaubnis gebeten, schließlich ist Leonie auch erst seit ein paar Jahren volljährig.
Mama und ich stehen am Gartenzaun, wir sehen den Limousinen beim Ausparken zu und winken ein letztes Mal. Mama zieht ihre dünne Sommerstola enger um die Schultern, sie fröstelt ein wenig. Wir blicken zum Himmel hoch, eine durchscheinende Mondsichel schwebt über unseren Köpfen, wie eine Qualle im zartblauen Meer. Wind ist aufgekommen, Wolken jagen über die Hausdächer. Morgen wird es Regen geben, sagt meine Mutter, sie sperrt das Gartentor zu.
Ja, morgen wird es wohl regnen. Wir gehen beide zum Haus zurück.

Harem

Es hat schon am späten Abend leise zu regnen begonnen, der Wind klatscht die biegsamen Zweige der Weide gegen die Fensterscheiben. Ich liege da und starre in die Dunkelheit, Schatten tanzen über die Wände, wenn das Mondlicht durch die Wolken dringt.

Für solche Nächte habe ich mir allerlei Strategien ausgedacht und zurechtgelegt, sie wirken allerdings nicht immer, heute zum Beispiel wälze ich mich seit Stunden im Bett und finde keinen Schlaf. Ich drehe mich auf den Bauch und denke ganz fest an all die einsamen Menschen der vergangenen Jahrhunderte, die doch so glücklich waren, ein erfülltes Leben hat eben nicht unbedingt mit Zweisamkeit zu tun, fürwahr, was haben sie nicht alle für große und edle Taten vollbracht, die Mönche und Ordensfrauen, fiebrige Stirnen gekühlt und Wundsalben gerührt, wilde Bergvölker missioniert, statt einem nörgelnden Gespons die Suppe zu kochen. Am liebsten stelle ich mir Hildegard von Bingen vor, sie trägt einen dunklen Zopf um ihren Kopf gewunden, die klugen Augen unter dichten Brauen blicken milde auf die Armen und Kranken. Nur heute abend verrutscht das Bildnis ständig, Hildegard von Bingen liegt schlaflos in ihrer Klosterzelle und sehnt sich nach einer Männerhand, die ihren Rücken streichelt, weg mit Dinkel und Hirsebrei, schreit Hildegard, ich kann das Zeug nicht mehr riechen und schmecken, ratlos stehen ihre Mitschwestern auf dem kalten Kreuzgang.

Also drehe ich mich vom Bauch auf den Rücken, der Klostertrick funktioniert nicht heute nacht, ich muß auf die Haremsdamen zurückgreifen.
Es war einmal ein widerlicher alter Scheich, Speichel sabberte aus seinen Mundwinkeln, er schielte fürchterlich. Der Scheich besaß den größten Harem des Vorderen Orients, die schönsten Frauen befanden sich darin, gazellengleiche Geschöpfe mit Rehaugen und polierten Fingernägeln, in ihrem Bauchnabel glänzten Diamanten. Jeden siebenten Abend bei Sonnenuntergang schickte der Scheich seinen Eunuchen in die Gemächer der Frauen, Osman, der Eunuch, mußte dann für seinen Herrn eine Gefährtin auswählen.
Diesmal hat sein kundiger Blick Fatimah erspäht, die blutjunge Berbersklavin. Nein, nein, schreit Fatimah, habt Erbarmen, Osman, ich bin noch unberührt, lieber möchte ich sterben, als diesem Ungeheuer zu Willen zu sein. Aber Osman läßt sich nicht rühren von Fatimahs Flehen, er schleppt die halb Bewußtlose aus dem Serail und über den Hof, in die Gemächer des alten Scheichs. Dort …
Ich setze mich im Bett auf und nehme einen Schluck Wasser. Verglichen mit Fatimah ist mein Dasein wahrhaftig beneidenswert, was ist mir bislang bloß alles erspart geblieben. Rheingard, du bist ein Glückspilz, sage ich halblaut zu mir. Dann lausche ich der Stille, für den Rest der Nacht.

Othmar ist ein schöner Mann

Othmar ist ein schöner Mann, Ursula wird nicht müde, ihre Umgebung auf diesen Umstand hinzuweisen und mit strengem Blick Zustimmung einzufordern.
Ich persönlich halte Othmar eher für ein Schrecknis, bleich und übellaunig, ein mokantes Lächeln umspielt stets seine Mundwinkel, Othmar kennt alle und weiß alles, müde winkt er ab, wenn man nach seinem Befinden fragt.
Jetzt sitzt er mir gegenüber, an einem Tisch in der Eisdiele. Ursula hat dieses Treffen arrangiert, sie hat Straßenkarten und ein Portugiesisch-Wörterbuch mitgebracht, die Kellnerin hat Mühe, noch ein freies Plätzchen für mein Pfirsich-Melba zu finden. Ursula und Othmar trinken Espresso, Othmar saugt dazu an einem Zigarillo, mit gelb gefärbten Fingernägeln schnippt er die Asche auf den Boden, ein Kinderwagen bekommt auch ein paar Flöckchen ab.
Und dann müssen wir natürlich unbedingt nach Furnas, dort soll es einen phantastischen Botanischen Garten geben und ein hinreißendes altes Hotel, ihr wißt schon, mit Himmelbetten und so.
Ursula schenkt Othmar einen Blick, den Mama gewiß nicht tolerieren würde, aber Othmar schaut bloß auf seine Uhr, schon zum drittenmal seit seinem Eintreffen vor einer Viertelstunde.
Oh, in einem Himmelbett wollte ich schon immer einmal schlafen.

Das ist zwar gelogen, aber irgend jemand muß ja wohl Ursulas Bemühungen würdigen, ich lächle Ursula zu, aber Ursula rollt bloß die Augen.
Rheingard, Himmelbetten gibt es doch nicht in Einzelzimmern, ich bitte dich.
Wenigstens lächelt jetzt auch Othmar, andeutungsweise, er hat es gerne, wenn man sich blamiert, auf diesem Weg habe ich schon so manchen Pluspunkt bei ihm eingeheimst.
Die Kellnerin erscheint wieder an unserem Tisch, ich werde abgelöst und muß kassieren. Othmar blickt den Wolken nach, ich greife nach meiner Handtasche.
Zwei Espresso, Ursula begleicht für sich und Othmar. Ich zahle einmal Pfirsich-Melba und drei Waffeln.
Tja, meine Zeit ist knapp, Othmar steht auf und tritt das Zigarillo aus. Ursula springt ebenfalls auf, sie umhalst Othmar wie einen Rettungsring, aber Othmar löst sich mit geübtem Griff.
Ciao, wir sehen uns am Flughafen, und Othmar schlendert davon, er wedelt mit den Fingern, ohne sich umzudrehen, das muß mir wohl als Gruß genügen.
Wir blicken ihm nach, Ursula seufzt tief und schmerzlich.
Hat er dir eigentlich schon das Geld für sein Ticket gegeben?
Ursula seufzt wieder, aber diesmal ist es aus Mitleid mit mir.
Ach, Rheingard, so eine kleinkarierte Frage kann man nur stellen, wenn man von der Liebe keine Ahnung hat.

Königsstett macht Karriere

Fräulein Gatterburg ist aus den Tiroler Bergen zurückgekehrt, die zarte Bräune steht ihr gut zu Gesicht. Sie verteilt kleine Henkelflaschen mit Enzianschnaps, außerdem hat Fräulein Gatterburg im Karwendelgebirge einen süßen Auflauf mit Pflaumenkompott – Kaiserschmarren mit Zwetschgenröster sagen die Einheimischen dort dazu – gegessen, von dem ihr der Hüttenwirt sogar das Rezept anvertraut hat, sie will es demnächst versuchen.

Auch meine Reise auf die Azoren rückt näher. Ich sollte wohl Vorbereitungen treffen, Gel gegen Mückenstiche besorgen und einen Regenschutz, aber ich tändle bloß ziellos im Institut herum und strapaziere die Nerven unserer Sekretärin, die während der Sommermonate gerne allein das Regiment führt.

Haben Sie schon gehört, Frau Doktor, fragt Fräulein Gatterburg und beobachtet mit strenger Miene, wie ich vertrocknete Knospen von unserer Institutsdahlie entferne, haben Sie es schon gehört? Professor Königsstett soll zu höheren Ehren berufen sein, es ist natürlich noch streng vertraulich, Sie haben nichts gehört, jedenfalls nicht von mir, angeblich will er in die Politik wechseln. Als Sprecher der Bürgerinitiative für das Biotop am Stadtwall hat er sich ja sehr wohl einen Namen gemacht. Nun ja, es könnte sein, daß aus unserem Professor Königsstett noch ein Herr Minister der Landesregierung wird, was sagen Sie dazu?

Es könnte sein, daß ich mich gleich übergeben werde, aber das mag ich Fräulein Gatterburg nicht anvertrauen. Sie strahlt mich so voller Stolz an, welch Glanz plötzlich unser stilles Institut erhellt, ein winziger Lichtpartikel wird wohl auch auf uns Mitarbeiter fallen, ja sogar Fräulein Gatterburg treffen, die einstige Sekretärin des nunmehr mächtigen Herrn Ministers. Ich stelle mir Fräulein Gatterburg im Kreise ihrer Freundinnen vor, ich habe ihn schon gekannt, damals, wie er noch ein kleiner Professor war, und so charmant.

Nett, sage ich.

Fräulein Gatterburg wirkt ziemlich enttäuscht, aber mehr Freudenbekundungen kann ich mir beim besten Willen nicht abringen.

Oh, ja, das hört sich wirklich nett an.

Ich fange an, mich mit dem Gedanken zu befreunden, immerhin würde es bedeuten, daß Königsstett das Institut verläßt. Ein rauschendes Abschiedsfest wäre wohl noch zu überstehen, nun kommen Sie schon, Frau Doktor Droste, so lächeln Sie doch wenigstens einmal, heute abend mir zu Ehren, na, sehen Sie, hat doch gar nicht weh getan.

Oh, ja, sage ich, das freut mich sogar ganz aufrichtig.

Fräulein Gatterburg wirkt endlich besänftigt. Dann gehe ich eine Regenpellerine kaufen.

Veronika

Norderney, 15. Juli

Meine liebe Nellie!
Ich wollte Dir schon so lange schreiben. Aber Du weißt ja, wie das ist, ständig gibt es etwas zu tun. Die Hausarbeit, der Garten, und dann ist da auch noch meine Nachbarin, sie ist nach einem Sturz vor zwei Wochen bettlägrig. Ich kümmere mich ein wenig um sie, gehe einkaufen und bringe ihr das Essen hinüber, sie hat sonst niemanden.
Wie geht es Dir, meine liebe Nellie? Ich denke oft an Dich, natürlich auch an Clemens und an Eure Mutter. Ist sie bei guter Gesundheit? Im Sommer macht ihr doch die Hitze immer sehr zu schaffen, aber sie hat ja Dich, geht es Euch gut, seid Ihr hoffentlich alle gesund?
Auch in diesem Jahr sind viele Touristen auf die Insel gekommen. Ich gehe kaum an den Strand, in der Fußgängerzone grölen schon am Nachmittag die Betrunkenen herum. Aber im September wird es besser, man kann dann wieder in den Dünen wandern und die Vögel beobachten. Es gibt so viele Arten, manche nisten sogar hier, leider kenne ich ihre Namen nicht.
So, und jetzt rücke ich endlich mich meinem Vorschlag heraus. Liebe Nellie, komm doch wieder einmal vorbei und besuche mich. Am besten im Herbst, dann geht es Frau Hübner, das ist meine Nachbarin, hoffentlich schon besser, und ich habe mehr Zeit. Wir könnten spazieren-

gehen, und ich koche für Dich, wie früher, was hältst Du davon?
Ich weiß, daß Du sehr beschäftigt bist, aber denke bitte darüber nach, ich würde mich sehr über Dein Kommen freuen. Laß mir alle herzlich grüßen. Hoffentlich hat Clemens nicht wieder heimlich mit dem Rauchen angefangen! Er hat doch so empfindliche Bronchien, ich werde ihm auf alle Fälle meinen Kräutersirup schicken. Wie kommt Ihr ohne den alten Hermann im Garten zurecht? Liebe Nellie, wenn Du einmal Zeit hast, dann schreibe mir doch, ich freue mich über jede Zeile.

Es umarmt Dich Deine
Veronika

Ich sitze an meinem Schreibtisch und blicke auf die Blätter vor mir, zartgelbes Briefpapier mit einer eingeprägten Rose in der linken oberen Ecke. Unsere ehemalige Haushälterin Veronika liebt schönes Papier, nie hätte sie auf irgendeinen Zettel gekritzelt, nicht einmal die kleinen Nachrichten, die sie uns in der Küche zu hinterlassen pflegte: Die Suppe steht auf dem Herd, im Backrohr ist noch ein großes Stück vom Auflauf von gestern, er schmeckt heute fast besser. Bitte vorsichtig wärmen, um fünf bin ich wieder zurück, Veronika.
Auch ihre Schrift hat sich seit damals um keinen Schnörkel geändert, dicht und schmal und ein klein wenig schräg nach rechts reihen sich die Buchstaben aneinander, die »A« und die »Z« sind feingeschwungene Kunstwerke, die »O« gleichen Notenschlüsseln. Ich würde Veronikas Schrift unter Tausenden erkennen, wie eine Melodie, die sich unauslöschlich eingeprägt hat.
Veronika von der Insel Norderney hat mich fast mein bisheriges Leben lang begleitet, ein lachendes, junges Gesicht,

das sich über mich beugte und mich aus diversen Kinderstühlchen hob, denen ich zu entkommen trachtete. Veronika hegte stets Verständnis für jugendliche Freiheitsgelüste, eine Eigenschaft, die sich Clemens Jahre später zunutze und Veronika zu seiner Verbündeten machte, die spätabends ausharrte, um ihm leise die Haustür zu öffnen.

Veronikas Gesicht wurde weicher, ihr Körper rundlicher, mir schien, daß er schrumpfte, aber es war nur, daß ich selber wuchs. Plötzlich war ich so groß wie sie, dann konnte ich auf ihren Scheitel schauen, auf ihr aschblondes Haar, in dem sich bis zum heutigen Tag kein einziges graues Haar findet.

Hundert Bürstenstriche jeden Abend, das war ihr altmodisches Geheimrezept. Ich durfte dann bei ihr sitzen, wir waren beide im Nachthemd, und zusehen, wie sie ihr langes Haar entwirrte, sorgsam bürstete, schließlich kämmte und zum Schluß wieder zu einem schlichten Knoten wand. Oft genug haben wir gemeinsam probiert, auch mein dunkles Haar zu einer Rolle zu bändigen, aber es war vergebliche Liebesmüh, schon nach wenigen Minuten begannen sich die ersten Flechten zu lösen. Ein praktischer Zopf schien schließlich die einzig akzeptable Lösung.

Veronika war mir über Jahrzehnte so vertraut wie meine Eltern oder mein Bruder, beinahe mehr noch, zwischen ihr und mir war Zärtlichkeit möglich, ein Streicheln, eine Umarmung, all die Gesten, mit denen sich meine Familie so schwertat.

Erst als sie vor zwei Jahren in den Ruhestand ging, ist mir bewußt geworden, daß ich nichts über Veronika weiß. Welches Leben hat sie geführt, gab es jemals einen Mann, einen Verlobten, einen heimlichen Geliebten? Wie hat Veronika ihre spärlichen freien Stunden verbracht, nie habe ich sie danach gefragt, immer nur selbstsüchtig auf ihre Rückkehr

gewartet. Da bist du ja endlich, Mama wartet schon, was gibt es zu essen, Clemens braucht ein Pflaster.
Lange Nachmittage haben wir gemeinsam auf dem Teppich verbracht, in Vogelkundebücher vertieft. Pagophila eburnea, die Elfenbeinmöwe, lebt in lockeren kleinen Kolonien im hohen Norden, brütet sogar auf dahintreibenden Eisbergen, wagt sich zur Nahrungssuche bis in arktische Camps und Expeditionslager vor, fliegt leicht und elegant. Nie schien Veronika gelangweilt, wenn ich die nächste Seite aufschlug.
Einmal, es war wohl in meinem ersten Schuljahr, habe ich sie und Mama in unserem Wohnzimmer überrascht. Veronika ist über meine Mutter gebeugt gestanden, deren Schultern zuckten wie bei einem lautlosen Lachkrampf, die Rükken der beiden Frauen waren mir zugewandt. Veronika hat über das Haar meiner Mutter gestrichen, es war eindeutig eine Bewegung des Tröstens, die mich tief verstört hat, atemlos und mit pochendem Herzen habe ich die Tür wieder zugezogen, ganz leise. Konnte es denn sein, daß auch meine unnahbare Mutter vom Kummer überwältigt wurde, konnte es denn sein, daß sie von einer Hausangestellten Trost annahm? Noch jahrelang habe ich auf eine ähnliche verstohlene Szene gelauert, aber vergebens, zwischen Veronika und meiner Mutter herrschte wieder höfliche Distanz, niemals saß Veronika mit uns gemeinsam am Tisch.
Meine liebe Nellie …
Ich sitze am Schreibtisch und blicke durch das geöffnete Fenster in den Garten hinab. Meine Mutter geht die Hecke entlang, sie zupft da an einem Blättchen und begradigt dort einen Halm, dann bleibt sie stehen und beugt sich über die gelben Rosen, sogar in meinem Zimmer im ersten Stock vermeine ich ihren Duft zu spüren.
Nellie.

Veronika hat diesen Namen für mich entdeckt, nach Helene, meinem zweiten Vornamen. Die Abscheu für Rheingard war uns beiden gemeinsam. Rheingard, so kann man doch kein Kind quer über den Spielplatz rufen, hat Veronika einmal erbittert gemurmelt, natürlich nicht laut genug, daß diese Kritik ans Ohr meines Vaters gedrungen wäre.
Solange ich klein war, haben wir uns mit Kosenamen beholfen, Liebstes, mein Mäuschen, Zopfmamsell. Dann, vor meinem ersten Schultag, hat Veronika Einsicht in meine Taufurkunde bekommen. Rheingard Helene Dorothea Droste, pffff, du armes Kind du, hat Veronika geflüstert und mir über den scharfgezogenen Scheitel gestreichelt. Getröstet habe ich zu ihr aufgeblickt, Veronika verstand auch ohne viele Worte, daß ich vertauscht worden war, eigentlich sollte ich ja Juanita Maria Dolores heißen, eine lange Geschichte.
Am Abend hat mich Veronika zu Bett gebracht, hat die Steppdecke warm um meine Füße geschlagen und mir über die Wangen gestreichelt. Ich werde dich von nun an Nellie nennen, wie gefällt dir das, Nellie?
Von da an teilte ich ein echtes Geheimnis mit Veronika. Nellie, das klang nach sanftem englischen Landregen und Tee in hauchdünnen Tassen, nach blassem Teint mit Sommersprossen und gelben Rosen, die sich an Spalieren ranken. Ein einziges Mal wurden wir von meinem Vater ertappt, der plötzlich im Türrahmen stand, als Veronika nach mir rief. Nellie, was ist denn das für ein Unfug, das hat auf der Stelle aufzuhören.
Ich schrecke hoch, der Brief von Veronika ist auf den Boden geflattert, die Vorhänge bauschen sich im Wind.
Rheingard, bist du da oben, ruft meine Mutter aus dem Garten, der neue Gärtner hat die Rosen barbarisch beschnitten.

Ja, Mama, rufe ich zurück.
Dann hole ich mein eigenes Schreibpapier aus der Lade, es ist schlicht weiß mit verschlungenen Initialen, die auch auf den Kuverts prangen, ein Geschenk von Clemens zu meinem dreißigsten Geburtstag, der Vorrat an Bögen schmilzt nur langsam.
Der Duft der Rosen ist nun wahrhaftig in mein Zimmer gesickert, ich schraube die Füllfeder auf.
Liebe Veronika, ich habe richtig Sehnsucht nach Deiner Insel bekommen. Mama geht es gut, sie war mit Clemens bei den Kollwitz' eingeladen. Wir haben uns mit einem Nachmittagstee revanchiert, der sehr gemütlich war. Leonie Kollwitz ist mitgekommen, ich habe sie kaum mehr wiedererkannt.
Ursula und ich planen noch in diesem Monat eine Reise auf die Azoren, aber dann würde ich Dich sehr gerne besuchen, vielleicht im September, wie Du es vorgeschlagen hast. Um diese Jahreszeit beginnt der Zug der Kurzschnabelgänse von Spitzbergen über Dänemark zur holländischen Küste, wo sie überwintern. Vielleicht bekommen wir ja ein paar Exemplare zu Gesicht, meist wird die Kurzschnabelgans mit der Saatgans verwechselt, aber die ist kleiner und hat ein schmales rosa Band an der Spitze ihres schwarzen Schnabels.
Vorige Woche war ich in einem sehr gemütlichen italienischen Restaurant und habe Ravioli in Pilzrahmsauce gegessen. Kannst Du Dich erinnern, wie Du immer unsere Lieblingsnudeln für uns gekocht hast, mit Speck und Ei für Clemens und mit geriebenem Käse für mich?
Ich vermisse Dich sehr. Sei umarmt von Deiner Nellie.

Round table

Das Gesicht von Christoph Königsstett flimmert über den Bildschirm, seine Miene drückt Betroffenheit aus. Dazu gestikuliert Professor Königgstett mit feingliedrigen Händen, die sich ab und an entschlossen ballen.
Die Kamera schwenkt über die restliche Runde, während der bekannte Ornithologe und Umweltschützer sein Plädoyer für das Sumpfgelände am Stadtwall hält. Eine Frau mit Perlenkette macht sich Notizen, der Diskussionsleiter kaut auf seinen Brillenbügeln, zwei männliche Gäste blicken bedeutsam drein.
Unersetzliches Biotop ... von dieser Größenordnung einzigartig in Europa ... Verbrechen an den künftigen Generationen ... Widerstand statt Resignation ... Königsstett redet, als ob er auf einer unsichtbaren Kanzel stünde, eine Schweißperle sickert ihm über die Stirn, sogar der Diskussionsleiter läßt von seinen Brillenbügeln ab. Ein kurzes Schweigen tritt ein, die Frau mit der Perlenkette faßt sich als erste.
Wie sollte dieser Widerstand aussehen, die Grünenbewegung ist doch mittlerweile eine staatstragende Macht geworden, laufen Sie mit Ihren Forderungen nicht offene Türen ein, welche Konsequenzen ziehen Sie eigentlich persönlich?
Ich sitze auf meinem Bett und applaudiere der Frau mit der Perlenkette. Gut gemacht, diesen Widerling muß man frontal attackieren. Aber Königsstett kommt mir zuvor, er richtet sich auf und blickt die Frau an, wie Robin Hood, dem

Marian soeben einen Krug mit kühlendem Nektar gereicht hat. Die Frau senkt verwirrt den Blick und nestelt an ihrer Perlenkette.
Sie haben völlig recht, was nützen Worte, wenn nicht die Tat folgt.
Königsstett hat sich vorgebeugt und blickt jetzt direkt in die Kamera. Er muß eines dieser sündhaft teuren Kommunikationsseminare absolviert haben, wie serviere ich meine Suppe aus hohlen Phrasen möglichst mediengerecht, und Professor Königsstett gibt bekannt, hier und jetzt, worüber man schon lange munkelt: Ich werde mich von meinem Lehrstuhl mit Ende des kommenden Wintersemesters beurlauben lassen und mit vollem Engagement der Politik widmen, man hat mich überzeugt, daß ich gebraucht werde. Diese Entscheidung entspringt nicht meinem Wunsch, aber es gibt Momente, da muß man die persönliche Lebensplanung hintanstellen.
An dieser Stelle muß sich Professor Königsstett mit einem Schluck Wasser stärken, seine Sitznachbarn betrachten diesen Vorgang interessiert.
Ich sitze da im Schneidersitz, meine Knie schmerzen. Die persönliche Lebensplanung hintanstellen, ich muß plötzlich an Clarissa denken, wie das wohl gemeint war? Ob Clarissa zusieht, sicherlich, ich strecke langsam meine Beine aus, die Gelenke knacken.
Auf dem Bildschirm hat die Kamera nun wieder die gesamte Runde eingefangen, der Diskussionsleiter schwenkt seine Brille, Königsstett hat lässig die Beine übereinandergeschlagen und läßt einen feinen Ledermokassin auf- und abwippen. Ein Schriftzug wird eingeblendet, Sie können via Fax und Internet an unserer Diskussion teilnehmen.
Ich drücke auf den kleinen roten Knopf an meiner Fernbe-

dienung, das Flimmern erlischt, Stille breitet sich im Zimmer aus. Königsstett läßt sich also wirklich beurlauben, das sollte doch eine kleine Feier wert sein. Aber wie läßt sich dieser Augenblick bloß angemessen begehen, mir fällt nur der Kirschlikör ein, den meine Mutter in der Anrichte im Wohnzimmer aufbewahrt.

In der U-Bahn

In der U-Bahn ist es stickig schwül, vor mir steht eine dicke Frau und hält sich mit hocherhobenem Arm an einer Chromstange fest, ihre Achselhaare sind ein verklebtes Haarbündel ganz nah an meinem Gesicht. Ich wende mich ab und stehe Auge in Auge mit einem schnurrbärtigen Mann, sein Atem trifft auf meine Nasenflügel, ich würde gerne in Ohnmacht fallen, aber das schickt sich nicht.

An der nächsten Haltestelle steigt die dicke Frau aus, wie eine Schneeraupe im tiefen Winter pflügt sie sich mit ihrem Einkaufskorb den Weg frei, sehnsüchtig blicke ich ihr nach, aber ich muß noch fünf Stationen ausharren, bis unser stilles Viertel erreicht ist. Die U-Bahn leert sich von Bahnsteig zu Bahnsteig, endlich wird ein Sitzplatz frei, ich lasse mich darauf fallen und halte meine Skripten vor die Brust gepreßt, mein Schutz, mein Schild, Kinder machen die Augen zu und werden unsichtbar, ich blicke tapfer an meinem Gegenüber vorbei.

Der Zug rast in den Tunnel unter dem Fluß, die Deckenbeleuchtung erhellt unsere Gesichter in einem fahlen Gelborange, ein Mann preßt seine Schenkel gegen meine Schulter. Ich sitze da wie erstarrt, der Mann fühlt sich so hart an wie eine Faust, ich kann es durch den dünnen Stoff meines Blusenärmels fühlen. Was tun, das Paar mir gegenüber wirkt völlig teilnahmslos, der Mann steht beinahe schon über mich gebeugt da, ein Schweißtropfen fällt auf mich herab. Was tun, wie ein Vogel auf der Leimrute sitze ich da, der Zug wird langsamer und fährt in die Station ein, ich springe auf und dränge mich durch die Menschen hindurch, eine Frau starrt mich böse an, wir haben es alle eilig. Dann gehen die Türen auf, ich falle beinahe nach draußen, wie entwürdigend, wie peinlich. Schwer atmend stehe ich auf dem Bahnsteig, der Zug fährt wieder an, ich drehe mich um und sehe in ein grinsendes Männergesicht, das sich hinter den Scheiben spiegelt, dann ist der Zug verschwunden.

Amadeus

Kreischend läuft die Frau davon, ihre Röcke fegen übers Parkett. Dann hat er sie eingeholt, ein Lakai schließt die Flügeltür, die beiden sind allein, das heißt nicht ganz, in einer Nische verborgen steht ein Mann mit schmalen Lippen und beobachtet die Szene.
Die Frau atmet schwer, die Brüste sprengen beinahe das Mieder. Ihr Galan wirkt so jung, fast kindisch, er kichert und prustet, spricht zu ihr in einer fremden Sprache.
Sükniemop.
Sükniemop?
Sie schüttelt den Kopf und grübelt, ihm verrutscht die Perücke vor Lachen.
Sük-niem-op, ganz langsam kommt sie ihm auf die Schliche, sük-küß, niem-mein, op-po, küß-mein-Po, sie quietscht vor Entrüstung und trommelt gegen seine Brust, die beiden rollen über den Boden, der Mann in der Nische lächelt voller Verachtung.
Und ganz leise setzt die Musik ein, wie das Flirren der Luft, das Kräuseln der Wellen an einem Sommertag, der junge Tölpel hält inne, auch der Mann in der Nische erstarrt, fassungslos begreift er den Zusammenhang: Das war Mozart, diese kichernde Kreatur mit der schmutzigen Phantasie, dieses obszöne Kind, das war seine Musik. Fagotte und Falsetthörner, die wie eine verrostete Quetschkommode klangen, und dann plötzlich, hoch darüber, eine Oboe. Das war

Musik, wie ich sie noch nie gehört hatte, erfüllt von einem solchen Verlangen, es kam mir vor, als ob ich die Stimme Gottes vernommen hätte.
Wolfgang Amadeus Mozart läßt von der Frau ab, er rückt sich die Perücke zurecht und folgt der Musik, seiner Musik. Wir bleiben zurück, Konstanze, Salieri und ich. Mein liebster Film hat gerade erst begonnen.

Gespräch mit Clemens

Wir stehen in der Küche, ganz zwanglos. Clemens hält ein Weinglas in der Hand, ich habe mir ein Brot mit Käse belegt und fingere dazu Oliven aus einem schmalen Glas. Unsere Mutter ist bei ihrer Freundin Lotte Rompelberg zu Besuch. Fast ein Picknick, sage ich.
Mein Bruder lacht und gießt mir ebenfalls ein Glas mit Wein voll, er reicht es mir, und wir prosten einander zu. Ab und an gibt es diese Momente der Vertrautheit zwischen uns, fast immer steigt dann ein Bild aus unserer Kindheit in mir auf, diesmal ist es mein kleiner Bruder, der auf einer Decke im Garten sitzt und seinen Plüschhasen mit Keksen füttert. Veronika sitzt zwischen uns auf der Decke, sie hat eine rote Nase von zuviel Sonne und lacht und gießt Limonade in zierliche Puppentassen.
Wann geht die Reise los, fragt Clemens.
Samstag vormittag, antworte ich. Wir fliegen über Frankfurt nach Lissabon, dann noch am selben Abend nach Ponta Delgada, das ist die Hauptstadt der Azoren. Ich habe es ja nicht gerne, wenn man so spät in einer fremden Stadt ankommt und sich im Dunkeln zurechtfinden muß, aber es war die einzig mögliche Verbindung.
Mein Bruder muß ein wenig lächeln über seine große Schwester, die Nacht war ihm stets vertraut, während ich die Dunkelheit entbehrlich finde, auch darin sind wir verschieden.

Seltsam, daß ihr beide Freundinnen seid, du und Ursula, sagt mein Bruder. Ihr seid euch gar nicht ähnlich.
Wem bin ich überhaupt ähnlich, wie gern würde ich meinem Bruder diese Frage stellen. Oder besser nicht, ich möchte ihn nicht in Verlegenheit bringen. Wir trinken Wein und essen Oliven, Clemens spuckt einen Kern zum offenen Fenster hinaus.
Triffst du dich eigentlich noch mit Yvonne?
Jetzt sehen wir beide ganz erschrocken drein, mein Bruder Clemens und ich, diese Frage geht eindeutig zu weit, auch für solch einen Augenblick der Vertrautheit, sie rührt an so vieles, was wir voreinander verborgen halten, Liebe und Einsamkeit, Vertrauen und Verrat.
Mein Bruder nimmt einen tiefen Schluck, er sieht verärgert aus, oder ist es ertappt?
Nein, wir sehen uns kaum noch.
Dann ist wieder Stille.
Sie hat mir eine ziemlich gräßliche Szene gemacht, Clemens hat sich doch entschlossen weiterzusprechen. Dabei habe ich ihr nie etwas vorgemacht oder falsche Hoffnungen geweckt, das mußt du mir glauben, Rheingard.
Und mein Bruder Clemens blickt mich plötzlich ganz direkt an, gerade so, als ob ihm wirklich an meinem Urteil gelegen wäre.
Und, ist das etwas Ernsthaftes zwischen dir und Leonie?
Wenn ich mich schon zu bohrender Neugier entschlossen habe, dann möchte ich nicht auf halbem Weg haltmachen.
Clemens wirkt ein bißchen resigniert, der Angeklagte gibt endlich klein bei und gesteht all seine Sünden.
Ja, ich denke schon, der alte Kollwitz braucht dringend einen Erben, so eine Chance bietet sich kein zweites Mal.
Ich sehe meinen Bruder an, der ein schiefes Lächeln ver-

sucht, damit hat er mich schon immer geködert, ich habe dir alles gebeichtet, große Schwester, jetzt mußt du auch auf meiner Seite sein, mich verteidigen und in Schutz nehmen.
Das Olivenglas ist leer, ich fege die Brotkrümel zusammen und stelle die Gläser zum Spülen bereit. Clemens ist ein erwachsener Mann, das Kind auf einer Decke in einem sommerlichen Garten ist weit weg.
Sei doch nicht so enttäuscht, Rheingard, sagt mein Bruder hinter mir. Für die Liebe bist du zuständig in dieser Familie.
Draußen vor dem Gartentor hält ein Taxi, unsere Mutter ist von ihrem Besuch zurückgekehrt. Clemens schickt sich zum Gehen an.
Was soll ich dir von den Azoren mitbringen?
Ich versuche einen heiteren Ton, aber es klingt nur betulich.
Clemens lächelt jetzt wieder ganz breit, man kann ihm einfach nicht böse sein.
Wie wär's mit einem Goldnugget?
Ich glaube, du verwechselst da etwas, antworte ich. Wir fahren auf die Azoren, nicht nach Kanada.
Ach, du findest schon irgendeine Kleinigkeit, ruft mein Bruder. Er ist bereits halb zur Tür hinaus und eilt unserer Mutter entgegen, die Hände in den Hosentaschen, für eine blonde Yvonne wäre er wohl wirklich zu schade.

Sintflut

Der Himmel ist nachtblau mit silbernen Sommersprossen gespickt, Wolkenfetzen treiben vorüber, tief drunten rollen die eisigen Fluten des Atlantiks.

Soeben hat mich Ursulas Ellenbogen in die Seite getroffen, das Glas mit Tomatensaft ist mir fast aus der Hand gerutscht, aber zum Glück ist nichts passiert, nur ein paar Spritzer auf meiner grauen Hose, das sieht beinahe schick aus. Ursula wendet sich wieder Othmar zu, ich reibe mit einer Papierserviette über meine Schenkel. Ich würde gerne die Toilette aufsuchen, aber dann müßten Ursula und Othmar von ihren Plätzen aufstehen, ich male mir Othmars Blick zum Himmel oder präziser zur Kabinendecke aus und Ursulas Seufzen, da bleibe ich lieber sitzen. Zum Glück werden wir bereits in einer knappen Stunde in Ponta Delgada landen.

Ursula hat nach längerem Kramen in ihrer Handtasche einen Spiegel und einen Stift mit roter Mine hervorgeholt. Sorgfältig zieht sie die Konturen ihrer Lippen nach, das Flugzeug hat zu wackeln begonnen, aber ungerührt füllt Ursula die samtigen Flächen aus, sie spitzt ihren Mund und lächelt ihrem Spiegelbild zu. Ein Gefühl wie Neid steigt in mir hoch, ich würde mich gerne abwenden, aber ich kann bloß meinen Kopf zur Seite drehen, dem Kabinenfensterchen zu.

Rund um uns sind nur Wasser und Himmel, wie nach einer Sintflut. Die Azoren liegen beinahe in der Mitte zwischen

Europa und Amerika, neun Inseln im Ozean, früher haben die Transatlantikflieger hier einen Zwischenstopp eingelegt, aber das ist Fliegerlatein von gestern. Nur mehr Einheimische und verrückte Touristen, die schon alles gesehen haben, peilen heute die Inseln an.

Ob der Pilot in der Kanzel wohl den Weg weiß? Unruhig blicke ich nach vorne, diskret an meinen Sitznachbarn vorbei, Ursula hat sich wieder an Othmar geschmiegt. Allmählich wird mir ernsthaft bewußt, auf welch gräßliche Situation ich mich eingelassen habe, romantische Abendessen zu dritt, spätestens beim Dessert heißt es Müdigkeit vortäuschen. Fahrten über Land, die ich auf dem Rücksitz verbringen werde, wie ein überzähliger Reservereifen, allmählich erscheint mir ein nasses Grab als verlockende Alternative.

Wir haben soeben mit dem Sinkflug begonnen, bitte klappen Sie Ihre Sitzlehnen aufrecht, und stellen Sie das Rauchen ein, die Stimme der Chefstewardess beendet mein Grübeln.

In unendlicher Ferne blinkt ein Licht auf, dann ein zweites, auf wundersamen Pfaden haben wir die Insel São Miguel erreicht, die wie ein Walrücken inmitten von Wasser und Dunkelheit schwimmt, ich kontrolliere den Sitz meines Sicherheitsgurtes.

II

Auf den Azoren

Durch Ponta Delgada laufe ich nur mit gesenktem Kopf, so wunderschön sind die Muster, zu denen sich die schwarzen und weißen Kieselsteine fügen, die Straßen und Plätze bedecken. Kreise und Ecken und Schlingen, ich folge ihnen quer durch die Altstadt wie einer Geschichte, in deren Bann ich geraten bin. Einmal pralle ich beinahe gegen eine Frau mit Kinderwagen, erschrocken murmeln wir beide Formeln der Entschuldigung, von nun an bin ich vorsichtiger und bewundere die schwarzweißen Ranken zu meinen Füßen in gemessenem Schritt.

Alles scheint hier ein wenig krumm und gewunden und schief, die Straßen, die Häuser, die Kirchen, die Plätze, wie ermüdet vom Wind, der ständig bläst. Rosa Wolken rasen über den Himmel, mein Zopf befindet sich in einem Zustand steter Auflösung. Und trotzdem hat mich ein Wohlbehagen erfaßt, seitdem wir auf dieser Insel gelandet sind, es wärmt meinen Bauch und strafft meinen Rücken, die Fingerspitzen prickeln, ich ertappe mich dabei, fremde Menschen anzulächeln. So habe ich schon einen ganzen Tag und einen halben zugebracht, mit Laufen und Schauen, vor den kleinen Läden stehen die Besitzer und reiben ihre Hände in der Sonne, Frauen tragen Körbe mit Kraut und Bananen auf dem Kopf, Mofas knattern vorbei, die Mädchen sitzen mit anmutig geschlossenen Knien hinter ihren Galanen und lassen das Haar flattern.

Ursula und Othmar sind im Hotel geblieben, ich vermisse ihre Begleitung nicht. Rheingard, du kommst doch auch ohne uns zurecht, so hat mich Ursula beim Frühstück begrüßt, sie und Othmar sind erst erschienen, als die Kellner schon wieder die Platten mit Speck und Eiern forttrugen, Ursula zerzaust und erhitzt und mit einer Kratzspur über dem rechten Schlüsselbein, Othmar in einem nicht ohne Genugtuung zur Schau gestellten Zustand der Erschöpfung. Sie haben sich kurz an schwarzem Kaffee und süßen Brötchen gelabt, dann sind sie wieder in Richtung Treppe entschwunden, Ursula hat sich noch kurz umgedreht und mir schelmisch mit dem Zeigefinger gedroht, Rheingard, du gehst uns doch nicht verloren, laß dich nicht ansprechen, dann ist sie mit Othmar verschlungen die teppichbelegten Stufen emporgestiegen und hinter Palmwedeln entschwunden, ich habe tapfer lächelnd in meiner Tasse gerührt, dabei war gar kein Kaffee mehr darin, zwei Kellner haben sich zugegrinst.
So habe ich mir an der Rezeption einen Stadtplan besorgt und bin losgebummelt, dem Wind und dem Geschrei der Möwen nach, dem Duft des Meeres entlang. Die Auslagen der Geschäfte an der Avenida Infante Dom Henrique sind nicht mit Modellkleidern oder Schmuck dekoriert, wie es zu einer Seepromenade doch so gut passen würde, sondern mit Waschmaschinen und Fernsehern vollgeräumt, die Stücke haben einen weiten Weg hinter sich, mit dem Frachtschiff via Madeira quer über den halben Atlantik, stolz poliert eine Verkäuferin eine klobige Tiefkühltruhe.
Kräne schwenken über das Hafenbecken, es riecht nach Tang und Salz und Netzen, in denen silbrige Fischleiber zappeln, ich wende mich ab und gehe durch die Stadttore hindurch, auf die alte Kirche São Sebastiao zu. Schwarz und

Weiß scheinen die Farben zu sein, die die Hauptstadt der Azoren beherrschen, schwarz und weiß die Mosaike, die Straßen und Plätze bedecken, aus schwarzen und weißen Steinen sind die einstöckigen Häuser und alten Paläste gemauert, schwarz schimmern die schmiedeeisernen Gitter der Tore zwischen weißen Mauern, weiße Spitzen blitzen unter den schwarzen Röcken der Frauen hervor.
So laufe ich über holpriges Pflaster durch unbekannte Viertel, vorbei an der alten Tabakfabrik, vorbei an der Brauerei und der Zuckerfabrik, in den Kronen der Dattelpalmen streiten sich Spatzenschwärme um reife Früchte. Keiner blickt mir skeptisch ins Gesicht, eine Frau mit dickem Zopf und olivfarbenen Wangen gehört hier dazu, ich lausche den Stimmen und dem Schwatzen der Menschen, die an mir vorübergehen. Was für eine wunderbare Melodie, Portugiesisch summt in meinen Ohren, wie eine Arie, die durch Samtvorhänge in eine dunkle Loge dringt.
Allmählich wird der Verkehr dichter, werden die Stimmen lauter und lebhafter, ich lasse mich schieben, schräg über die Straße, dann zweimal rechts um die Ecke, und stehe auf dem Wochenmarkt der Stadt, es riecht nach Früchten und nach Gewürzen, auf einem Holzkarren häufen sich Berge von Kastanien, Bäuerinnen halten mir duftende Mandarinen unter die Nase. Bom dia, senhora, por favor, sie reden auf mich ein wie auf eine Hausfrau, die prüfend ihre Einkäufe fürs Abendessen erledigt, schade, daß ich keinen Henkelkorb dabei habe, ich hätte dieses Gefühl gerne ein wenig zelebriert.
In der hintersten Reihe haben die Fischhändler ihre steinernen Tische, kübelweise wird frisches Wasser über die Ware geschüttet, die Fangarme der Tintenfische krümen sich wie kleine Meeresungeheuer, schwarz tropft es auf den weißen

Steinboden hinab. Ein Rucksack stößt gegen meine Schulter, Verzeihung, sagt eine Männerstimme, de nada, sage ich, nichts passiert, erst dann fällt es mir auf, die Stimme hat deutsch gesprochen, ich drehe mich um, aber da sind nur Rücken, eine Frau lächelt mich an und deutet auf die vielen zuckrig glasierten Kuchen, die sie auf einem Tisch kunstvoll geschlichtet hat, ich kaufe ein Törtchen, das mit gehackten Pistazien bestreut ist, es schmeckt köstlich, zum Glück kennt mich hier niemand, auf der Straße ißt man nicht, das hat man mir schon als kleines Mädchen beigebracht.

*

Die gegrillten Gambas knacken unter unseren Fingern, Öl tropft auf die Teller, es riecht nach Knoblauch und frischem Brot. So sitzen wir einträchtig beisammen und saugen und schlürfen das weiße Fleisch aus den Panzern, Ursula tunkt Brotstücke in die goldgrüne Pfütze auf ihrem Teller und verschlingt sie mit einem Seufzen des Wohlbehagens, sogar Othmar wirkt irgendwie gnädig gestimmt.

Dies ist unser dritter Tag auf den Azoren, der letzte in der Hauptstadt Ponta Delgada, morgen früh wollen wir mit dem Auto losfahren und eine Woche lang das Inselinnere erforschen. Eigentlich habe ich nicht vorgehabt, das glückliche Paar an diesem Abend mit meiner Anwesenheit zu behelligen, wir sehen uns praktisch nur am Frühstückstisch, aber Ursula hat mir huldvoll angeboten, doch mitzukommen, so hocke doch nicht ständig im Hotel herum, Rheingard, du mußt hinaus, unter Menschen, so wird das nie etwas. Ich habe es nicht fertiggebracht zu widersprechen, eigentlich bin ja ich diejenige, die seit unserer Ankunft auf eigene Faust die Stadt und ihre Umgebung erkundet, Ursula und Othmar widmen sich eher den erogenen Zonen, sozusagen.

Also bin ich mitgegangen, zu meiner großen Erleichterung hat sich herausgestellt, daß wir nicht zu dritt sein würden, Ursula hat eine alte Bekannte angerufen, oder besser gesagt die Bekannte des Freundes einer Kollegin, auch das macht Ursulas Weltläufigkeit aus, Ursula würde selbst in einem Iglu nördlich von Hammerfest nur kurz in ihrem Adreßbüchlein blättern, um einen sogenannten »Kontakt« herzustellen.
Lucie Rebelo hat sich als patente kleine Person entpuppt, eine Frau mit porzellanweißer Haut und einem Haarschnitt wie die junge Mireille Mathieu, wenn Lucie lacht und mit den Händen redet, dann fallen ihr die dunkelbraunen Fransen ins Gesicht. Sie ist ins Hotel gekommen, wir haben uns miteinander bekannt gemacht, während wir auf Ursula und Othmar warten mußten. Lucie ist erst kürzlich aus Toronto zurückgekehrt, in Kanada leben mehr Azoreaner als auf den Inseln selbst, Lucie arbeitet wie Ursula als Dolmetscherin, sie spricht ein perfektes Englisch und Deutsch, Französisch und Spanisch und Portugiesisch sowieso, aber Lucie macht kein Aufhebens darum, statt dessen wirkt sie beeindruckt, als ich ihr von meinem Beruf erzähle, Sie sind die erste Ornithologin, die ich kennenlerne, wie interessant.
Dann sind Ursula und Othmar erschienen, mitten in unser Gespräch hinein. Ihr Ärmsten, Ursula war voller Mitgefühl, daß wir so allein an der Bar hatten sitzen müssen, zwei Frauen und kein Mann weit und breit, ihr könnte so etwas nie passieren. Ursula hat sich kokett an Othmar geschmiegt, der hat ein ganz klein wenig genervt gewirkt, aber vielleicht war es ja auch nur Einbildung, dann sind wir aufgebrochen, keinen Spaziergang bitte, hat Ursula gestöhnt, wir sind etwas mitgenommen, Othmars linkes Auge hat ein ganz klein wenig gezuckt.

Also haben wir ohne große Umwege das »O Mario« angesteuert, Lucie hat es uns wärmstens empfohlen, eine schräge Mischung aus irischem Pub und portugiesischer Hafenkneipe, mit Fischernetzen an den Wänden und brüchigen Ledersofas, auf gehacktem Eis wird der frische Fang des Tages präsentiert, dazu gibt es kühlen Weißwein von der Nachbarinsel Graciosa, wir sind bereits beim zweiten Fläschchen angelangt. Lucie unterhält uns mit vertraulichen Geschichten von den Inseln, jeder kennt hier jeden, für eine Affäre weicht man am besten aufs Festland aus, das macht die Liebe auf den Azoren ein wenig kompliziert. Dort drüben, Lucie senkt ihre Stimme zu einem konspirativen Flüstern, das ist unser ehemaliger Bürgermeister, wir folgen der Richtung ihrer Gabelzinken, zwei Tische weiter sitzt ein Mann, schön wie Doktor Schiwago, und mustert unter seidig langen Wimpern den Fisch und die Frauen.
Der Wirt trägt die Teller davon, das Tischtuch wird mit einer Bürste von Krümeln befreit, dann stellt die Wirtin jedem von uns eine dicke Scheibe Ananas hin, Saft rinnt aus dem gelben Fleisch, ein intensiver Geruch steigt auf und kitzelt meine Nase. Daran müßt ihr euch gewöhnen, erklärt uns Lucie vergnügt, das ist auf den Azoren so Sitte, wir essen frische Ananas zu jeder Mahlzeit und zu jeder Tageszeit, das hält gesund und schlank und schön.
Also essen wir unsere Ananasscheiben, ich kaue konzentriert, ob man in zwei Wochen bereits eine Verbesserung erzielen kann? Nur Ursula pickt bloß in ihrer Frucht herum, sie hat eine Verschönerung aber auch nicht nötig.

*

Schon seit Stunden fahren wir durch diese atemberaubende Landschaft, sogar Ursula und Othmar vor mir haben mittlerweile ihr Geplänkel eingestellt und sind vollauf mit Schauen und Ausrufen des Entzückens beschäftigt. Was für ein phantastisches Wolkengebirge da vorne, wie ein Zeppelin, ist das nicht der schönste Regenbogen, den ihr je gesehen habt, da unten die Brandung, Palmen neben Fichten, das glaubt uns zu Hause niemand.

Selbst Othmar, der den Wagen lenkt, verrenkt sich die meiste Zeit den Kopf, zum Glück gibt es kaum Gegenverkehr, wir holpern über schmale Landstraßen und staubige Karrenwege, durch stille Dörfer, die wie verwunschen wirken, ab und an läuft ein Hund neben unserem Auto her und bellt die Fremden an. Männer lagern unter einem Baum, Hirten treiben ihre Herde zusammen, um uns den Weg freizumachen, sie blicken uns nach, auf ihren Stock gestützt. Ein mit Rillen behauener Stein dient als Waschbrett, Frauen knien im sandigen Bachbett und wringen die Laken aus, unglaublich, murmelt Ursula, wie im Kino.

Der Aufbruch ins Ungewisse hat uns gutgetan, Othmar sieht aus, als ob er frische Luft um die Nase vertragen könnte, und auch Ursula scheint die Abwechslung nach drei Tagen im Liebesnest zu genießen. Ich throne in der Mitte der rückwärtigen Sitzbank, eingeklemmt zwischen Taschen und Körben, Rheingard, du schläfst doch nicht etwa, Ursula dreht sich zu mir um, sie reicht mir ein zitroniges Bonbon, wir lächeln uns an, einen flüchtigen Augenblick lang ist Othmar der Dritte im Bunde.

Nie hätte ich gedacht, daß so viele Grüns auf einem so kleinen Erdenfleck möglich sind, das Moosgrün der Steilhänge, das Smaragdgrün des Wassers, das leuchtende Grün der Teeplantagen, die sich über die Hügel erstrecken, eine schwarzweiß gefleckte Kuh frißt sich an den jungen Trieben satt, das gelbgeäderte Grün der Farne, die rund um verfallende Anwesen wuchern. Tabakblätter trocknen auf Holzgerüsten, ein einsamer Strandläufer joggt über schwarzen Lavasand, vor einer Kulisse aus meterhohen Brandungswellen.

Wie wäre es mit einer kurzen Pause, Othmar streckt sich hinter dem Lenkrad, Ursula konsultiert die großflächige Straßenkarte auf ihren Knien, eigentlich müßten wir gleich in Villa Franca sein, das war bis zu diesem großen Erdbeben fünfzehnirgendwann die Hauptstadt der Azoren, da sollten wir sowieso einen Halt einlegen. Othmar seufzt leise, er teilt Ursulas Kulturbeflissenheit nur in ausgeruhten Momenten, ich wackle ein wenig mit meinen Zehen, um sie aufzuwekken. Dann passieren wir auch schon die ersten Häuserzeilen, im Rosaorange der Schäfchenwolken getüncht, die ständig über die Insel ziehen, Schulkinder in Uniform winken uns schüchtern zu, ich winke zurück, wir umrunden einen Park mit vollerblühten Hortensienbüschen, ich muß plötzlich an meine Mutter denken, die sich über ihre Rosen beugt, ob Clemens wohl auch anruft und sie besucht, Othmar parkt unter einem Torbogen ein.

Drei Kirchen begrenzen den Hauptplatz, die Azoreaner sind ein frommes Volk, an hohen Festtagen rutschen sie auf wunden Knien übers Pflaster, um Vergebung für ihre Sünden zu erlangen, ich habe es in meinem Reiseführer nachgelesen. Wir steigen aus unserem Wagen, Ursula streckt sich, daß ihre Brustwarzen beinahe durch die Bluse platzen, Othmar gähnt ausgiebig, eine blasse Sonne leuchtet seinen Rachen aus, ich klopfe unsichtbare Krümel von meinem Rock. Alte Männer sitzen auf den Parkbänken, junge Männer lehnen an Hausmauern, alle starren uns an unter abgegriffenen Mützen, keine Frau ist zu sehen, wenigstens dringt Kinderlachen aus einem Fenster.

Wir steuern das einzige Lokal am Platz an, Ursula vorneweg, Othmar und ich hinterdrein, ein Kaffeehaus, das wohl schon bessere Zeiten gesehen hat, wie man so gerne sagt, ich frage mich, ob es an diesem verlassenen Ort je bessere Zeiten gegeben hat, ich vermag sie mir nicht vorzustellen. Drinnen ist es dämmrig und kühl, beinahe modrig, Glasvitrinen über einer hölzernen Theke, Stühle aus Plastik und Tische aus Resopal, irgendwie rührt dieser Raum mein Herz, ach du meine Güte, sagt Ursula neben mir, am besten trinkt man hier wohl Schnaps, der desinfiziert wenigstens. Aber dann entscheiden wir uns doch für Milchkaffee, der Wirt serviert ihn heiß und dampfend in hohen Gläsern, man kann sie nur ganz kurz an die Lippen führen, sonst bekommt man Brandblasen an den Fingern, dazu gibt es Gebäck mit Mandeln und grobem Zucker.

Nicht einmal so schlecht, sagt Ursula, Othmar sagt gar nichts und kaut, wenn man mit Ursula zusammen ist, dann muß man wohl eher fürs Zuhören geschaffen sein, diese Erkenntnis trifft mich plötzlich und unvermittelt, ich betrachte unser seltsames Dreieck aus dieser neuen Perspektive, der Wirt betrachtet uns ebenfalls, sein Blick und mein Blick kreuzen sich einen Moment lang. Am Nebentisch sitzt ein junger Mann, er trägt eine blaue Arbeitskluft, die mit Schlamm bespritzt ist, seine Hände sind rissig, die Risse sind von Öl schwarz nachgezogen. Vor dem jungen Mann liegt ein zerlesenes Buch, er starrt schon seit unserem Eintreten auf dieselbe Seite, seine Lippen bewegen sich unhörbar, wie im Gebet. Dann begleichen wir unsere Rechnung, Othmar hatte noch keine Zeit zum Wechseln, Ursula zahlt für Othmars Kaffee und den ihren, ich krame ebenfalls nach Münzen, der Wirt ist sichtlich verwirrt, solche Sitten sind ihm fremd. Wir verlassen das Lokal, ich gehe langsam an dem Tisch nebenan vorbei, es ist ein völlig verblichenes Wörterbuch, in dem der junge Mann so konzentriert liest, portugiesisch-englisch, soviel kann ich entziffern, ich würde dem jungen Mann gerne zulächeln, ihn am Arm berühren, ihm von mir erzählen, ich bin auch eine von denen, die in Büchern das Leben erhaschen wollen, die Liebe, das Fernweh, bessere Tage, aber ich beschleunige nur meinen Schritt.

Othmar und Ursula sind schon am Auto, laßt uns bloß abhauen, sagt Ursula, sie öffnet ein Papierkuvert und entfaltet ein feuchtes Reinigungstüchlein, die alten Männer schauen ihr zu, ich winde mich auf den Rücksitz, es hat zu nieseln begonnen, ich empfinde das als passend.

Schweigend fahren wir weiter, nur Ursula summt betont heiter eine Melodie, Othmar schaut sie mehrmals von der Seite an, es liegt wenig Zärtlichkeit in diesem Blick, aber Ursula scheint ihn nicht zu bemerken, hoffentlich gibt es keinen Streit in der Enge des Wagens, das erscheint mir mehr, als ich heute an Nähe ertragen kann. Dann stellt Ursula zum Glück ihren Singsang ein, sie beugt sich tief über die Karte auf ihren Knien, draußen ist es fast dämmrig vom Regen, die Scheinwerfer lassen eine bizarre Landschaft aus nässetropfenden Farnwedeln und dunkler Erde aufblitzen, ein Pferdefuhrwerk kommt uns entgegen, Othmar hält den Wagen an, weil die Straße so schmal ist, ungerührt sitzt ein Mann auf dem Bock, wir können sein Gesicht unter der triefenden Hutkrempe nicht erkennen, huuhu, macht Ursula, das ist ja hier wie zur Geisterstunde im Kinderfunk, laßt uns Musik hören, sie dreht an den Knöpfen, aber es kommen nur Wortfetzen und verzerrte Töne, da lauschen wir lieber Ursulas Summen.

Und plötzlich ist die Sonne wieder da, sie funkelt über der tropfenden Landschaft, ein dunstiger Nebel steigt aus dem grünen Urwald und dem grünen Dickicht auf, Diamantsplit-

ter tanzen in der Luft, Schafe blöken in der Ferne, ein Regenbogen spannt sich wie ein riesiger Henkelgriff über die Insel. Überwältigt starren wir nach draußen, ich habe davon gehört, läßt sich Othmar vernehmen, auf diesen verdammten Inseln kann man an einem einzigen Tag alle Jahreszeiten erleben, aber so habe ich es mir nicht vorgestellt. Ursula kurbelt das Schiebedach nach hinten, die Luft trifft meine Lippen und Nasenflügel wie eine prickelnde Dusche, sie riecht nach fernem Meer und nahen Kräutern, ich mache einen tiefen Atemzug und schließe die Augen, näher wird sich das Glück wohl nie an mich herantasten, vielleicht bin ich auch gar nicht dafür geschaffen, mehr zu ertragen.
Höchstens noch eine halbe Stunde bis Furnas, verkündet Ursula, wir recken unsere Köpfe, da vorne liegt es also, das berühmte Tal der Krater und heißen Quellen, ich habe das Empfinden, daß wir dem Erdinneren mit jeder Minute bedenklich näherkommen, ein feiner Tau hat sich auf unsere Haut und unsere Haare gelegt, alles glänzt, die Kühlerhaube, der Asphalt, unsere Gesichter. Die Straße führt nun abwärts, in engen steilen Serpentinen kurven wir ins Dorf, das den gleichen Namen wie das Tal trägt, Furnas, der Regenbogen zerfließt langsam am Horizont.

*

Wir haben uns im besten Hotel am Ort einquartiert, einem knarrenden alten Kasten aus der Jahrhundertwende, das Haus scheint viel zu groß für eine Herberge am Ende der Welt, aber es wird von erstaunlich vielen Gästen bevölkert, mindestens ein halbes Dutzend Sprachen schwirrt durch die Gänge und den Speisesaal, das Gepäck an der Rezeption trägt feine Initialen.
Die Nacht war wunderbar, ich habe sie in einem Bett aus

Nußholz verbracht, mit Daunenpolstern und seidigen Dekken, auf dem Kopfkissen habe ich ein Täfelchen Schokolade als Gruß des Hauses vorgefunden, mit einem bittersüßen Geschmack im Mund bin ich eingeschlafen.
Jetzt sitze ich am Frühstückstisch, Sonnenstrahlen tanzen über das Porzellan und die Rosinenbrötchen, ein junger Mann in grüner Livree hat Kaffee eingeschenkt. Ursula sitzt mir gegenüber, sie scheint den Luxus, der uns umgibt, gar nicht zu bemerken, sie schaut blaß und müde aus. Geht es dir gut, frage ich, Othmar ist noch nicht erschienen, Ursula winkt den jungen Mann herbei und bestellt schwarzen Tee, der junge Mann eilt davon.
Mein Gott, Rheingard, sagt Ursula, nicht jeder hat eben dein unverwüstliches Naturell, sie blickt beinahe angeekelt auf das Brötchen, das ich gerade mit Butter und Marmelade bestreiche, dieses Klima ist aber auch eine Zumutung, ich habe gräßliche Kopfschmerzen.
Und was ist mit Othmar, frage ich, es wird doch nicht eine Epidemie ausbrechen, allmählich fange ich an, mir Sorgen zu machen. Ach der, Ursulas Migräne scheint sich zu verschlimmern, sie schließt die Augen und massiert ihre Schläfen, der telefoniert schon wieder mit zu Hause, seine Frau ist ja zur Kur, aber jetzt machen diese gräßlichen Kinder Probleme, sie sind bei den Großeltern untergebracht, der Jüngste hat angeblich Bauchschmerzen, in dieser Familie kränkelt ständig irgend jemand, ich kann es schon nicht mehr hören. Othmar macht sich natürlich Sorgen, obwohl ich finde, daß er auch übertreibt, wegen jedem Pups von diesen Monstern regt er sich auf, na ja, er ist eben ein Mann mit Verantwortungsgefühl.
Der junge Mann erscheint und stellt eine bauchige Porzellankanne vor Ursula, dazu ein Schälchen mit braunem Zuk-

ker, er macht eine Verbeugung und entfernt sich wieder, Ursula seufzt tief und ausgiebig.
Ich würde gern in mein Brötchen beißen, die Marmelade duftet verlockend, aber irgendwie käme mir das jetzt unpassend vor. Also rühre ich im Kaffee und fühle mich unbehaglich, zum Glück erscheint Othmar, ich nicke ihm freundlich zu, aber Othmar ist auch keine Bereicherung, er wechselt mit Ursula einen genervten Blick, dann begibt er sich zum Büfett, auf dem Müsli und Obstsalat in gläsernen Schüsseln warten, ich blicke ihm nach, sein Pullover ist voller Haarschuppen.
Was habt ihr heute vor, ich stelle diese Frage so harmlos wie möglich, Othmar ist zurückgekehrt, mit einer Schale Ananasstückchen und Kiwischeiben, wenn ihr noch ausspannen wollt, dann könnte ich mir doch den Wagen nehmen.
Othmar läßt den Löffel sinken, er sieht drein, als ob ich ihn nach seinem Prostatabefund gefragt hätte, zutiefst indigniert, meine liebe Rheingard, das kann doch nicht dein Ernst sein, was ist, wenn du vom Weg abkommst, dann sitzen wir hier in dieser Wildnis fest, Ursula nickt heftig, und vergiß bitte nicht, was dieser Leihwagen kostet.
Beinahe liegt mir eine heftige Antwort auf der Zunge, allerdings, ich weiß, wieviel der Leihwagen kostet, schließlich zahle ich auch die Hälfte, Othmar und Ursula haben es so beschlossen, aber dann schlucke ich meinen Groll doch noch im letzten Moment hinunter, über Geld spricht man nicht, darüber streiten gehört sich schon gar nicht, ich vermeine eine wohlvertraute Stimme zu hören, dabei ist meine Mutter Tausende Kilometer weit weg.
Ich erhebe mich, einen schönen Tag noch, ich werde ein bißchen herumlaufen, Ursula nickt mir aufmunternd zu, Othmar pult zwischen seinen Zähnen nach einem Kiwikern, der

junge Mann in Livree hält die Türe auf, ich drehe mich um, aber keine alte Dame folgt mir, kein Filmstar, die fürsorgliche Geste ist wahrhaftig für mich bestimmt.

*

In meinem Zimmer waren bereits die Stubenmädchen, als ich vom Frühstück zurückkehre, es riecht nach Seife und ganz schwach nach Desinfektionsmitteln, eine blau-grün gewürfelte Tagesdecke liegt nun über dem Bett, im Badezimmer stehen Miniflacons mit Haarshampoo und Badeöl. Ich öffne die Türe und mache einen kurzen Schritt auf den Balkon hinaus, vor meinem Zimmer erstreckt sich der Park von Furnas, den alle Prospekte und Reiseführer preisen, der amerikanische Vizekonsul Sir Thomas Hickling hat ihn vor zweihundert Jahren angelegt, im feuchtwarmen Klima wuchern Kamelien und seltene Farne, Bambus und Hibiskus und Yamswurzeln, der abgeschiedene Fleck gilt als einer der erlesensten botanischen Gärten der Erde.
Ich beuge mich über die Brüstung und denke mir, daß so wohl das Paradies ausgesehen haben könnte, eine grüne Urlandschaft mit Früchten, groß wie im Märchen, mit Paaren, die über bemooste Wege gehen, die kleinen Finger ineinander verhakt, nur das Böse müßte man erst importieren, auf den Azoren gibt es keine Schlangen.
Ich gehe ins Zimmer zurück und stopfe noch einen Pullover und Regenschutz in meine pralle Umhängetasche, allmählich werde ich mit den jähen Wetterumschwüngen auf der Insel vertraut, am besten kleidet man sich in Schichten wie eine Zwiebel, ich sperre die Zimmertüre zu. Die Hotelgänge sind mit dicken Teppichen ausgelegt, Messinglampen tauchen jeden Winkel in ein warmes Licht, auf polierten Kommoden stehen Sträuße aus Blättern und roten Beeren.

Vor dem Ausgang werfe ich einen kurzen Blick durch die Glastüren in den Speisesaal, Ursula und Othmar sitzen noch immer am Frühstückstisch, sie gehören zu den letzten Gästen, sie scheinen in eine heftige Unterhaltung vertieft, Ursula gestikuliert, Othmar hat die Stirn in die Hände gestützt, ich mache mich auf Zehenspitzen davon, der Portier wirkt ein wenig irritiert.

*

Draußen ist die Luft so frisch und klar, als ob soeben ein Gewitter vorübergezogen wäre, dabei scheint die Sonne unentwegt, schon seit dem frühen Morgen. Weißgekalkte Häuser säumen die Straße, nur wenige Menschen sind zu sehen, die Straße mündet in den Hauptplatz, Kinder spielen vor einem alten Musikpavillon, aus »Tony's Café« dringt eine Radiostimme, Touristen mit Kameras drängen sich am Kirchenportal. Ich würde mir gerne einen heißen Milchkaffee kaufen, bei der Erinnerung an das ungegessene Himbeerbrötchen fühlt sich mein Magen leer und hohl an, aber vorher habe ich noch etwas zu erledigen, ich steuere das alte Postamt an.

Germany, die junge Frau am Schalter winkt mich in eine Kabine, die Vertäfelung ist alt, aber der Apparat ist hochmodern, ich wähle eine lange Nummer, dann lausche ich, ob meine Mutter wohl gerade Einkäufe macht, aber dann ertönt ihre Stimme aus dem Hörer, ja bitte?

Mama, rufe ich, kannst du mich hören, eine wirklich dumme Frage. Natürlich kann ich dich hören, Rheingard, sagt meine Mutter, wo bist du bloß, ich schaue mir jeden Abend den Wetterbericht an, aber diese Inseln sind ja gar nicht auf der Karte eingezeichnet, wie geht es dir, Kind?

Gut, Mama, rufe ich, wirklich gut, eine unvorhergesehene

Rührung macht sich in meiner Kehle breit, aber wie geht es dir, ich sehe meine Mutter vor mir, so klein und schutzlos, der Großstadt ausgeliefert. Mir geht es ganz ausgezeichnet, sagt meine Mutter, gestern war Lotte Rompelberg bei mir, wir haben Tee getrunken und sind dann noch in die Stadt gefahren, am Heineplatz steht jetzt ein Karussell, stell dir mal vor, wir haben kandierte Weintrauben gegessen, aber wie geht es dir, mein Kind, und dieser Ursula, habt ihr schon viel besichtigt?
Oh, ja, lüge ich tapfer, ich habe meiner Mutter wohlweislich nichts von Othmar erzählt, diese Konstellation hätte sie gewiß nicht als passend empfunden, wir sind jeden Tag unterwegs, die Insel ist einfach unglaublich, hier wachsen Tee und Ananas, was macht Clemens, kommt er dich besuchen?
Aber ja, es ist alles in Ordnung, meine Mutter hat mit dieser Antwort nur eine Sekunde gezögert, aber mein geschultes Ohr hat die Pause sehr wohl registriert, es knackt in der Leitung, die Stimme meiner Mutter ist nur mehr ganz schwach zu hören, Mama, ich melde mich wieder, rufe ich noch, ob sie es wohl hören kann, dann ist die Leitung tot, mit klopfendem Herzen hänge ich den Hörer auf.
Die junge Frau am Schalter schreibt mir den Betrag auf einen Zettel, ich bezahle, dann trete ich wieder auf den Platz hinaus, die Touristen sind verschwunden, mir ist ein wenig zittrig zumute, meine Mutter verzehrt am Abend kandierte Weintrauben auf dem Rummelplatz, ich steuere »Tony's Café« an.

*

Wie neun Bojen liegen die Azoren mitten im Atlantik, die Küste Europas ist mehr als tausend Kilometer weit, und dennoch treibt der Wind immer wieder Vögel übers Meer, den Bienenfresser und den Wiedehopf aus Nordafrika, Krabbentaucher aus Grönland und Island, Mauersegler und Rauchschwalben aus dem fernen Amerika. Auf den kleineren Azoreninseln Flores und Corvo im Westen brütet die Rosenseeschwalbe, in den Lorbeerwäldern von São Miguel das Goldhähnchen.

Stundenlang klettere ich über die grünen Hänge rund um Furnas, Erdbrocken kleben an meinen Schuhsohlen, zweimal schon habe ich den Regenschutz ausgepackt und wieder in den Rucksack zurückgestopft, ein Buchfinkenmännchen hat mir dabei zugesehen. Ich habe das Fernglas auf den kleinen Sänger in der Astgabel gerichtet, Buchfinken bauen kunstvolle Nester aus Flechten und Moos, ihr Gefieder ist rotbraun bis graugrün, aber dieses Männchen trägt ein schlichtes dunkles Federkleid, auf den Inseln im Atlantik verschwinden die Farben der meisten Vögel, auch weiße Flecken gehen zurück, endemische Arten entstehen, bis jetzt gibt es keine Erklärung für dieses Phänomen.

Ich stöbere noch ein Rotkehlchen und einen Schwarm Stare auf, ein Sturmtaucher hat sich zu einem kurzen Abstecher über das Tal von Furnas verleiten lassen, in elegantem Bogen fliegt er zum Meer zurück. Er wird sich für den Rest des Tages auf den Wellen treiben lassen und erst in der Nacht dicht über dem Wasser jagen, an den meisten Küsten ist der Sturmtaucher von Katzen und Ratten ausgerottet worden, aber in den Höhlen und Nischen der Steilküsten von São Miguel brüten noch ganze Kolonien.

Ich kritzle Notizen auf einen Block, über die Felder weit unten rumpelt ein Ochsenkarren, Männer mit Sensen sitzen darauf, dann ist es wieder still. Vögel haben diesen seltsamen Inseln zu ihrem Namen verholfen, als vor einem halben Jahrtausend portugiesische Seefahrer vor der Küste kreuzten, sahen sie große Schwärme, die sie für »açores«, Habichte, hielten. Aber Habichte hat es auf den Azoren nie gegeben, nur Bussarde, es war einfach ein Irrtum.

*

Als ich ins Hotel zurückkomme, sitzt Ursula allein auf der Terrasse, sie trägt eine Sonnenbrille und einen Sonnenhut, in ihrem Schoß liegt eine aufgeschlagene Illustrierte, aber nur der Wind blättert die Seiten um. Bei meinem Schritt richtet sich Ursula auf und nimmt die Brille ab, sie sieht mich entgeistert an, Rheingard, bist du in ein Schlammloch gestürzt, ich blicke an mir hinab und den Weg zurück, erdigbraune Fußspuren zieren die Bodenfliesen, der Anblick ist mir ziemlich peinlich. Ich setze mich neben Ursula und versuche, meine schlammschweren Schuhe hinter den zierlichen Stuhlbeinen verschwinden zu lassen, Ursula setzt wieder die Brille auf, neben mir bleibt sie lieber inkognito.

Wo ist Othmar, frage ich, aber das war kein guter Schachzug, ich kann Ursulas ärgerlichen Blick durch die verspiegelten Brillengläser fühlen, keine Ahnung, man muß ja nicht ständig aufeinanderkleben, er ist Zeitungen holen, glaube ich.

Wir blicken auf den Park hinaus, hast du von dem Becken mit dem heißen Thermalwasser gehört, frage ich Ursula, angeblich kann man da wunderbar baden, mal sehen, sagt Ursula, so eine übelriechende Brühe war noch nie mein Geschmack.

Othmar kommt die Treppe zur Veranda hochgeschlendert, seine Hände stecken in den Hosentaschen, nichts zu bekommen, sagt er, keine deutschen und keine englischen Blätter, man ist hier wirklich am Ende der Welt.

Ich bin eilfertig aufgestanden, aber Othmar winkt lässig ab,

er lehnt sich an die Brüstung und zündet sich eine Zigarette an, und du, Rheingard, wie verbringst du so den Tag?
Heute habe ich mich bloß ein wenig umgesehen, sage ich und schubse verstohlen Erdkrümel hinter Ursulas weißen Stuhl, aber in den nächsten Tagen möchte ich unbedingt zum Pico da Vara wandern, das ist der entlegenste Teil auf der ganzen Insel, dort kann man mit viel Glück noch den Priolo finden, den Azorengimpel, bei uns würde man Dompfaff sagen, eigentlich gilt er seit Jahrzehnten als ausgestorben, früher war das nicht so, aber der Priolo hat am liebsten Orangenknospen verspeist, man hat sogar Prämien für getötete Priolos ausgesetzt, heute ist er wahrscheinlich einer der seltensten Vögel auf der ganzen Welt.
Der Azorengimpel?
Wenigstens bessert sich Othmars Laune gerade unverzüglich, er feixt zu Ursula hin, Ursula lächelt und schüttelt bloß nachsichtig den Kopf, nun ja, wahrscheinlich klingt es wirklich ein wenig seltsam, einer Handvoll graubrauner Federn hinterherzuklettern, Othmars Grinsen erinnert mich plötzlich an Christoph Königsstett, zeigt mir eine Häßliche, die Häßlichen sind so schwer zu haben, ja der Azorengimpel, sage ich, es ist ein vollkommen unscheinbarer kleiner Vogel, wenn ich ihn nur für einen kurzen Augenblick zu sehen bekomme, dann hat sich diese Reise gelohnt.
Othmar muß so lachen, daß er sich am Rauch seiner Zigarette verschluckt, der Azorengimpel, der bei uns Dompfaff heißt, Rheingard, du bist einfach eine Wucht, prustet Othmar, ich stehe auf und schultere meine Tasche, bis später, dann gehe ich auf mein Zimmer, eine Spur aus Erdkrümeln verfolgt mich bis an die Tür.

*

Ob es wohl an den Ananasscheiben liegt?
Antonio, der junge Kellner in der grünen Livree, serviert mir mehrmals täglich eine großzügig bemessene Portion, ich verspeise sie gewissenhaft, Antonio freut sich offensichtlich über meine rasche Anpassung an die Landessitten. Anschließend gehe ich fast immer noch rasch aufs Zimmer und blicke in den Spiegel, meine Haut schimmert in der dampfig feuchten Luft von Furnas, meine Augen glänzen, mein Haar kringelt sich zu hundert tiefschwarzen Löckchen, ich vermag es kaum noch zu einem Zopf zu bändigen, heute früh habe ich den Kampf mit der Bürste aufgegeben und den Wust einfach mit einer lockeren Schleife zusammengebunden. So laufe ich durchs Hotel, in festen Schuhen, die Tasche geschultert, an Antonio und dem Portier und den Kellnern vorbei, und gleite durch ihre Blicke wie durch eine sanfte Brise.
Ein schlechtes Gewissen erfaßt mich nur, wenn ich Ursula begegne, Ursula hat mit dem Klima ihre liebe Not, das Haar hängt welk um ihre Schultern, der Lidschatten zerrinnt in der Feuchtigkeit, mir scheint, daß Ursula ständig ihre Schläfen massiert, dieses Froschgequake bei Nacht treibt mich noch zum Wahnsinn, Rheingard, wie machst du es bloß, daß du wie das blühende Leben aussiehst, findest du das etwa fair, und Ursula läßt sich von Antonio ein Glas Wasser servieren, sie löst eine sprudelnde Tablette darin auf und trinkt die milchige Flüssigkeit mit einem Schluck, ich mache mich davon, ehe sie zu weiterem Wehklagen anheben kann.
Vor dem Eingang begegne ich Othmar, er scheint eher ziellos umherzuschlendern, hallo Rheingard, das primitive Leben scheint dir ja zu bekommen, Othmar blickt mir beinahe interessiert ins Gesicht, wie wäre es mit einem kleinen Spaziergang? Aber ich habe wenig Lust, mich in Othmars gön-

nerhafter Freundlichkeit zu sonnen, um Punkt neun Uhr geht der Bus, vorher möchte ich noch einen Milchkaffee trinken, ich winke bedauernd zu Othmar zurück, der steht da und sieht mir nach, mit einem schiefen Lächeln.

*

Langsam zuckelt der Bus davon, ich bleibe allein zurück, auf einem sturmumtosten Hügel, seine grünen Flanken laufen in sanften Wellen zum Meer hinab. Treibhäuser für Ananas mit weißgekalkten Glasdächern gegen die Sonnenglut liegen verstreut auf den Hängen, in der Bucht drunten dukken sich die Häuser von Ribeira Grande, dem nördlichsten Ort der Insel.

Das Meer ist so blau wie ein Teppich aus Enzianblüten, am Horizont verwaschen sich das Enzianblau des Meeres und das Zartgraublau des Himmels, aber am Eingang der Bucht beginnen sich die Wellen zu weißem Schaum emporzuschaukeln, es tost und donnert, alle paar Sekunden scheint eine meterhohe Wand auf den Ort Ribeira Grande zuzurasen und ihn unter sich begraben zu wollen, aber dann fällt die Wand aus weißem Schaum im letzten Moment in sich zusammen, das Spektakel kann von neuem beginnen, ungebremst seit Tausenden von Kilometern donnern die Wellen aus der Arktis auf den Ort Ribeira Grande zu, ohne Schutz und Wall trotzen die Häuser in der allervordersten Reihe diesem Ansturm, ich denke mir, daß die Menschen, die in diesen Häusern wohnen, vom Mut der Drachentöter erfüllt sein müssen.

*

Fast scheint es mir, als ob ich durch eine unsichtbare Pforte die Welt verlassen hätte und eingetaucht bin in ein endloses

Universum aus moosbewachsenen Hängen und Wolken, die wie Ritterheere am Himmel vorüberziehen. Vögel sind meine einzigen Begleiter auf dieser Wanderung, Seeschwalben kreisen über meinem Kopf, vom Meer ist das Gezänk der Möwen zu hören. Jegliches Gefühl für Zeit und Entfernung ist mir abhanden gekommen, Ursula und Othmar im Hotel scheinen mir ebenso weit weg zu sein wie meine Mutter in ihrem Garten, mir fallen die alten Geschichten ein, die mich als Kind mehr erschreckt haben als jeder Fernsehkrimi, von verirrten Hirtenkindern ohne Schuhe, am Schluß wurden sie stets von einer gütigen Fee aus dem Sumpf oder dem Dickicht gerettet, ich blicke mich um, aber da ist nur der Wind, der an meinen Haaren zerrt.

*

Überall auf der Insel säumen zartlila und blaßblaue Hortensien die Wege, Hibiskus und Rosen und Azaleen wuchern wie in tropischen Gärten, aber hier oben auf den Hügeln wachsen nur mehr Moose und Flechten und die Erica azorica, die Sträucher der Baumheide. Ich muß plötzlich an Fräulein Gatterburg denken, die für ein einziges Edelweiß über Tiroler Geröllhalden klettert, vor mir geht die Höhenlandschaft allmählich in ein Dickicht aus Lorbeersträuchern und holzigen Farnen über, ich bahne mir einen Weg durch das Geäst, Dornen stechen gegen meine Waden, unvermutet tut sich eine Lichtung auf, einen Moment lang fühle ich mich wie die Entdeckerin eines neuen Kontinents, aber dann fällt mein Blick auf eine Agave, die mir fast bis zur Schulter reicht, »Ma Rose« hat jemand in ihr schönstes Blatt geschnitzt, ungelenk und eckig, ich stelle mir das Paar vor, das sich hier getroffen hat, im Schatten der riesenhaften Farnblätter, Lucies Geschichten über die Liebe auf den

Azoren kommen mir in den Sinn, hier kennt jeder jeden, man muß gut aufpassen, wenn man sich in den Falschen verliebt, ich stehe da und fühle mich wie eine Mitwisserin, die man beim Lauschen ertappt hat.
Am Rand der Lichtung wachsen weiße Glockenblumen, ich pflücke drei von ihnen, milchiger Saft quillt aus den Stengeln, ich klemme sie am Riemen meiner Tasche fest, dann mache ich mich auf den Weg zurück, ehe das Dickicht zur Mauer wird.

*

Dann stehe ich wieder an der Straße und blicke auf die Brandung vor Ribeira Grande hinab, mir ist, als ob die Gischt sogar hier droben mein Gesicht benetzen würde, aber das ist wohl nur Einbildung. Ein gelber Bus kommt langsam über die Serpentinen herangezuckelt, ich mache einen Schritt vorwärts und beginne zu winken, auf diesen einsamen Straßen gibt es keine Haltestellen, man hält einfach den Bus an, der Fahrer bremst vor mir ab und öffnet die Türe, ich steige ein und bezahle mein Ticket zurück nach Furnas in kleinen Münzen. Dann suche ich mir einen Platz, zwei alte Frauen mit schwarzen Kopftüchern sitzen nebeneinander auf einer Bank, sie mustern mich in Sekundenschnelle von Kopf bis Fuß, ohne eine einzige Bewegung, sonst sind nur Schulkinder im Bus, sie kichern und flüstern sich ins Ohr, ich merke erst beim Niedersetzen, wie müde ich bin.

*

Im Supermarkt neben der Kirche kaufe ich noch rasch eine Küchenrolle, um die welkenden Glockenblumen zwischen zwei Blättern zu pressen, dann betrete ich »Tony's Café« und lasse mich auf einem wackeligen Stuhl gleich beim Eingang nieder, ich nicke dem Wirt zu, und der nickt zurück, er serviert mir einen heißen Milchkaffee im Glas, mittlerweile sind meine Fingerkuppen so abgehärtet, daß ich die dampfende Flüssigkeit ohne Schwierigkeiten in kleinen Schlucken trinken kann. Die Männer am Tresen haben mich gemustert und sich dann wieder ihren Gesprächen zugewandt, allmählich gewöhnen sie sich an mein tägliches Erscheinen, diese verrückte Touristin ist wieder da, und kein Mann weit und breit, dabei sieht sie kräftig und gesund aus, was für eine Verschwendung.

*

Ursula kommt mir entgegen, als ich auf mein Zimmer gehe, sie wirkt so strahlend und aufgeregt wie seit Tagen nicht mehr, Rheingard, was glaubst du, wer vorhin angekommen ist, Lucie, na, was sagst du jetzt, ist das nicht eine Neuigkeit, sie hat einen Bekannten mitgebracht, einen Vulkanologen aus der Schweiz, stell' dir mal vor, so etwas gibt es wirklich, er heißt Ludwig oder Lukas oder so ähnlich, wir treffen uns alle beim Abendessen, endlich ist hier etwas los, und Ursula wirbelt davon, ihr Haar weht hinter ihr her, Othmar ist nirgends zu sehen, ich bin ein wenig verblüfft, ist sich denn ein liebendes Paar nicht selbst genug, aber was weiß ich schon von der Liebe, ein Flimmern am Bildschirm spät in der Nacht, ein verletztes Agavenblatt, ich ziehe die Türe hinter mir zu.

*

Wir haben uns an einem runden Tisch im Speisesaal versammelt, Antonio hat die Schiebetüren weit geöffnet, die Luft riecht nach Rosen und Eukalyptus, ab und an drängt sich ein Froschquaken zwischen die Sätze und das Gläserklirren.

Rundum wird getafelt und gelacht, eine englische Reisegruppe ist eingetroffen, die Kellner schwirren umher wie Mücken. Mittlerweile sind wir beim dritten Gang angelangt, nach Gemüsesuppe und gegrilltem Thunfisch hat man uns Alcatra serviert, die Festtagsspeise der Azoren, zarte Rindfleischstücke in Rotweinsauce gegart, Lucie hat davon gekostet und Antonio dann ein beifälliges Lächeln geschenkt.
Lucie sitzt mir gegenüber, sie lacht und streicht sich das Haar aus der Stirn, die Goldreifen an ihren Armen klimpern. Neben Lucie sitzt Othmar, er schneidet und kaut und schluckt voller Konzentration, als ob er ganz allein am Tisch wäre, dazu nimmt er große Schlucke vom Madeirawein. Neben Othmar, zu meiner Linken, sitzt Ursula, sie trägt das Haar zu einer Schneckenrolle auf dem Hinterkopf gebauscht und riecht atemberaubend, der Maiglöckchenduft vermischt sich mit den Saucenschwaden und den Aromen, die aus dem Park hereinwehen, mir ist schon ein wenig benommen zumute. Neben mir, zu meiner Rechten, sitzt Lukas, der Vulkanologe, ich halte die Ellbogen fest an den Oberkörper gepreßt, seit der Suppe habe ich ihn nicht mehr angeblickt.
Schade, daß diese faszinierende Reise schon so bald ein Ende hat, seufzt Ursula gerade, ich schaue verwundert von meinem Eintopf auf, hat sich Ursula nicht erst heute morgen beim Frühstück über lähmende Langeweile beklagt, aber sie scheint wie ausgewechselt, ich muß übernächste Woche am Genfer See sein, teilt sie uns mit, Simultanübersetzen beim Kongreß der Automobilindustrie, das Fachvokabular ist tödlich langweilig, aber dafür hat man am Abend viel Freizeit, leider kenne ich mich in der Schweiz kaum aus.

Ursula zündet sich eine Zigarette an, sie schnippt das Zündholz auf ein Tellerchen, das für das Buttermesser bestimmt war, Othmar hat offenbar auf einen Knorpel gebissen.
Ich kann Ihnen gerne ein paar Namen nennen, der Mann zu meiner Rechten hat zu sprechen begonnen, seine Stimme klingt leise und ein wenig heiser, die Aufmerksamkeit unserer Runde ist ihm dennoch gewiß, in Genf habe ich sehr gute Freünde, die würden Sie sicherlich herumführen, wenn Sie das wollen.
Ursula nickt ganz begeistert, oh, ja, wie reizend, wir müssen unsere Adressen austauschen, Lucie lächelt Lukas zu, wie eine stolze Patentante, die weiß, daß ihr Schützling keinen falschen Schritt machen wird. Nur Othmar verschließt sich hartnäckig der heiteren Atmosphäre, er winkt mit einer knappen Handbewegung nach Antonio und läßt sich das Glas vollgießen, dann richtet er zum erstenmal an diesem Abend das Wort an Lukas, Sie sind also Vulkanologe, ich habe immer gedacht, diesen Job gibt es nur in Hollywoodschinken, aber man lernt eben nie aus, und Othmar grinst und prostet uns zu wie nach einem gelungenen Toast, dessen Pointe nur er selbst versteht.
Es gibt auch wirklich nicht allzu viele von uns, sagt der Mann neben mir, seine Stimme klingt jetzt ebenfalls belustigt, Ihre Reaktion ist mir gut bekannt, aber es ist der aufregendste Beruf, den ich mir vorstellen kann, ich habe schon als Kind davon geträumt, dem Inneren der Erde nahe zu kommen, nicht wie in einem Hollywoodschinken, eher wie bei Jules Verne, für einen wie mich sind die Azoren natürlich ein Glücksfall, wir befinden uns exakt an jenem Punkt der Erdkruste, an dem die Kontinente Europa, Amerika und Afrika auf glühendem Magma zusammenstoßen, diese Inseln werden noch lange nicht zur Ruhe kommen.

Wir schauen jetzt alle ein wenig besorgt drein, nur Lucie schüttelt energisch ihren Pagenkopf, laßt euch bloß keine Angst einjagen, im Fachjargon klingt alles viel dramatischer als im Alltag, wir Azoreaner machen einfach das Beste daraus, ihr habt doch sicherlich schon von der Spezialität unserer Insel gehört, dem Cozido?
Wir schütteln den Kopf, Lucie reagiert beinahe fassungslos, ihr könnt doch nicht abreisen, ohne wenigstens einmal bei einem Cozido dabeigewesen zu sein, sie winkt nach Antonio und flüstert ihm ins Ohr, Antonio macht eine zustimmende Verbeugung und entfernt sich wieder, mir wird ein wenig unbehaglich zumute, ich sehe mich schon durch die engen Gassen von Furnas hetzen, mit einem schnaubenden Stier im Rücken, oder was immer Cozido sein mag.
Also, sagt Lucie, ein Cozido ist ein Topf mit scharfen Würstchen und Schweinefleisch, Speck, Kraut, Karotten und Kartoffeln, das Ganze wird abgedichtet und am Seeufer draußen in eine der Spalten versenkt, aus denen es dampft und sprudelt. Nach fünf Stunden gibt das dann einen köstlichen Cozido de Lagoa das Furnas, Gekochtes vom Furnas-See, für morgen nachmittag habe ich uns gerade bei Antonio so ein Festmahl bestellt.
Cozido, das Gekochte, natürlich, Ursula blickt ganz weltmännisch drein, Othmar irgendwie erleichtert, ich kann es ihm nachfühlen, die Kellner servieren uns einen glühendheißen Vanillepudding in Tonschälchen, obendrauf schwimmt eine Zuckerkruste, wie die Azoren auf dem Magma, vorsichtig tauche ich meinen Löffel ein.
Und Sie, sind Sie auch zur Erholung hier, wie gefällt es Ihnen?
Der Mann zu meiner Rechten, der Lukas heißt und Jules Verne mag, hat mich soeben angesprochen, wir blicken uns

direkt ins Gesicht, seine Haut ist gebräunt, sein dunkles Haar ist kurzgeschnitten, aber an den Schläfen beginnt es sich schon wieder zu kringeln, er hat graugrüne Augen, so müssen die jungen Aztekenprinzen ausgesehen haben, ich weiche einen Lidschlag weit zurück und denke mir, daß dies der wunderbarste Mann ist, der mir je so nahegekommen ist, wunderbar, möchte ich ihm gerade antworten, selten habe ich mich so wohl gefühlt wie hier, wo die Erde Risse trägt, aber Othmar kommt mir zuvor, er gibt die Antwort für mich, unsere Rheingard ist nicht zu halten, wir bekommen sie kaum noch zu Gesicht, Rheingard sucht nämlich den Azorengimpel, Othmar verschluckt sich vor Lachen, und Ursula muß ihm auf den Rücken klopfen.
Ich bin Ornithologin, sage ich und rühre in meinem Pudding, der Mann neben mir sieht mich noch immer an, ich führe einen Löffel voll zum Mund und verbrenne mir prompt die Lippen, aber es gibt kein Zurück, ich schlucke die glühendheiße Masse, sie schmilzt meine Speiseröhre entlang und schlägt Brandblasen in meinem Magen, davon müssen Sie mir mehr erzählen, sagt der Mann, aber ich kann bloß nicken.

*

Schwaden aus weißem Dampf hängen über dem steinernen Becken, alles trieft vor Nässe, die Bambusstauden, die Blätter der Farnbäume, die den Pool gegen das Hotel und den Park abschirmen, ab und zu ertönt ein Plätschern, dann ist es wieder still, Lucie und ich sind die einzigen Menschen, die sich so früh am Morgen vom Wasser treiben lassen.
Erschrocken habe ich auf das Klopfen an meiner Zimmertür reagiert, draußen vor dem Fenster war es noch dämmrig, sogar die Frösche waren verstummt, Lucie hat auf dem er-

leuchteten Hotelgang gestanden, in einem weißen Bademantel, Rheingard, hätten Sie Lust, mit mir eine Runde schwimmen zu gehen, ich war ein wenig überrumpelt, aber dann habe ich nach meinem Badeanzug gekramt und mir ein Frotteetuch über die Schultern geworfen, so sind wir über den knirschenden Kies gegangen, durch den märchenhaften Park von Furnas.
Das Wasser im Becken ist gelb und trübe vom Schwefel, nur zögernd bin ich hineingestiegen, aber dann ist ein Gefühl der Wärme und des Schwebens über mich gekommen, mein Atem klumpt zu weißen Wölkchen, ich vermag mir nicht vorzustellen, dieses Bassin je wieder zu verlassen, Lucie ergeht es wohl ähnlich, wir lächeln uns an, wenn unsere Bahnen sich kreuzen.
Dann hängen wir beide am Beckenrand, außer Atem, es pocht in meinen Schläfen, ich habe das Gummiband verloren, mit dem mein Haar zusammengeknäult war, ich greife mit beiden Händen in meinen Nacken und versuche einen Knoten zu drehen, Lucie sieht mir dabei zu.
Heute nacht ist es mir endlich wie Schuppen von den Augen gefallen, sagt Lucie, an wen Sie mich schon in Ponta Delgada erinnert haben. Wissen Sie eigentlich, wie ähnlich Sie und Lukas sich sind? Sie könnten beinahe Geschwister sein.

*

Vor meiner Balkontüre bahnt sich gerade die Sonne ihren Weg durch die Farne, aber das Tuten in der Leitung klingt wie ein Nebelhorn. Ich sitze auf der Bettkante und habe schon zum drittenmal seit dem Bad im steinernen Becken die Nummer meiner Mutter gewählt, es ist doch erst knapp neun Uhr vorbei, um diese Zeit stellt meine Mutter über einer Tasse Tee die Einkaufsliste für den Tag zusammen, wo mag sie bloß sein, ich schüttle das Telefonkabel, das hinter meinem Betthaupt verschwindet, aber meine Mutter antwortet nicht.

*

Lucie ist mit ihrem geräumigen Vierradantrieb nach Furnas gekommen, wir werden alle bequem darin Platz finden, es müssen nur noch Körbe und Taschen und alte Zeitungen und Hundeleinen zur Seite geräumt werden. Lucie und Lukas rumoren im Wageninneren, Othmar hält sich abseits und raucht eine Zigarette, ich stehe neben Ursula und rede ziemlich aufgeregt auf sie ein, ich möchte lieber nicht mitkommen, meine Mutter meldet sich nicht am Telefon, auch Clemens kann ich nicht erreichen, ich bin so unruhig, wenn nun etwas passiert ist, das ist so gar nicht ihre Art.
Rheingard, ich bitte dich, deine Mutter ist eine erwachsene Frau, dein Bruder ist bei ihr, vielleicht ist sie eben früher zum Einkaufen gegangen, oder sie ist schon im Garten und schwatzt mit einer Nachbarin, jetzt sei endlich einmal lokker, und sorge dich nicht immer um den Lauf der Welt, das macht bloß Falten, und Ursula knufft mich in die Seite, so freundschaftlich, wie es zwischen uns beiden nur möglich ist, ich nicke, ein ganz klein wenig erleichtert, wie findest du ihn, flüstert Ursula, ist er nicht süß?
Süß? Wer? Othmar?
Ich bin ziemlich verblüfft, Ursula hat mich noch nie um meine Meinung zu Othmar gebeten, aber offenbar tut sie es auch jetzt nicht, doch nicht Othmar, nein, dieser Lukas, ist dir nicht aufgefallen, wie er mich ansieht, wir müssen unbedingt noch unsere Adressen tauschen, leider war bis jetzt keine Gelegenheit, aber der Tag ist ja noch lang, wer weiß,

und Ursula streckt sich, wie eine Katze, bevor sie die Beute anspringt.
Und Othmar?
Othmar scheint mir heute ein besonderes Anliegen zu sein, ich habe gar nicht gemerkt, daß er mir so ans Herz gewachsen ist.
Ach, Othmar, Ursula fährt sich mit gespreizten Fingern durchs Haar, der kommt von seiner Frau ja doch nicht los, und außerdem bin ich nicht der Typ, der eine Ehe zerstört, eine Familie schon gar nicht, das solltest du eigentlich wissen, Rheingard.
Einsteigen, ruft Lucie, Ursula eilt davon, ich folge ihr langsam, Othmar tritt seine Zigarette aus. Lucie wird fahren, dann soll Othmar vorne sitzen, bestimmt Ursula, er kann so gut Karten lesen, Othmar schaut ziemlich entgeistert drein, Rheingard, so komm doch endlich, Ursula manövriert mich auf die rückwärtige Sitzbank, sie klettert neben mich, für Lukas bleibt nur noch der Platz neben Ursula, für einen Moment herrscht Stille, dann schließt Lucie die Türe mit einem Knall, wir fahren los, den schlafenden Vulkanen entgegen.

*

Die Magie dieser Insel kann sogar verspannte Nackenmuskeln lockern, ohne Unterlaß drehe ich meinen Kopf nach links und nach rechts, der Bauer mit dem hölzernen Pflug hinter einem Ochsengespann, die Kinder, die auf einem Esel reiten, blecherne Milchkannen scheppern gegen die Flanken des Tieres, die Wassermühle an einem Fluß, die Wolken, die nach Grönland ziehen.
Lucie ist uns eine sachkundige Fremdenführerin, seit dem frühen Vormittag erkunden wir den wildzerklüfteten Osten von São Miguel, haben Milchkaffee in Nordeste getrunken

und Weintrauben in Provoação gegessen, wie schneeweiße Krakenarme schlängeln sich die Hauszeilen vom Meer aus die grünen Bergrücken hinauf. Othmar ist einmal kurz in einer Telefonzelle verschwunden, offenbar hat niemand abgehoben, Othmar ist mit einem ziemlich düsteren Gesichtsausdruck wieder zum Wagen zurückgekehrt, aber ich war fast ein wenig erleichtert, vielleicht ist ja der Kontakt zum Rest der Welt völlig abgerissen, auch meine Mutter war heute morgen unmöglich zu erreichen, der Satellit ist abgestürzt, ich bedenke Othmars Hinterkopf mit einem warmen Lächeln.
Ursula scheint unseren kurzen Zwischenstopp gar nicht bemerkt zu haben, sie unterhält sich angeregt mit Lukas, oder besser gesagt, Ursula spricht, und Lukas gibt brummende Laute von sich, Ursula ist offenkundig von einem brennenden Interesse an Lavaströmen und Ascheregen erfaßt worden, dieses Thema hat mich schon als kleines Mädchen fasziniert, der Ätna, der Vesuv, Ursula strahlt Lukas voller Bewunderung an, als ob er sie soeben höchstpersönlich aus dem Inferno gerettet hätte.
Lucie lenkt den Wagen von der Küste wieder ins Innere der Insel, kilometerlange Alleen aus Ulmen und Platanen säumen die Straße, hoch über unseren Köpfen treffen sich die Blätter, wir fahren wie durch ein grüngoldenes Kirchenschiff.
Immer wieder stehen Schilder am Straßenrand und weisen den Weg zu einem Miradouro, einem besonders spektakulären Punkt, die Namen klingen nicht minder spektakulär, Miradouro do Pico Longo, Miradouro da Ponta do Sossego, Miradouro da Ponta da Madrugada, Aussichtspunkt zur Brücke der Morgenröte, ich würde mir die Brücke der Morgenröte gerne anschauen, aber Lucie blickt auf ihre

Armbanduhr, tut mir leid, Rheingard, unser Picknick wartet, beim nächsten Mal, Sie kommen doch sicher wieder.

*

Unsicher und übervorsichtig setze ich meine Schritte, mir fallen die Worte von Lukas beim gestrigen Abendessen ein, diese Inseln werden noch lange nicht zur Ruhe kommen, allerdings, ein neuerlicher Ausbruch scheint knapp bevorzustehen. Aber Lukas und Lucie wirken völlig unbesorgt, sie winken uns zu, so kommt doch endlich, dann verschwinden sie wieder hinter Dampfschwaden.

Mir reicht es allmählich, sagt eine wohlvertraute Stimme hinter mir, Othmar folgt meinen Fußspuren, er zerrt Ursula an der Hand, die ihre Schläfen massiert.

Vor einer Viertelstunde noch sind wir durch einen rosenroten Nachmittag gefahren, allmählich verhungere ich, hat Ursula geklagt, wir sind gleich da, hat Lucie getröstet, dann ist sie von der Hauptstraße abgebogen, ich habe gerade noch einen Blick auf den Wegweiser erhaschen können, Caldeiras, zu den Kratern, aus der Straße ist ein Schotterweg geworden, dann hat Lucie das Auto unter einem riesenhaften Eukalyptusbaum geparkt, von nun an müssen wir zu Fuß weitergehen, Othmar hat laut und vernehmlich geseufzt und sich eine Zigarette angezündet.

Und nun sind wir am Ziel angelangt, am Nordufer des Furnas-Sees. Kochender Schlamm sprudelt aus der Erde, es zischt und brodelt, die Steine und Felsen sind so heiß, daß die Luft flimmert.

Nichts wie weg hier, sagt Ursula laut und vernehmlich hinter mir, sollen sich diese Wahnsinnigen doch rösten lassen, aber da taucht eine wohlbekannte Gestalt vor uns auf, Antonio, er lacht und winkt, er hat eine Schürze umgebunden

und einen Teller in der Hand, ich denke mir, daß die heißen Dämpfe offenbar Halluzinationen hervorrufen.
Dann ist plötzlich auch Lukas neben mir, er greift nach meinem Arm, nur keine Bange, nach dem ersten Schreck gewöhnt man sich daran, Sie werden diese phantastische Umgebung noch ganz entspannt genießen, glauben Sie mir.
Antonio und zwei seiner Kollegen haben sogar einen Tisch und Klappstühle mitgebracht, auf dem Tisch stehen Teller und Gläser, Antonio entkorkt eine Flasche vom jungen Weißwein, dem Vinho Verde, er gießt die Gläser voll und reicht sie uns der Reihe nach, mir ist ein wenig schwindlig.
Allmählich gewöhnen sich unsere Augen an den Dunst und die Schwaden, am ganzen Ufer entlang sind Löcher in die Erde gegraben, aus denen es zischt wie aus einem riesigen Schnellkochtopf, nur ein paar Schritte weiter lagert eine Großfamilie, die Kinder nagen Maiskolben ab, der Vater holt frischgegarte Würstchen an einer Schnur aus dem Erdloch, er winkt uns zu mit einer einladenden Geste, Lucie antwortet ihm lachend im altmodischen Singsang der Insel und deutet auf das Loch in unserer allernächsten Nähe, der Mann zuckt mit den Schultern und versenkt eine frische Ladung Maiskolben.
Dann wird es plötzlich sehr geschäftig, Antonio beugt sich über den Kraterrand unserer Feuerstelle und wird beinahe vom Nebel verschluckt, er gibt seinen Gehilfen ein Zeichen, und die befördern einen riesigen schwarzen Kessel an die Erdoberfläche. Der hölzerne Deckel wird abgehoben, ahhh, rufen wir alle im Chor, es riecht nach Gewürzen und Fleischsaft, endlich schöpft Antonio den Cozido auf unsere Teller, es sieht aus wie Gulasch, nur bunter, wir löffeln das glühendheiß Gekochte voller Wohlbehagen.
So stehen wir da, nur Lucie und Othmar haben sich auf

Klappsesseln niedergelassen, tunken Weißbrot in die Sauce und trinken kühlen Weißwein, Ursula schenkt Lukas ein feuriges Lächeln, rund um uns brodelt die Erde, Lukas lächelt mich an, habe ich Ihnen zuviel versprochen, wie geht es Ihnen jetzt, wunderbar, kann ich ihm endlich antworten, Lukas läßt sein Glas gegen meines klingen, Ursula hebt die Augenbrauen.

Dann sammelt Antonio die Teller ein, es gibt schwarzen Kaffee in winzigkleinen Tassen und Mandelgebäck, Lucie plaudert mit Othmar, Ursula schaut ein wenig unschlüssig drein, hätten Sie Lust auf einen Spaziergang, fragt Lukas, er blickt mir direkt ins Gesicht, eine Verwechslung ist ausgeschlossen, eine Sekunde lang drängt sich Christoph Königsstett zwischen uns beiden hindurch, ich fühle, wie ein wilder Groll mich packt, ja gerne, sagt eine Fremde für mich, nur die Stimme der Fremden klingt wie die meine.

Ursula blickt uns nach, als wir den Weg rund um den See einschlagen, heller Sand knirscht unter unseren Füßen, dann wird der Boden wieder feucht und grün, das Moos verschluckt jeden Hall. Farnwedel streifen mein Gesicht, Bambuszweige wiegen sich sachte über den Wellen. Nur ab und an kann man nebeneinander gehen, Lukas lächelt mir zu, ich lächle zurück, in dieser Luft erscheinen allerschwierigste Aufgaben plötzlich ganz einfach, ein Zweig klatscht gegen mein Gesicht und verfängt sich in meinem Haar, ich zerre daran, da ist auch schon Lukas an meiner Seite und entwirrt vorsichtig das Mißgeschick, sein Atem streicht über meine Wange, sein Ohr ist wie eine feingedrechselte Muschel über dem weißen Kragen.

Ursula blickt uns entgegen, als wir nach einer Stunde zurückkehren, mir scheint, daß sie sich keinen Zentimeter bewegt hat, das Licht des Spätnachmittags läßt die Dampf-

schwaden funkeln wie Opernkulissen, Antonio und seine beiden Kollegen sind verschwunden, den Tisch und den Kessel, die Teller und das Besteck haben sie mitgenommen, Klappsessel, Weinflaschen und Gläser haben sie zurückgelassen. Othmar widmet sich mit großer Ernsthaftigkeit dem Vinho Verde, Lucie hat die Augen geschlossen, nur Ursula steht da und blickt uns entgegen, mit einem Ausdruck wie Verblüffung im Gesicht.
Da seid ihr ja, Lucie öffnet die Augen, was denkt ihr über einen Aufbruch, ich würde noch gerne ein paar Runden schwimmen heute abend. So machen wir uns auf den Weg, Lucie voran, Lukas trägt die Klappsessel, Othmar hält die Flaschen wie Babys im Arm, Ursula trägt nur ihren Kopf hoch, ich tändle hinterdrein. Der Wein wärmt meine Wangen, ich winke ausgiebig der Familie, die noch immer Maiskolben und Würstchen gart, dann greife ich nach Ursulas Arm, eine Geste seltener Vertrautheit zwischen uns beiden, du hast recht, sage ich, er ist wirklich nett.
Ursula sieht mich an, sie weiß offenbar nicht gleich, von wem ich spreche, aber dann entsinnt sie sich, nun ja, sagt Ursula, vielleicht auf den ersten Blick, aber in Wirklichkeit ist dieser Lukas ein Langweiler, das kannst du mir glauben, Rheingard, laß dich bloß nicht rumkriegen. Dann wird der Weg noch schmaler, Ursula muß meinen Arm abschütteln.
Nach schweigsamer Rückfahrt erreichen wir das Hotel, steifbeinig klettere ich hinter Ursula aus dem Wagen, da ruft schon der Portier nach mir, Senhora, por favor, er deutet zum Telefon, das neben der Rezeption in einer Nische an der Wand hängt, meine Hände sind in einer einzigen Sekunde eiskalt, ich greife nach dem Hörer, Mama, rufe ich, bist du es, was machst du, wie geht es dir?

Mein liebes Kind, die Stimme meiner Mutter rauscht über den Atlantik, du läßt aber auch gar nichts von dir hören, dabei sitze ich praktisch pausenlos neben dem Telefon, Clemens und Leonie Kollwitz haben sich verlobt, die Hochzeit soll noch in diesem Jahr stattfinden, der neue Aushilfsgärtner ist einfach eine Katastrophe, so einer hat noch nie im Leben einen Rosenstrauch beschnitten, ein Brief von Veronika ist für dich gekommen, ich habe ihn auf dein Zimmer gelegt, wie geht es dir und dieser Ursula, heute abend geben sie »Rienzi« im dritten Programm, das wird wohl eine lange Nacht, ich habe mir Schinkenbrote vorbereitet und einen Apfel.
Ich lehne an der Wand der Nische und lausche der Stimme meiner Mutter, nächste Woche bin ich wieder zu Hause, der Garten, die Rosen, das Institut, Eberhard Böttgen in der ersten Reihe, ich habe das Gefühl, im Dampf zu ersticken.

*

Wir stehen vor dem Hoteleingang, wie zwei Botschafter, die dem hohen Besuch nachwinken, Ursula neben mir hat die Hand zu einer Geste des Abschiednehmens erhoben, gleich wird sie winken, aber dann sieht es eher aus, als ob sie die Hand zur Faust ballen würde. Hinter uns stehen Antonio und das Personal aufgefädelt, wir sehen dem Auto nach, das langsam davonrollt, über die Hauptstraße von Furnas, die von den frommen Bewohnern jedes Jahr zu Ostern mit einem Teppich aus Blüten und Blättern belegt wird.
Lucie und Lukas sind nicht mehr zu erkennen, sie sitzen vorne, aber Othmar auf dem Rücksitz hat sich umgedreht, er starrt in unsere Richtung, sein Gesicht über einem dunklen Oberkörper ist wie ein verwischtes Aquarell, dann biegt

das Auto um die Ecke, unsere kleine Versammlung beginnt sich aufzulösen. Ursula steht neben mir, sie sagt kein Wort, drei Tage liegen noch vor uns, wir müssen sie gemeinsam bewältigen, Othmar hat heute morgen beim Frühstück verkündet, daß er sich zur Heimreise entschlossen hat, zur verfrühten Heimreise, die Arbeit wartet, hat Othmar geseufzt, er möchte die Gelegenheit nutzen und mit Lucie und Lukas nach Ponta Delgada zurückkehren, ein Platz im Flieger nach Lissabon wird sich wohl finden, wir haben alle heftig und verständnisvoll genickt, Ursula hat vor einer Tasse schwarzen Kaffees gesessen, so eisig schön wie die Königin der Nacht.

Ein Fußball rollt über die Hauptstraße von Furnas, aber nirgendwo ist ein spielendes Kind zu sehen, der Ball verschwindet unter einem Auto mit schlammverkrusteten Reifen, Sonne und Wolken wechseln sich über unseren Köpfen ab und lassen die Schatten tanzen.

Endlich bewegt sich Ursula neben mir, sie wendet sich von der Straße ab und steigt zum Hoteleingang empor, wie bist du eigentlich mit diesem Lukas verblieben, fragt Ursula über die Schulter zurück, ihr habt euch doch so gut verstanden.

Er wird mich anrufen, antworte ich, sobald er wieder in Europa ist.

Ursula dreht sich um, sie sieht mich an, so liebevoll, daß mir ganz beklommen wird, ach, Rheingard, sagt meine Freundin Ursula, das versprechen sie doch alle, und Ursula steigt die letzte Stufe empor und verschwindet durch das Glasportal, ich bleibe zurück, der Himmel über mir ist aschgrau.

*

Wie Kieselsteine liegen die Häuser von Furnas im Tal verstreut, warm eingebettet ins Grün der Farne und Palmblätter, das aus der Ferne einem Moospolster gleicht, der Wind duftet nach Hyazinthen und trägt den Klang der Kuhglocken über die Hügel. Dies könnte wahrhaftig das Allgäu sein, gestrandet mitten im Atlantik, oder besser noch die Schweiz.
Ich sitze auf einer Steinmauer und kann mich nicht sattsehen an dieser seltsamen Landschaft, wie Heidi, die morgen früh zurück muß in die Stadt, Heidi Droste sitzt da mit angezogenen Beinen und bohrt das Kinn zwischen die Knie, morgen früh fährt sie nach Ponta Delgada, übermorgen geht der Flieger nach Hause, Rheingard Droste wird dann mit ihrer Mutter das Abendbrot einnehmen und den Plänen für die glanzvolle Trauung ihres Bruders lauschen, dann wird sie auf ihr Zimmer gehen und die Reisetasche auspacken, hoffentlich werden die gepreßten Glockenblumen für Fräulein Gatterburg nicht allzu ramponiert sein.
Ich stehe auf und schüttle meinen Rock, ein unscheinbarer kleiner Vogel flattert ein paar Meter von mir entfernt in die Höhe, sein Gefieder ist grau, nur der Kopf erscheint ein wenig dunkler, es könnte ein Priolo gewesen sein, ich lege den Kopf in den Nacken und schirme mit der Hand meine Augen gegen die Sonne ab, aber wahrscheinlich war es nur ein Spatz, den ich in dieser menschenleeren Gegend aufgeschreckt habe.
Ein Zweig knackt, dann gerät ein Stein ins Rollen, ich kann ihn nicht sehen, nur hören, dann trifft der Stein auf einen anderen Stein, dann ist es wieder still.
Ich greife nach meinem Rucksack und mache mich auf den Weg ins Tal zurück, ein mattes Orange beginnt am Horizont aufzuziehen, mir scheint, daß der heiße Dampf aus den Quellen rund um den Furnas-See an Dichte zunimmt.

Ich könnte die Schlammsprudel in einem Bogen umgehen, aber das würde einen Umweg von mindestens einer Stunde bedeuten, dabei liegt doch gleich hinter der Wand aus Wassertröpfchen der Ort, ich werde mich in »Tony's Café« mit einem heißen Milchkaffee für meinen Wagemut belohnen, entschlossen stapfe ich auf den See zu.

Erst im allerletzten Moment sehe ich den Mann, er trägt eine dunkelblaue Arbeitskluft wie die Bauern, die auf den Feldern gebückt hinter dem Pflug hergehen, er steht halb von einem Riesenfarn verdeckt, dann macht er einen Schritt nach vorne, ich nicke ihm zu und gehe weiter, Männer jagen mir keine Angst ein, zu oft habe ich ihr Desinteresse verspürt, eine unscheinbare Frau ist bestens geschützt, mit dieser Gewißheit betrete ich Tiefgaragen und erkunde einsame Nistplätze.

Das Ufer des Furnas-Sees kommt näher, es dampft und brodelt und zischt, Erdbrocken kleben an meinen Schuhsohlen und machen meine Schritte schwer, der Boden scheint nachzugeben.

Welchen Weg bloß einschlagen, ich drehe mich um und pralle beinahe gegen den Mann, er steht nur einen Schritt hinter mir, wir blicken uns direkt ins Gesicht, der Mann grinst, es fehlt ihm ein Eckzahn, sein linkes Auge sieht wie zerronnen aus, eine Narbe führt die Braue entlang, der Mann führt die geballte Faust an die Lippen, als ob er aus einer unsichtbaren Flasche trinken wollte, ich habe gar nicht gemerkt, daß mein Herz zu pochen begonnen hat, der Mann streckt die Hand aus und berührt mich beinahe, ich drehe mich um und verfalle in Laufschritt, der Boden schmatzt unter meinen Tritten, hinter mir ist das Geräusch von klobigen Schuhen zu hören.

So stolpern wir dahin, zwischen dampfenden Felsen hindurch und um einen Sprudel herum, Schlammspritzer bedecken mein Gesicht und meine Kleider, Dampf beschlägt meine Brauen und Wimpern, der Wind überholt mich mit dem Geruch von Schweiß und alter Wäsche, ich sehe mir selbst beim Laufen zu, was für eine unwürdige Situation, Rheingard Droste auf der Flucht vor einem Mann, der sie womöglich nur vor den aufziehenden Gewitterwolken warnen wollte, vielleicht sollte ich einfach stehenbleiben, ihn anlächeln und ihm die Hand entgegenstrecken, ich werfe im Laufen einen Blick zurück, und dann bleibt Rheingard Droste lieber doch nicht stehen.

Ich habe jegliche Orientierung verloren, einmal glaube ich die Kochstelle zu erkennen, an der die Familie Maiskolben und Würstchen gegart hat, aber der schwere Atem in meinem Rücken läßt mir keine Zeit zum Überlegen, der Rock schwappt schwer von Nässe gegen meine Waden, einmal rutsche ich beinahe auf einer triefenden Felsplatte aus, ich stütze mich mit der Hand ab und reiße mir den Daumenballen auf, er wird mich einholen, man wird mich finden, im Alter von dreißig Jahren verlor Frau Doktor Rheingard Droste ihre Jungfernschaft, das hat die Obduktion ergeben, ich stelle mir die Reaktionen zu Hause vor, ich sehe das Gesicht meiner Mutter vor mir, so nicht, so nicht, ich merke, wie ich zu keuchen beginne, aber nicht vor Angst, sondern vor einer plötzlichen Wut, die meinen Nacken und meine Schläfen emporkriecht, ich bleibe abrupt stehen und drehe mich um, der Mann bleibt ebenfalls stehen, er wirkt völlig verblüfft, so starren wir uns an, über den Wasserdampf hinweg.

Dann ist der Moment der Verblüffung vorüber, der Mann beginnt wieder zu grinsen, er streckt die Hand aus, diesmal berührt er mich, er packt meinen Ärmel und zerrt daran, sein Gesicht kommt mir bedrohlich nah, ich ringe nach

Luft, als ob er mich unter Wasser gedrückt hätte, meine Schuhe haben sich im Schlamm festgesaugt, dafür rutscht der Mann auf einem nassen Stein hin und her, so kämpfen wir miteinander in einer grotesken Choreographie, dann trifft mein Ellbogen auf die Brust des Mannes, der Mann beginnt zu taumeln, er läßt mich los, seine Arme rudern in der Luft, der Mann macht einen Schritt zur Seite und steigt ins Leere, da ist nur brodelndes Wasser in einem Erdloch, der Mann stößt einen Schrei aus, zum erstenmal höre ich seine Stimme, heiser und wütend, der Mann taucht in das siedende Wasser ein, der Mann steckt nun halb in dem siedenden Wasser, seine Beine sind seltsam verrenkt, eines ragt noch über den Rand, der Mann klammert sich an Erdbrocken fest, die ins Rutschen geraten, seine Hände sind krebsrot und wie kurz vorm Platzen, seine blaue Jacke bläht sich über dem Wasser, mir scheint, daß der Mann schreit, jedenfalls ist sein Mund weit geöffnet, aber ich kann nichts hören, das Rauschen in meinen Ohren überdeckt jedes Geräusch, der Mann läßt los und streckt die Hände nach mir aus, das sprudelnde Wasser geht ihm jetzt bis zum Hals, bis zum Kinn, bis zu den Mundwinkeln, ich stehe da und sehe dem Mann beim Versinken zu.
Dann ist der Spuk vorüber, ich stehe am Ufer des Furnas-Sees, an dem die Einheimischen so gerne ihre Maiskolben brühen und Antonio für Touristen gußeiserne Töpfe mit Fleisch im sprudelnden Wasser versenkt, ein tiefdunkelblauer Schatten schimmert durch die Wasserblasen vor mir, morgen früh ist der Mann wohl gargekocht.

*

Der Wirt von »Tony's Café« schüttelt mißbilligend den Kopf, als er mich erblickt, völlig aufgelöst und durchnäßt, was für

ein Unfug aber auch, bei diesem Wetter draußen rumzulaufen, es gießt in Strömen, Blitze zucken über den abendlichen Himmel, er schließt die Eingangstür mit einem lauten Knall.
Ich stolpere die Stufen zum Hoteleingang hinauf und vermeide es, den Portier anzusehen, ich kann mir sein entsetztes Gesicht auch so ausmalen, Wasser quillt aus meinen Schuhen, meine Hände zittern vor Kälte. Ich greife nach dem Schlüssel und erreiche mein Zimmer, wie eine rettende Scholle, die plötzlich in eisigen Fluten auftaucht, auf dem Kopfpolster liegt ein stanniolumhülltes Bonbon, die Bettdecke ist zurückgeschlagen.
Papier raschelt unter meinen Füßen, offenbar hat jemand einen Zettel unter der Tür hindurchgeschoben: Liebe Rheingard, solltest du nach all deinen vielfältigen Aktivitäten noch etwas Zeit aufbringen, dann könnten wir zusammen essen, es ist unser letzter Abend in diesem gottverlassenen Tal, Cheerio.

*

Antonio serviert gegrillten Schwertfisch, ich starre auf das weiße Fleisch mit den gebräunten Streifen, dann starre ich auf das Besteck in meinen Händen, ich sollte den Fisch zerteilen, die Kartoffeln zerquetschen, das Salatblatt aufspießen, aber ich habe nicht das Gefühl, je wieder zu solchen Tätigkeiten fähig zu sein, ich sehe den Mann vor mir, der draußen in der Nacht in einem Erdloch vor sich hinsimmert.
Mein Gott, Rheingard, sagt Ursula mir gegenüber, mit dir zu essen ist aber auch wirklich ein Fest, nimm dir ein Beispiel an mir, glaubst du vielleicht, mir ist zum Lachen zumute, aber so sind sie nun mal, Feiglinge allesamt, jetzt machst eben auch du diese Erfahrung, der ruft dich doch

nie im Leben an, aber sei froh, ein dröseliger Vulkanologe ist wirklich das Letzte, was eine Frau brauchen kann.
Antonio serviert die Teller ab, er blickt mich besorgt an, ich bringe sogar ein Lächeln zustande, no problem, nur ein wenig Kopfschmerz, Antonio füllt Ursulas Glas nach.
Und, Ursula nimmt einen tiefen Schluck, hast du wenigstens diesen Gimpel gesehen?
Nein, sage ich, oder besser gesagt, vielleicht, möglicherweise habe ich heute am frühen Nachmittag einen Priolo gesehen, es ging so rasch, ich bin mir nicht sicher.
Ursula schenkt mir einen mitleidigen Blick und trinkt ihr Glas leer, sie winkt nach Antonio, aber der wendet ihr den Rücken zu, also muß sich Ursula selbst eingießen, diese Reise hätten wir uns wahrhaftig ersparen können, sagt Ursula, ich kann ihr da nur beipflichten.
Obwohl, andererseits, immerhin, sagt Ursula, du hattest wenigstens eine Affäre, nun ja, beinahe, jetzt kennst du die Männer ein wenig besser, liebe Rheingard, und kannst dich künftig in acht nehmen. Ich müßte ihr schon wieder beipflichten, aber ich bringe nicht einmal ein Nicken zustande.

*

Dann legt jemand die Rolle verkehrt ein und spult den Film, der in den vergangenen zehn Tagen abgelaufen ist, einfach rückwärts ab, Ponta Delgada – der Markt – die Frauen, die Mandarinen – das kleine Restaurant – Lucie – die Fahrt nach Furnas – Wolkengebirge wie ein Zeppelin – tropfende Farnwedel neben knorrigen Fichten – Villa Franca – die düstere kleine Bar – heißer Milchkaffee in hohen Gläsern – die Hauptstraße von Furnas – Antonio, der Speisesaal – alle winken, diesmal zu unserem Abschied, Ursula schnippt nachlässig eine Zigarettenkippe aus dem Wagenfenster, ich

lächle wie ferngesteuert, gleich wird sich die schwere Hand des Kommissars von Furnas auf meine Schulter legen, perdao, Senhora, Verzeihung, würden Sie bitte wieder aussteigen und mir folgen, wir haben heute morgen einen schauerlichen Fund gemacht, ist Ihnen dieser Mann bekannt, leider sind seine Gesichtszüge nur mehr undeutlich zu erkennen, können Sie etwas Licht in diese Angelegenheit bringen?
Aber nichts dergleichen passiert, Ursula steigt aufs Gas, und wir fahren einfach davon, lassen Furnas und das Hotel und den Botanischen Garten zurück, Herrgott, was bin ich froh, diesen ewigen Wasserdampf nicht mehr zu spüren, Ursula schüttelt sich neben mir, ich bin schon ganz aufgeweicht, Rheingard, du behältst die Straßenkarte im Auge, und keine Umwege bitte wegen irgendeines Gimpels, mir reicht es.
So fahren wir zurück, an der Brandung vorbei, durch Vila Franca, über die grünen Hügel hinab nach Ponta Delgada, vielleicht war ja alles nur ein gräßlicher Traum, ein Drehbuch, das nur in meinem Kopf abgelaufen ist, überspannte Vogelkundlerin bildet sich ein, von lüsternem Mann verfolgt zu werden, ich habe ihn in ein kochendes Wasserloch gestoßen, dort liegt er noch immer, bitte glauben Sie mir, Herr Kommissar, aber da ist niemand, mein Fräulein, so sehen Sie doch selbst, beruhigen Sie sich, gehen Sie nach Hause, und nehmen Sie ein warmes Bad, vielleicht einen Becher heiße Milch mit Honig dazu, das hilft gegen überreizte Phantasien einer alten Jungfer.
Wir sind wieder beim Stadthotel angekommen, kein Angestellter ist zu sehen, also schleppen wir unser Gepäck selbst zur Rezeption, auch der Portier ist verschwunden, Ursula läßt sich schwer in einen Ledersessel fallen, ich setze mich ihr gegenüber, auf dem Tischchen zwischen uns liegt eine

zerknitterte Tageszeitung, der Mann mit dem zerlaufenen Auge starrt mich an, es ist eine Zeichnung am oberen Ende einer schmalen Spalte, ich kann den Text nicht verstehen, nicht lesen, die Buchstaben tanzen über das Papier, bloß der Kopf des Mannes rührt sich nicht, die Zeichnung kommt der Wirklichkeit ganz nah, sogar die Narbe entlang der Braue ist angedeutet, nur die Zahnlücke ist nicht zu sehen, der Mann auf der Zeichnung hält den Mund geschlossen.
Ich sitze da mit Händen wie Eisklumpen, nichts rührt sich, in der Halle ist es totenstill, Ursula scheint zu schlafen, das Personal ist ausgewandert, nur der Mann mit der Narbe läßt mich nicht aus den Augen.
Ursula schläft doch nicht, sie setzt sich wieder auf und streckt ihren Rücken gerade, ist denn hier niemand, was für ein Saftladen, Rheingard, du schaust ja drein wie ein Zombie, wenn es nach dir ginge, dann könnten wir hier wohl bis in alle Ewigkeit verharren, aber nicht mit mir, nicht mit mir, und Ursula springt auf und stürmt zur Rezeption, sie schlägt mit der flachen Hand auf die Holztheke, hallo, ist hier jemand, ein dicker kleiner Mann erscheint, er verneigt sich mehrmals und klatscht in die Hände, plötzlich ist die Halle voller Menschen, Kellner und ein livrierter Page wuseln herum, eine Reisegruppe drängelt zur Tür herein, ich trotte hinter Ursula und dem Pagen zum Fahrstuhl, die Zeitung bleibt auf dem Tischchen zurück, nur eine flüchtige Berührung des Papiers würde mich für immer versteinern lassen.

*

Ich starre auf den Hinterkopf des Mannes vor mir, sein Nacken ist scharf ausrasiert, sein Hemdkragen abgewetzt. Entlang der Windschutzscheibe baumeln Duftbäume und Babyschuhe, eine Lichterkette und ein geschnitztes Kreuz,

ich frage mich bloß, wie der Mann den Weg zum Flughafen finden will, aber offenbar kennt er die Route auswendig, wir preschen durch die Kurven am Meer entlang.
Ursula und ich sitzen im Fond des Taxis, wir sind spät dran, hoffentlich verpassen wir nicht die Maschine nach Lissabon, aber Ursula mußte sich unbedingt noch die Haare waschen, und dann hat Lucie angerufen, von der Nachbarinsel Terceira, sie wollte uns eine gute Heimreise wünschen, ich bin in der Halle von einem Bein aufs andere gehüpft und habe die gestikulierende Ursula durch die Glasscheibe der Telefonzelle beobachtet.
Rheingard, stell dir mal vor, Ursula ist noch immer ganz aus dem Häuschen, wenn er mir begegnet wäre, ich möchte das gar nicht zu Ende denken, so oft habe ich allein auf der Terrasse gesessen, und dabei war dieser Unhold ganz in der Nähe, wahrscheinlich hat er mich sogar beobachtet, deshalb habe ich mich dort immer so unbehaglich gefühlt, Lucie sagt, daß er schon zwei Touristinnen überfallen hat, man wollte es ja eigentlich vertuschen, aber jetzt hängt sein Bild in allen Hotels und Restaurants, wenigstens kommt er nicht weit, Lucie sagt, daß alle Schiffe und Flüge überwacht werden, der sitzt in der Falle, irgendwo auf dieser Insel, na, eines Tages muß er ja wieder auftauchen.
Unser Wagen schlingert durch eine Kurve, mein Magen schlingert mit, der Mann wird wieder auftauchen, gewiß.

III

Rheingard kehrt zurück

Die gläsernen Türscheiben unter der grünen Leuchtschrift »Exit« teilen sich vor mir wie milchiger Nebel. Der Flug ist überstanden, von Ponta Delgada nach Lissabon, von Lissabon nach Frankfurt, von Frankfurt nach Hause.
Zum Glück war auch Ursula ungewöhnlich schweigsam, sie hat sich die meiste Zeit hinter ihrer samtschwarzen Schlafbrille verkrochen, die Rückwand ihrer Sitze hat Ursula ungerührt dem jeweiligen Passagier in der nächsten Reihe entgegengeklatscht, eine Unsitte, die ich stets verabscheut habe, peinlich berührt und aufrecht habe ich dagesessen.
Mein Essen habe ich kaum angerührt, Toast und Rührei von Ponta Delgada nach Lissabon, Fischterrine von Lissabon nach Frankfurt, für die letzte Etappe mußte man sich selbst bedienen, auf einem Tisch im Transitraum waren in Plastikfolie eingeschweißte Brötchen und Getränke vorbereitet. Ich habe bloß nach einer Dose Limonade gegriffen, die Passagiere ringsum haben sich mit Nahrung versorgt wie für eine Reise zum Ural.
Ursula hat konsequent Gin Tonic getrunken.
Das solltest du auch probieren, Rheingard, hat sie sich kurz einmal an mich gewandt, wir sind bereits über die Ardennen geflogen, oder präziser über eine Wolkendecke über den Ardennen, du siehst ja schon richtig magenkrank aus, das ist so ein Kerl doch nicht wert.
Und Ursula hat mit einem tiefen Zug das halbe Glas ge-

leert, dann hat sie sich wieder die Schlafbrille übergestülpt und auf dem Sitz neben mir zusammengekauert. Ich habe sie von der Seite betrachtet, der schwarze Samt hat die Haut über Ursulas Backenknochen zu feinen Fältchen plissiert, das Fleisch unter ihrem Kinn war schlaff und weich, und dennoch war mir, als ob ich Ursula noch nie so jung und schutzlos empfunden hätte.
Dann sind wir gelandet, unsere Maschine hat nicht angedockt, bei eiskaltem Regen mußten wir über die Treppe und übers Rollfeld zu dem wartenden Bus hasten, es gab ein Schieben und Drängen, eingeklemmt zwischen graugesichtigen Managern habe ich dagestanden, es war der letzte Flug aus Frankfurt an diesem Abend, der Geruch nach Zigaretten und Rasierwassern und Müdigkeit war wie ein Brennen in meiner Lunge.
Dafür mußten wir kaum an der Gepäckausgabe warten, die Geschäftsleute sind an uns vorbeigestrebt, jeder mit einem Aktenkoffer in der Hand und einem Stapel Zeitungen unterm Arm, nur wenige Passagiere haben sich um das scheppernde Band aufgereiht. Endlich sind unsere Koffer aufgetaucht, Ursula hat sich ein Wägelchen organisiert und ihren Schalenkoffer darauf gewuchtet, ich bin ihr gefolgt, meine Reisetasche und meinen Rucksack in der Hand, ich habe es nicht gewagt, sie auf Ursulas Wägelchen zu plazieren, mir war plötzlich, als ob nur ein einziger Funke ausreichen würde, um die Luft zwischen uns in einen Feuerteppich zu verwandeln.
So gehen wir durch das Tor aus Milchglasscheiben, die sich automatisch öffnen, und prallen auf eine Wand aus Menschen, die ihre Freunde und Liebsten erwarten. Ich habe diesen Moment immer als peinlich empfunden, einander völlig Unbekannte blicken sich für einen Augenblick direkt

ins Gesicht, nackt und bloß, werde ich abgeholt, ist da jemand?
Paare fallen sich um den Hals, Männer mit schwarzen Bärten klopfen sich gegenseitig auf die Schultern und lachen und reden aufeinander ein in einer Sprache, die nach Gewürzen und Basaren klingt. Der Rest schaut noch einmal in die Runde und setzt dann eine gefaßte Miene auf, die meist ein wenig hochmütig ausfällt, mit geradem Rücken und hocherhobenem Kinn, so streben wir dem Ausgang zu, wo die Taxis warten.
Ach du liebes bißchen, sagt Ursula neben mir.
Ich folge ihrem Blick, meine Mutter und Lotte Rompelberg stehen vor dem Blumenkiosk, beide mit Hut und Handschuhen, meine Mutter winkt sogar, ein Gefühlsausbruch, den ich zuletzt erlebt habe, als Clemens zu Sprachferien nach England abreiste, in kurzen Hosen. Ich stehe da und starre die Erscheinung an, dann stolpere ich auf die beiden zu, Ursula hinter mir seufzt so laut, daß es sogar die Stimme aus dem Lautsprecher übertönt.
Mama, du?
Meine Mutter breitet die Arme aus, und wir umarmen uns ein wenig hölzern, dann umarmt mich auch Lotte Rompelberg, am liebsten würde ich mich auf meinen Rucksack setzen und mich für lange Zeit umarmen und streicheln und trösten lassen, eine ganz ungewohnte Heiserkeit steigt in meiner Kehle auf und zwingt mich zu einem Räuspern, ich drehe mich um und wische über meine Augen. Ursula steht in sicherem Abstand zu dieser peinlichen Szene und rollt die Augen, zwei alte Tanten mit Hüten und Handschuhen, das ist wohl nicht ganz ein Empfangskomitee nach ihrem Geschmack. Aber dann läßt sie sich ja doch herbei und kommt und schüttelt Hände, meine Mutter nickt so huld-

voll freundlich wie Queen Mum, der die jüngste Insassin der Frauenstrafanstalt von Dartmoor vorgestellt wird. Ursula wirkt ziemlich verwirrt, beinahe unterläuft ihr ein Knicks.

Nun denn, Lotte Rompelberg zieht ihre Handschuhe glatt, sie und Mama haben eindeutig das Kommando übernommen, Ursula und ich stehen bloß da, meine Mutter nickt Ursula noch einmal zu, Ursula ist entlassen. Dann wendet sich meine Mutter an mich, Rheingard, dein Gepäck, gehorsam bücke ich mich und schultere den Rucksack, die Reisetasche ergreife ich mit beiden Händen, nach jedem Absetzen erscheint sie mir schwerer, so werde ich abgeführt, zwischen meiner Mutter und Lotte Rompelberg, ich drehe mich um, Ursula sieht mir nach, dann schiebt sich eine Jeansjacke zwischen uns.

Frühstück im Bett

Die Tür fällt sachte ins Schloß, meine Mutter hat das Zimmer verlassen. Ich sitze im Bett und starre mit geweiteten Augen auf das Tablett vor mir, so muß es wohl den Menschen ergehen, die ein Ufo erblicken, das sich am Waldesrand langsam auf die Erde senkt.
Das Tablett ist mit einer rotkarierten Serviette ausgelegt, meine Mutter hat einen Teebeutel mit heißem Wasser übergossen und Brotscheiben auf einen Teller gelegt, eine Zitronenspalte und drei Stück Würfelzucker in eine kleine Schale, dazu ein Glas mit Honig und einen halbvollen Becher Diätmargarine bereitgestellt. Ich sitze da und starre auf das Tablett, gleich wird es von einem grünlichen Flirren umrandet sein und ganz langsam zu schweben beginnen, aber nichts rührt sich, blasse Sonnenstrahlen erobern zentimeterweise den buntgewebten Teppich vor meinem Bett.
Ich greife nach einer Brotscheibe, sie fühlt sich trocken und sehr irdisch an, ich bestreiche sie mit einem Hauch Margarine und träufle Honig auf ihre Mitte, dann nehme ich einen Schluck vom Tee. Noch nie hat mir meine Mutter das Frühstück ans Bett gebracht, nicht einmal in meiner Kindheit, wenn ich mit Grippe liegen mußte, dann war es Veronika, die mit Tee und Suppe an meinem Bettrand saß.
Ich kaue und schlucke, eine gräßliche Möglichkeit läßt mich innehalten, wer weiß, vielleicht hat meine Mutter ja von einer verheerenden Krankheit erfahren, die in meinen Eingewei-

den wühlt, mir ist nur noch eine kurze Zeitspanne beschieden, sie möchte mir meine letzten Wochen so angenehm wie möglich gestalten.
Ich greife zu einer zweiten Brotscheibe, wenigstens hat die Krankheit keinerlei Auswirkungen auf meinen Appetit, ich habe immer gerne ausführlich gefrühstückt, trotzig beiße ich in mein Honigbrot.
Oder aber, natürlich, so muß es sein, ein internationaler Haftbefehl ist ausgestellt worden, der Mann ist entdeckt worden, die Großfamilie wollte Würstchen und Maiskolben garen, aber leider war das Heißwasserloch verstopft, der Vater hat mit einer Bambusrute in dem sprudelnden Wasser gestochert, da ist plötzlich ein schwammiges, verquollenes Etwas aufgetaucht, entsetzliche Szenen haben sich abgespielt. Man hat die vergangenen Tage rekonstruiert, Antonio und die anderen haben ihre Aussagen gemacht, der Kommissar von Furnas ist ein heller Kopf, gerade mal zwölf Stunden hat es gedauert, bis man mir auf den Fersen war, unten im Salon sitzt meine tapfere Mutter mit den Herren von Interpol, ein letztes Frühstück durfte sie mir noch servieren, dann werden sie mich abführen, die Presse lauert schon vor dem Haus.
Ich stelle das Tablett unsanft auf den Boden und schlage die Bettdecke zurück, wenigstens möchte ich mit Anstand und Würde unser Heim verlassen, das bin ich meiner Familie schuldig. Ob die Hochzeit von Clemens und Leonie nach diesem Skandal noch zustande kommen wird? Was für ein Glück, daß Papa diesen Tag nicht mehr erleben muß.
Ich öffne meinen Kleiderschrank und schiebe hektisch Bügel zur Seite, allzuviel Auswahl bietet sich nicht an, was trägt man bloß als Mordverdächtige? Spontan entscheide ich mich für das dunkelgrüne Wickelkleid, ob Babsi es wohl

erkennen wird, wenn ich über den Bildschirm flimmere, Rheingard Droste, die einen Mann weichgekocht hat.
Ich ziehe das Kleid über meinen Kopf und verheddere mich in den Ärmeln, dann putze ich noch rasch die Zähne und binde mein Haar mit einem Band im Nacken zusammen, meine Hände zittern jetzt so, daß ich keinen Zopf mehr zu flechten vermag.
Aufrecht und gefaßt steige ich die Treppe hinab, das schlechte Wetter von gestern abend hat sich verzogen, das Erdgeschoß liegt sonnendurchflutet da, durch ein offenes Fenster in der Diele klingt das Tschilpen der Spatzen. Meine Mutter sitzt im Erker, sie blättert in einem Gartenkatalog, als sie mich sieht, läßt sie das Heft sinken und lächelt.
Gut siehst du aus, Rheingard, so frisch und wach, der Urlaub ist dir wohl bekommen? Aber jetzt mußt du dich zu mir setzen und mir alles ausführlich erzählen.
Und meine Mutter klopft aufmunternd auf den weinrot-beige gestreiften Bezug unseres Biedermeiersofas, ich lasse mich darauf sinken, meine Knie fühlen sich ein wenig weich an heute morgen.

Karibik

Von meinen seltenen Besuchen bei Ursula bin ich bisher stets wie von Fernweh geplagt zurückgekehrt, dabei wohnt Ursula doch in derselben Stadt, allerdings nahe dem Zentrum, während unser Viertel sich am südlichen Rand befindet. Sieben Stationen braucht der Bus bis zum Pariser Platz, der seinem Namen alle Ehre macht, vom frühen März bis in den späten Herbst stehen Korbstühle vor den Cafés aufgereiht, die Gäste sitzen dicht an dicht und rauchen und trinken heiße Schokolade und blicken den Passanten nach. Aus den Boutiquen dröhnt Musik, die an die Werbespots für Kokosriegel erinnert, vor dem Fitneßcenter und dem Sonnenstudio parken junge Frauen und Männer in Cabrios und auf Vespas. Ursula paßt gut in diese schicke Gegend, sie bewohnt ein Studio im siebenten Stock einer der hochmodernen bonbonfarbigen Wohnanlagen, die den Pariser Platz an drei Seiten begrenzen, die vierte Seite öffnet sich zu einem Park hin, in dem am Abend Jogger ihre Runden drehen. Früher befanden sich hier enge Gassen und verschachtelte Blocks mit finsteren Innenhöfen, aber dann hat sich das Referat für Städteplanung des Viertels angenommen, zwei Jahre lang war der Pariser Platz wie eine Kraterlandschaft, nun gilt er als Visitenkarte unserer boomenden Stadt, auch der Bürgermeister schaut gerne auf einen Cappuccino vorbei. Ursulas Studio befindet sich in der zartgrünen Anlage, links schließt sich ein rosa Turm an, das Gebäude rechts ist in einem verwaschenen Kornblumenblau verputzt. Alle Wohnungen, oder präziser alle Studios und Lofts und Ateliers haben wuchtige Tröge vor den Fensterfronten, von den meisten Mietern wurden sie mit Blumen und kriechendem Buschwerk bepflanzt, in manchen Stockwerken raschelt sogar ein kleiner Baum im Wind.

Bei dir ist es wie im Urlaub, das pflege ich stets zu seufzen, wenn ich auf Ursulas Balkon stehe und auf den Pariser Platz hinunterblicke. So muß es in den Ferienanlagen in der Karibik sein, strahlend schöne und braungebrannte Menschen flanieren und flirten, Musik dringt aus den Fenstern, die Stadt ist ein sachtes Summen über den Dächern.

Heute nachmittag bin ich wieder bei Ursula eingeladen. Sie hat mich angerufen, gestern abend, ihre Stimme hat müde geklungen, komm doch bei mir vorbei, Rheingard, mir ist nicht nach Ausgehen zumute.

Der Spätsommer vergoldet die Vorgärten in unserer stillen Straße, es duftet nach Rosen und Geranien, ein Mann mit Strohhut harkt den weißen Kies rund um einen Brunnen zusammen. Der Bus ist halbleer, ich setze mich an einen Fensterplatz und lasse die Straßen vorüberziehen, Alleebäume säumen die Strecke, dann wird der Verkehr dichter, Geschäfte und Restaurants und Bankfilialen wechseln sich ab, an den Haltestellen drängen sich die Wartenden. Am Pariser Platz steige ich aus, Wind treibt mir Blätter und Papierfetzen entgegen, Jugendliche flitzen auf ihren Skateboards vorbei. Wie immer stehen Stühle und Tische vor den Cafés, aber das Bistro an der Ecke hat offenbar einer Videothek weichen müssen, und die Fenster des Sonnenstudios sind mit braunem Papier verklebt, »zu vermieten« hat jemand mit dickem, schwarzen Stift quer darüber geschrieben.

Ich gehe über den Platz und betrete den Stiegenaufgang zu

Ursulas Wohnung, den Aufzug habe ich schon immer gemieden, es riecht ziemlich streng in der kleinen Kabine, und obszöne Wörter sind auf die grauen Wände gekritzelt. Keuchend komme ich im siebenten Stock an, statt eines Namensschildes klebt ein Hotelsticker auf der Tür Nr. 35. Please, do not disturb, ich läute trotzdem.
Ursula öffnet sofort, beinahe als ob sie auf mich gewartet hätte. Du bist es, stellt Ursula fest, ich nicke bestätigend, Ursula blickt nach links und nach rechts, dann sperrt sie die Tür hinter mir zu.
Nur zur Sicherheit, sagt Ursula, als sie mein erstauntes Gesicht sieht, aber ich bin jetzt die einzige Mieterin an diesem Ende vom Flur, die beiden anderen sind ausgezogen, die Mieten sind einfach ein Wahnsinn, wenn das so weitergeht, dann steht bald das halbe Haus leer, dann wird das hier noch ein Slum. Auch der Pächter vom Bistro unten an der Ecke hat aufgegeben, angeblich sollte er Schutzgeld bezahlen, aber von solchen Dingen weißt du wohl nichts, Rheingard, du in deiner Villa.
Ursula ist mir vorausgegangen, ihr Studio verfügt über keine Diele, sondern besteht aus einem einzigen großen Raum, an der linken Wand befindet sich eine weiße Küchenzeile, die wenig benutzt aussieht, die übrige Fläche wird von einem kunterbunten Chaos ausgefüllt. Magazine und Bücher stapeln sich auf dem Boden, ein Sofa ist mit Schals und Jacken bedeckt, auf der gläsernen Tischplatte stehen eine halbvolle Weißweinflasche und ein voller Aschenbecher, eine Zigarette sendet Wölkchen zur Decke.
Gemütlich hast du es, sage ich zu Ursula, die mit verschränkten Armen am Fenster steht und auf den Pariser Platz hinunterblickt, ehrlich. Ursula schenkt mir einen Blick, den ich nicht zu deuten vermag.

Die Sonne kämpft sich hinter den Wolken hervor, ihre grellen Strahlen fallen ungefiltert ins Zimmer, Ursula hat keine Vorhänge vor der breiten Fensterfront angebracht. Ich muß blinzeln und wende mich ab, in der Ecke rechts von mir führt eine zierliche Wendeltreppe zu einer Empore, die von Ursula als Schlafraum genützt wird, ich habe sie erst einmal betreten, als ich das Bad aufsuchen wollte, das sich gleich dahinter befindet. Ursula hat einfach eine Matratze auf den Boden der Empore gelegt und Kissen darüber verstreut, Kerzen haben rund um das zerwühlte Lager gestanden und eine getrocknete Rose in einem hohen Limonadenglas. Verstohlen blicke ich in die Höhe, aber ich kann nicht erkennen, ob die Rose noch immer existiert.

Ursula geht zur Küchenzeile und holt zwei Gläser, dann schenkt sie uns Weißwein ein, ich hätte gerne eine Tasse Tee gehabt, aber ich möchte Ursula nicht die Mühe machen. Der Wein schmeckt viel zu warm, Ursula scheint es nicht zu bemerken, dabei sind ihr solche Kleinigkeiten doch sonst so wichtig. Sie nimmt einen tiefen Schluck und macht eine vage Handbewegung, wir setzen uns auf die schwarzmetallenen Klappsessel, die um den Tisch stehen.

Wie geht es dir, Rheingard?

Ich bin so verblüfft, daß ich mich fast am warmen Wein verschlucke, noch nie hat Ursula ein Gespräch zwischen uns mit dieser Frage eröffnet, sie trifft mich völlig unvorbereitet.

Ohh, ganz gut, murmle ich. Und du, wie fühlst du dich?

Ursulas Befinden erscheint mir ein weitaus interessanteres Thema, wenn es um die Probleme anderer geht, dann bin ich auf sicherem Terrain.

Pfhhh, Ursula bläht ihre Backen und gießt sich das Glas wieder voll, mir fällt Antonio ein, der stets so elegant für Nachschub sorgte, dabei habe ich so sehr gehofft, an die-

sem Nachmittag die Azoren vergessen zu können, die beständig in meinem Hinterkopf rumoren, wenigstens für kurze Zeit, nun hat eine simple Geste diese Hoffnung zunichte gemacht.
Was macht eigentlich Othmar?
Ursula erwacht aus ihrem Grübeln. Keine Ahnung, der liebe Othmar läßt ja nichts mehr von sich hören, und wenn man in seiner Praxis anruft, dann ist er gerade beschäftigt.
Die Aura der Großwildjägerin ist verflogen, Ursula sitzt zusammengesunken da und wirkt wie eine müde Amazone, die vom Beutezug zurückgekehrt ist, mit leeren Händen.
Aber man kennt das ja, es passiert mir nicht zum erstenmal. Am Anfang können sie gar nicht genug von dir kriegen, die Herren Familienväter, endlich ist was los in ihrem öden kleinen Leben, mitten in der Nacht wecken sie dich auf, weil sie sich mit irgendeinem Vorwand rausgeschlichen haben aus ihren muffigen Schlafzimmern in ihren muffigen kleinen Reihenhäusern, dann säuseln sie dir ins Ohr, endlich ist ihnen die große Liebe begegnet, es ist ja noch nicht zu spät, sie haben bloß ein Dutzend Kinder am Bein und eine Frau, die Anspruch auf die halbe Rente hat, na fein, aber es lebt sich ja so wunderbar von Liebe, Luft und Wasser. Und irgendwann fangen sie dann zu rechnen an, so wie der Herr Doktor jetzt, der feine Herr, was glaubst du, was der seiner Familie an Unterhalt bezahlen müßte, bei seinem Einkommen, die meisten Zahnkronen macht der doch ohne Rechnung, ich habe ihm sogar schon ein paarmal als Kurier ausgeholfen, ich blöde Gans, und Schwarzgeld auf sein Konto in Zürich eingezahlt, man glaubt es nicht, man glaubt es einfach nicht.
Ursula birgt den Kopf in ihren Händen, sie preßt die Fingerkuppen gegen ihre geschlossenen Lider, als ob sie so die Tränen zurückhalten könnte.

Aber das Ticket wird er mir noch bezahlen, notfalls nehme ich mir einen Anwalt, mir reicht es, jeden verdammten Kaffee und jedes verdammte Tonic habe ich ihm spendiert in diesen drei Jahren. Angeblich wird man ja als Geliebte so unendlich verwöhnt, ha, das möchte ich endlich einmal sehen, nur an einem einzigen Beispiel, mir ist das noch nie passiert.
Und Ursula drischt mit der Faust auf die Tischplatte, daß die Gläser tanzen, ihre Augen sind wieder ganz trocken.
Mein Gott, was mache ich bloß falsch.
Ursula zeichnet mit ihrem Zeigefinger Kreise in eine Weinpfütze auf dem Tisch, gleich wird sie mich in diese Frage mit einbeziehen, was haben wir bloß falsch gemacht, Rheingard, du und ich, aber nichts dergleichen folgt, träumerisch und irgendwie besänftigt zieht Ursula ihre Runden.
Weißt du eigentlich, wie sehr ich dich beneidet habe, neulich am Flughafen?
Ich denke mir, daß nach diesem Nachmittag nichts mehr so sein wird wie bisher, Ursula beneidet mich, vielleicht ist ja alles auch nur ein Mißverständnis, manches Mal ist jetzt dieses Rauschen in meinen Ohren, wie in jenem Augenblick in Furnas, als sich mir eine Hand entgegenstreckte, aus dem brodelnden Wasser heraus.
Ich schüttle den Kopf.
Doch, sagt Ursula, beinahe bin ich in Tränen ausgebrochen, wie ich dich mit deiner Mutter gesehen habe. Daß sie sich allen Ernstes die Mühe gemacht haben, zum Flughafen zu fahren und dich abzuholen, die beiden alten Damen, mir ist so etwas schon seit Jahren nicht mehr passiert.
Wie geht es eigentlich deinen Eltern, frage ich, ziemlich schuldbewußt, ich habe mich schon ewig nicht mehr nach dem Befinden von Ursulas Familie erkundigt.

Ach, ganz gut, sagt Ursula, die leben jetzt fast das ganze Jahr über auf Mallorca, sie haben sich dort so eine kleine Finca zugelegt. Ich war sie einmal besuchen, als ich in Madrid bei den Währungsverhandlungen dolmetschen mußte, mein Vater liegt in der Hängematte, und meine Mutter bestickt Tischdecken und Servietten, wahrscheinlich für meine Aussteuer.
Und Ursula lacht, zum erstenmal an diesem Nachmittag, es klingt eher wie ein Schluchzen.
Eine dünne Wolkendecke ist vor dem Fenster aufgezogen, wie ein mit Goldfäden durchwirktes Federbett schwebt sie über dem Pariser Platz, das Aufheulen eines Motorrollers dringt bis in den siebenten Stock. Ich blicke diskret auf meine Armbanduhr, Mama wartet wohl schon, ich habe nichts davon gesagt, daß es heute später werden könnte, meine Mutter sorgt sich so leicht. Aber ich mag auch Ursula nicht allein lassen, sie wirkt so verzagt, wie ich es in all den Jahren nicht erlebt habe.
Du mußt sicher aufbrechen, sagt Ursula, beschämt schüttle ich den Kopf, Ursula ist eine scharfe Beobachterin, ihr entgeht nicht die kleinste Bewegung.
Wir trinken den Wein aus, Ursula raucht eine Zigarette.
Hast du etwas von diesem Lukas gehört, fragt Ursula.
Nein, sage ich, noch nicht. Ich wappne mich in Sekundenschnelle für den ätzenden Kommentar, der gleich folgen wird, aber Ursula schweigt und raucht, von der Empore dringt das Ticken eines Weckers.
Dann bringt mich Ursula zur Tür, sie legt einen Arm um meine Schultern und drückt mich einen Moment lang an sich.
Ich werde dir vom Balkon aus nachschauen, sagt Ursula, vor dieser Videothek kann man jetzt leicht angepöbelt wer-

den, keine Angst, ich warte, bis du an der Bushaltestelle bist.
Ich habe keine Angst mehr. Ich weiß jetzt, wie man sich zur Wehr setzt. Das würde ich gerne erwidern, aber dann verschlucke ich die Worte im letzten Moment, wer würde mir wohl so eine kecke Antwort abnehmen, Ursula gewiß nicht, dazu kennt sie mich zu gut.

Figaro

Jeden Morgen steige ich die Treppe hinab und greife in die zierlich geflochtene Schale aus Bast, die auf der Kirschkommode in unserer Diele steht. Der Briefträger kommt meist schon früh, Mama geht ihm bis zum Gartentor entgegen, mein Vormittagsspaziergang, scherzt Mama gerne. Prospekte und Werbebroschüren und all das überflüssige Papier, das unaufgefordert versendet wird, entsorgt Mama gleich in der Mülltonne am Zaun, den Rest trägt sie ins Haus zurück und legt alles in die Schale aus Bast. Es sind vor allem Rechnungen, Briefe werden kaum an uns gerichtet, ab und an eine Ansichtskarte von der reiselustigen Lotte Rompelberg an Mama, zwei- bis dreimal im Jahr schreibt mir Veronika aus Norderney.

Wartest du auf eine Nachricht, Rheingard, fragt Mama.

Ich stehe vor der Kommode und sortiere bereits zum wiederholten Mal unsere Post, es handelt sich heute vormittag exakt um zwei Kuverts, die Rechnung für den Fernsehanschluß und eine Einladung zu einem Vortrag über die Mongolei, in dem Gymnasium, das Clemens besucht hat.

Ertappt lege ich die beiden Umschläge zurück, nein, nein, ich wollte nur mal sehen … Dann gehe ich rasch an Mama vorbei in die Küche und lasse Wasser in den Teekessel rinnen.

Ich weiß selbst nicht genau, worauf ich eigentlich warte. Wer sollte mich auch über den Fortgang der Ereignisse auf den Azoren informieren, ich habe vergessen, mit Lucie

Adressen zu tauschen, und Ursula mag ich keinesfalls um Lucies Anschrift bitten.
Gestern bin ich vor dem Zeitungskiosk am Bahnhof voller Schreck zusammengezuckt, Sexualattentäter gefaßt, die Balkenlettern auf der ersten Seite fast aller Tageszeitungen waren nicht zu übersehen. Mit zitternden Händen habe ich gleich mehrere Exemplare erstanden, aber es war natürlich ein Mann aus der nächsten Umgebung unserer Stadt, den die Polizei nach langem Bemühen endlich verhaftet hat.
Ich brühe Tee auf und setze mich an den Küchentisch. Mama hat schon gefrühstückt, ich nutze diese Tage, um ganz gegen meine Gewohnheit bis in den späten Morgen hinein zu schlummern, in der Nacht finde ich nur wenig Schlaf, zum Glück beginnt meine Arbeit am Institut erst nächste Woche.
Aus dem Nachbargarten ist das Tuckern eines Rasenmähers zu hören, die Küchenvorhänge bauschen sich sacht vor dem offenen Fenster. Eine junge Kohlmeise hüpft durchs Gras, ihr Wangengefieder ist noch gelblich und wird sich erst in den kommenden Monaten weiß färben. Die Kohlmeise pickt nach Futter, dann hält sie inne und läßt ihren Ruf erklingen, ein dreisilbiges rhythmisches Ti-ti-DÜ. Musikalische Ohren fühlen sich dabei an die Arie des Figaro erinnert, nun vergiß, leises Flehn süßes Kosen, die junge Kohlmeise singt noch ein wenig unsicher, eine Autotür klappt zu, die Kohlmeise fliegt auf und davon.
Wie das Wetter wohl auf den Azoren sein mag?
Ich beuge mich nach vor und erhasche einen Blick vom Himmel, keine einzige Wolke segelt vorüber, strahlendes Blau schimmert zwischen den Blättern der Weide, ich lehne mich wieder zurück mit einem Seufzen. Wolken verursachen mir in diesen Tagen ein Gefühl, das ich nicht zu deuten vermag,

ein Frösteln, ein Ziehen in der Brust, einen Schmerz, der nicht auf dem Röntgenschirm zu orten ist.
Ob er mir schreiben wird?
Ich sehe wieder Lukas vor mir, sein Gesicht ist mir ganz nah in dem Wasserdampf, der rings um uns aufsteigt, sein Haar kringelt sich an den Schläfen vor Feuchtigkeit. Er lächelt und streckt die Hand aus, der Boden unter unseren Füßen ist glitschig, ich ergreife seine Hand, sie ist so warm und trocken.
Einen Augenblick lang balanciere ich über die Steine wie eine Seiltänzerin hoch oben in der Zirkuskuppel, die Blicke der Männer richten sich bewundernd auf die zierliche Gestalt. Dann stehen wir beide wieder auf festem Grund, einen Augenblick lang habe ich mich schön und begehrenswert gefühlt, ich schüttle meinen Kopf, wie um einen Schwindel abzuwehren.
Wir haben wenig gesprochen bei unserem Spaziergang rund um den Furnas-See. Lukas hat mir von seinen Studienjahren in Kalifornien berichtet, ich habe ihm von meiner Stadt und dem Institut erzählt, in wenigen Sätzen. Am nächsten Morgen beim Frühstück hat mich Lukas um meine Adresse gebeten, ich habe sie auf eine Papierserviette gekritzelt, Lucie und Ursula und Othmar waren gerade ums Büffet versammelt. Lukas hat die Serviette eingesteckt, wir haben uns angelächelt, dann sind die anderen an den Tisch zurückgekehrt, später haben wir uns voneinander verabschiedet, mit einem höflichen Händedruck.
Ein Klirren läßt mich zusammenfahren, meine Mutter steht im Türrahmen und hält eine Tasse in der Hand. Das wird wieder ein warmer Tag heute, was wollen wir kochen?
Wie wäre es mit einer Minestrone, meine Mutter liebt Suppen, ich greife nach dem Einkaufskorb.

Ich habe gerade mit Clemens telefoniert, sagt meine Mutter, er wird mit Leonie am Sonntag zum Mittagessen kommen, wir müssen das Tischtuch und die Servietten aufbügeln. Sie sieht mich an, dann müssen wir plötzlich beide lächeln, Bügeln zählt nicht gerade zu unseren Stärken, so manche bräunlich verbrannte Stelle auf Blusen und Bettwäsche zeugt davon.

Auf dem Weg zur Haustür komme ich an der Kirschkommode vorbei, ich bleibe stehen und kontrolliere vorsichtshalber noch einmal die Post des Tages, eine Ansichtskarte oder ein schlichtes Kuvert aus der Schweiz lassen sich so leicht übersehen. Aber nichts dergleichen ist hinzugekommen, ich gehe nun endgültig einkaufen, am Gartentor drehe ich mich um und winke zurück, meine Mutter lächelt noch immer.

Beste Wohngegend

Der Stolz über diese edle Tafel steht uns beiden ins Gesicht geschrieben. Mama rückt ein Wasserglas um einen Millimeter nach rechts, ich poliere das Vorlegebesteck, das Rot meines Fransenschals spiegelt sich bereits darin.
Seit gestern sind wir mit Vorbereitungen beschäftigt, ich habe die Tischdecke für besondere Anlässe samt den dazugehörigen Servietten gebügelt, feiner Dampf ist von dem Damast aufgestiegen, ich habe die Schwaden unwillig weggewedelt. Dann haben Mama und ich das Tuch über den Eßtisch gebreitet und sorgsam die Fältchen glattgestrichen, Mama hat die Servietten zu Rechtecken gefaltet, ich habe das blaue Service aus der Vitrine geholt und die Teller verteilt.
Wie soll bloß die Sitzordnung aussehen? Mama ringt die Hände, Fragen der Etikette waren ihr immer wichtig.
Du sitzt natürlich am Kopfende, sage ich, aber Mama wehrt ab.
Nein, nein, es ist wohl an der Zeit, diesen Platz endgültig an Clemens abzutreten, nun, da er doch im Begriff ist, selbst eine Familie zu gründen.
Clemens soll also am Kopfende Platz nehmen, zwischen seiner Verlobten und seiner Schwester, Mama wird ihm gegenüber sitzen.
Wie bei den Mormonen, sage ich, aber Mama findet das nicht komisch.
Und nun ist alles bereit, der Tisch funkelt und glänzt, voll-

erblühte Rosen aus dem Garten verströmen ihren Duft in der Kristallvase auf dem kleinen Beistelltisch. Als ersten Gang habe ich in der Küche Wildpastete mit Preiselbeeren angerichtet, unser Fleischer läßt sie nach einem alten Familienrezept im Wasserbad köcheln, mit Wacholderbeeren und Thymian. Anschließend wird es Roastbeef geben, besorgt luge ich durch einen Spalt ins Backrohr, Roastbeef darf nicht zu schnell und nicht zu langsam gegart werden, das hat mir unser Fleischer extra mit auf den Weg gegeben, hätte ich Leonie doch bloß meinen erprobten Rinderbraten vorgesetzt.

Hoffentlich sind unsere Gäste pünktlich, wir lauschen nach draußen. Mama trägt ihr türkisfarbenes Bouclékostüm mit einer perfekt im Farbton abgestimmten Seidenbluse, dazu eine Perlenkette und die Brosche, die unser Vater ihr zum fünfzigsten Geburtstag geschenkt hat. Ich habe mich für dunkelgraue Wolle entschieden, feingewirkt, ein loser Pullover über einem langen Rock, der rote Fransenschal fungiert als Farbtupfer. Ein bißchen düster vielleicht, aber gegen Leonie anzustrahlen erscheint mir als ein sinnloses Unterfangen, Mama mustert mich mit einem unergründlichen Blick.

Dann hält ein Auto vor unserem Gartenzaun, Türen schlagen, das helle Lachen einer Frau ist zu hören. Mama geht unseren Gästen entgegen, ich bleibe im Türrahmen stehen. Clemens und Leonie kommen Hand in Hand den Weg herauf, ich habe den Eindruck, daß Leonie meinen Bruder fest im Griff hält, dann breitet Mama ihre Arme aus, Clemens möchte sie umarmen, aber Leonie kommt ihm zuvor, sie fällt meiner Mutter um den Hals, meine Mutter schwankt ein wenig, ich würde gerne ihr Gesicht sehen, aber sie hat mir den Rücken zugewandt. Dann ist Clemens an der Reihe,

er überreicht Mama einen Blumenstrauß in knisternder Folie und küßt sie auf beide Wangen, ich weiß, wie wohl Mama diese Wärme tut, und sende meinem kleinen Bruder einen liebevollen Blick.
Ahh, Frau Äbtissin, ruft Clemens, er kommt über die Stufen und knufft mich dort, wo wohl die Nieren sitzen, ich ringe ein wenig nach Luft.
Leonie und Mama schlendern hinterdrein, beinahe sind sie schon an mir vorüber, da nimmt mich Leonie ja doch noch wahr. Rheingard, was für eine Überraschung, hast du denn wirklich nichts Besseres vor am Wochenende, wie lieb von dir.
Wir betreten das Wohnzimmer, solch ein schöner Raum, ruft Leonie und klatscht in die Hände, Mama lächelt geschmeichelt, Clemens hantiert mit der Sherryflasche. Ich stehle mich in die Küche davon und öffne abermals das Backrohr, das Roastbeef braucht noch ein paar Minuten, aber ich hole es trotzdem aus dem Ofen, ich gedenke Leonies Portion mit ein wenig blutigem Fleischsaft zu garnieren.
Aus dem Wohnzimmer dringt Gelächter und Gläserklirren, ich trage die Platte mit der Wildpastete ins Speisezimmer. Vielleicht sollte ich mir ja ein weißes Schürzchen umbinden, es ist angerichtet, meine Stimme klingt wohl ein wenig laut, alle wenden sich mir zu, Clemens schaut verblüfft drein, Leonie ein wenig maliziös, Mama stellt ihr Glas ab.
Der erste Gang ist ein voller Erfolg, die Pastete schmilzt beinahe im Mund, wir plaudern angeregt. Mein Bruder hat sich sofort und wie selbstverständlich ans Kopfende gesetzt, Mamas einladende Handbewegung ist unbemerkt geblieben, Clemens hat nur Augen für Leonie, die graziös winzige Bissen zum Mund führt.
Wie geht es den Eltern, wendet sich Mama an Leonie.

Danke, bestens, Leonie lächelt Mama an, ich soll Grüße bestellen und fragen, ob Sie nicht in den nächsten Tagen bei uns vorbeischauen wollen, meine Mutter würde gerne einiges mit Ihnen über die Hochzeit besprechen.
Die Hochzeit, ach ja, ich sammle die Teller ein und begebe mich wieder in die Küche, niemand bietet mir seine Hilfe an. Leonie schildert Mama gerade den Blumenschmuck, den sie für die Kirche in Auftrag gegeben hat, weiß und rosa, einfach allerliebst.
Ich greife nach dem Tranchiermesser und säble fingerdicke Schnitten vom Roastbeef, es ist noch ziemlich blutig, der Saft quillt aus allen Poren. Dann gieße ich die Broccoliröschen ab und mische Butterflöckchen unter, auch der Kartoffelgratin ist wohlgeraten. Schwer beladen kehre ich ins Speisezimmer zurück, Clemens schenkt gerade Wein ein, Leonie schildert Mama die Kleider der Brautjungfern, weiß mit rosa Schärpen, einfach süß.
Clemens hält mir die Teller, ich teile die Portionen aus. Für mich nur ganz wenig, fleht Leonie, mein Hochzeitskleid ist ganz auf Taille geschnitten, sie holt tief Luft, als ob sie bereits vor dem Altar stünde. Ich lege eine dünne Scheibe Fleisch auf Leonies Teller und häufe einen Löffel Kartoffelgratin daneben, übergieße das Ganze mit reichlich Saft. Leonie macht große Augen, als ich ihr den Teller reiche, aber dann lächelt sie tapfer, wer wagt es schon, das erste Mittagessen der zukünftigen Schwiegermutter zurückzuweisen, nicht einmal Leonie.
Wir prosten uns zu, Mama wirkt einen Moment lang tief gerührt, dann wenden wir uns dem Roastbeef zu. Ich kaue mit Genuß, rohes Fleisch hat mir noch nie Probleme bereitet, Sushi und Tatar gehören zu meinen Lieblingsgerichten. Clemens ist ebenfalls bei gutem Appetit, Mama hält

sich mehr an die Broccoliröschen, Leonie hat ganz dicke Backen.
Hoffentlich schmeckt es dir, wende ich mich an Leonie, es ist von allem noch da.
Leonie blickt auf unsere Mutter, sie schluckt mit Mühe, oh ja, es ist wirklich ausgezeichnet, so würzig.
Clemens gießt Wein nach. Für mich nicht mehr, vielen Dank, Liebster, Leonie hält die Hand über ihr Glas und lächelt Mama erwartungsvoll an, als ob sie jetzt einen Pluspunkt gesammelt hätte.
Eigentlich wollte ich ja immer im Frühling heiraten, zwitschert Leonie, aber wir können einfach nicht mehr warten, nicht wahr, Liebster, diesmal lächelt Leonie ihren Verlobten an, hoffentlich wird es nicht zu kalt in der Kirche sein.
Du wirst eben warme Unterwäsche tragen müssen, rate ich Leonie. Eigentlich wäre ja jetzt ich an der Reihe, von Leonie mit einem ganz speziellen Lächeln bedacht zu werden, aber Leonie rollt bloß die Augen, und auch Mama wirkt ein wenig indigniert, wollene Unterhosen sind wohl kein Thema für den Mittagstisch.
Ach, Rheingard, wird es dich auch nicht zu hart ankommen, bei der Hochzeit deines jüngeren Bruders dabeizusein, fragt Leonie, sie ist jetzt ganz mitfühlend, eigentlich wärst ja du vorher an der Reihe.
Plötzlich überzieht ein jäher Schmerz Leonies Gesicht, sie zuckt zusammen und will gerade aufbrausen, aber dann besinnt sie sich im letzten Moment. Ich bedenke meinen jüngeren Bruder mit einem warmen Blick, offenbar hat er seine Verlobte unter dem Tisch gegen das Schienbein getreten, Blutsbande existieren eben wirklich.
Den Kaffee nehmen wir nebenan, nicht wahr?
Mama betupft ihre Mundwinkel mit der Serviette, ich

blicke ganz hausfraulich in die Runde, war auch alles in Ordnung?
Leonie blickt mir ohne Lidschlag gerade in die Augen, dieses Roastbeef wird sie mir nie verzeihen, so kann ein kleines Stück Fleisch Klarheit schaffen. Im Wohnzimmer ist schon das Kaffeegeschirr gedeckt, Mama setzt sich auf das gestreifte Sofa, Clemens bleibt am Fenster stehen, aber Leonie wandert noch umher und betrachtet eingehend das Blumenstilleben an der Wand und die versilberten Karaffen in der Vitrine. Ich begebe mich wieder in die Küche, dort brühe ich Kaffee auf und arrangiere Konfekt in einer gläsernen Schale, trage alles ins Wohnzimmer zurück.
Dann sind alle mit Kaffee und Milch und Zucker versorgt, Leonie knabbert an einem Pfefferminzblättchen, endlich kann auch ich mich hinsetzen und eine Schale schwarzen süßen Kaffee genießen.
Seid ihr euch über die Hochzeitsreise einig geworden, fragt Mama. Sie selbst war mit unserem Vater am Gardasee, es muß sehr romantisch gewesen sein, die wenigen Fotos zeigen ein Paar, das sich auf der Uferpromenade von Malcesine verschämt aneinanderdrängt.
Wir haben an die Karibik gedacht, sagt Leonie, ich brauche einfach zwei Wochen Sonne und Meer im Winter, mein Immunsystem ist sehr empfindlich.
Rheingard war gerade auf den Azoren, sagt Mama, sie hat mir ausführlich davon erzählt. Es muß sehr beeindruckend dort sein, diese Fauna und Flora, wie hieß dieser Vogel noch, Rheingard, den du gesehen hast?
Priolo, antworte ich, vielleicht war es aber auch nur ein Spatz.
Ich habe keine Lust, von den Azoren zu berichten, aber Leonie scheint gar nicht interessiert, sie mustert mich ein

wenig befremdet, als ob ich gerade aus Sibirien zurückgekehrt wäre, dann kuschelt sie sich mit einem kleinen Seufzen an Clemens.
Mama stellt ihre Tasse ab und steht auf.
Ihr entschuldigt mich, ich lasse euch jungen Leute jetzt allein. Und Mama verläßt das Zimmer, ich weiß, daß sie ihre Tabletten einnehmen muß und ein wenig ruhen wird.
Wir jungen Leute bleiben also allein zurück, Schweigen breitet sich im Zimmer aus. Leonie hat nur Augen für Clemens, ich grüble nach einem Vorwand, um mich ebenfalls zurückziehen zu können, aber mein Bruder bringt das Gespräch wieder in Gang.
Königsstett soll ja jetzt in die Politik gehen, hast du schon davon gehört, Rheingard, du wirst ihm wohl keine Träne nachweinen?
Verblüfft schaue ich meinen kleinen Bruder an, waren meine Gefühle so deutlich, wenn ich selten genug von unserem Institut erzählt habe? Clemens grinst und zwinkert, tja, man sollte seine Geschwister nicht unterschätzen, diesem Bruder hier verzeihe ich sogar Leonie.
Nein, ganz gewiß nicht, sage ich und fege Zuckerkristalle auf der Tischplatte zusammen, aber die Studenten werden ihn vermissen, Königsstett war sehr beliebt.
Da wird doch jetzt eine Stelle frei, fährt Clemens fort, gibt es schon Kandidaten, eigentlich könntest doch du dich bewerben, oder nicht, Rheingard?
Ich starre meinen Bruder an, als ob er etwas Ungehöriges von sich gegeben hätte, ich soll mich bewerben, um eine Professur?
So einfach ist das nicht, sage ich langsam, man muß sich erst habilitieren, obwohl mein Forschungsprojekt über endemische Arten praktisch abgeschlossen ist, nur noch ein paar

Statistiken fehlen, aber was sollen diese Hirngespinste, Königsstett würde es nie dulden, daß ich an seine Stelle trete.
Endemische Arten, tsts, Clemens läßt einen anerkennenden Zischlaut hören. Schwesterherz, kannst du mir mal erklären, was das überhaupt …
Leonie seufzt laut und lange, dieses Thema langweilt sie ganz offenkundig. Dankbar für die Unterbrechung halte ich ihr die Schale mit dem Konfekt unter die Nase, aber Leonie mag auch kein Nougat mehr, Leonie mag bloß im Mittelpunkt stehen.
Habt ihr euch schon nach einer Wohnung umgesehen, wie sind eure Pläne?
Zum Glück ist mir diese Frage eingefallen, Leonie wirkt auch plötzlich ganz munter, nur Clemens sackt ein wenig zusammen, als ob er sich unsichtbar machen wollte.
Ach, Rheingard, ich bin ja so froh, daß du dieses Thema anschneidest, sagt Leonie und schenkt mir ein warmes, herzliches Lächeln. Du glaubst gar nicht, wie schwer es ist, eine adäquate Wohnung zu finden, nicht wahr, Clemens?
Aber mein Bruder reagiert nicht, sein Blick ist in weite Fernen gerichtet.
Ist dir eigentlich klar, Rheingard, fährt Leonie fort, wie privilegiert ihr hier lebt, du und deine Mutter? Diese Villa in bester Wohngegend, zweihundert Quadratmeter müssen das mindestens sein, und dann dieser Garten rundherum, einfach unglaublich. Ihr könnt doch unmöglich alle Räume wirklich nutzen, im ersten Stock müssen jede Menge Zimmer leerstehen.
Die Standuhr auf der Anrichte tickt, ich schaue auf Leonie, allmählich beginne ich zu begreifen.
Wollt ihr hier einziehen?
Nun ja, setzt Leonie an, Clemens räuspert sich hörbar,

ich habe den Eindruck, daß in diesem Räuspern ein warnender Unterton mitschwingt, aber Leonie kümmert sich nicht darum.
Ich möchte ganz offen mit dir sein, Rheingard, sagt Leonie, sie spricht nun zu mir wie eine Ärztin, die einer ahnungslosen Patientin eine gräßliche Diagnose beibringen muß, sanft und einfühlsam. Hast du schon an deine Zukunft gedacht, wie sind eigentlich die Pläne eurer Mutter, sie wirkt auf mich ein wenig kränklich.
Oh, unsere Mutter ist bei bester Gesundheit, sage ich verblüfft und schaue auf Clemens, mein Bruder sitzt jetzt ganz zusammengekrümmt da und starrt auf seine Schuhspitzen, Leonie läßt nicht locker.
Meinst du nicht, Rheingard, daß eure Mutter in einer Seniorenresidenz besser aufgehoben wäre, es gibt so wunderschöne Alterssitze, draußen am See zum Beispiel, es ist praktisch wie im Urlaub, du könntest sie am Wochenende besuchen, und eure arme Mutter bräuchte nicht mehr die vielen Stufen in den ersten Stock zu steigen, dort gibt es natürlich einen Lift.
Ich glaube nicht, daß unsere Mutter in eine Seniorenresidenz umsiedeln möchte, sage ich, in meinen Ohren hat ein leises Rauschen eingesetzt, als ob Meereswellen bis in unsere beste Wohngegend heranrollen würden.
Rheingard, bitte glaube mir, wir wollen dich nicht kränken. Leonie hält ihren Kurs, beinahe ringt sie mir Achtung ab. Aber du mußt endlich raus hier, das ist doch kein Leben, du bist noch jung, du könntest dir ein Singleappartement in der City mieten und Leute kennenlernen und weggehen, es ist noch nicht zu spät.
Das Rauschen in meinem Kopf schwillt an und ebbt wieder ab, wie die Brandung vor Ribeira Grande. Wir sitzen da und

starren uns an, alle drei, dann läßt uns ein Geräusch zusammenfahren, wir blicken zur Tür. Mama steht im Rahmen, sie sieht so frisch und munter aus, Mama lächelt uns der Reihe nach an, na, Kinder, habt ihr euch gut unterhalten?

Nur ein Scherz

Die haben hier gehaust wie die Barbaren, schimpft Fräulein Gatterburg und rückt unsere Institutsdahlie zurecht, der Übertopf aus blauglasierter Keramik weist einen tiefen Sprung auf.

Alle paar Jahre im Sommer wird eine Fakultät unserer Universität rundum erneuert, diesmal waren wir Ornithologen mit an der Reihe. Die Wände sind ausgemalt worden, Türschlösser wurden neu eingesetzt, die alten klapprigen Fenster durch Kunststoffrahmen ersetzt. Es riecht nach Lack und Farbe, besorgt kontrolliere ich die Präparate und Skelette, zum Glück hat sich niemand an den Bücherschränken zu schaffen gemacht, wir bewahren so manche bibliophile Kostbarkeit auf.

Fräulein Gatterburg setzt den Wasserkessel auf die kleine elektrische Kochplatte neben ihrem Schreibtisch und füllt je einen Löffel Instantkaffee in zwei Becher. Dann seufzt sie tief und ausgiebig, ein Vorgang, der stets eine beruhigende Wirkung auf unsere Sekretärin ausübt.

So, jetzt geht es wieder, sagt Fräulein Gatterburg mit Nachdruck, sie füllt die Becher mit sprudelndem Wasser und reicht mir einen davon.

Bitte, Frau Doktor Droste. Schön, daß Sie wieder da sind, wie war es auf den Azoren? Ich habe so oft an Sie gedacht, Sie müssen mir unbedingt ausführlich von Ihren Eindrükken erzählen.

Gerne, Fräulein Gatterburg, gebe ich zur Antwort, ich habe Ihnen auch etwas mitgebracht.
Und ich hole aus meiner Tasche die gepreßten Blumen hervor, die ich auf einer Lichtung nahe Furnas gepflückt habe. Sie sehen furchtbar mickrig aus, die Stengel sind zu einem Graugrün verblaßt, die ehemals strahlendweißen Glocken baumeln kraftlos. Das ist mir schon zu Hause aufgefallen, deshalb habe ich noch ein silbernes Bändchen um die Stiele gewunden und sie in Seidenpapier gewickelt, verlegen überreiche ich mein Gebinde.
Fräulein Gatterburg schaut mit großen Augen auf das welke Büschel, ich kann es ihr nicht verdenken, dann schlägt Fräulein Gatterburg die Hände zusammen und bekommt ganz rote Bäckchen.
Azorina vidalii, die weißblütige große Glockenblume, ich glaube es einfach nicht. Wo haben Sie die bloß entdeckt, Frau Doktor, und daß Sie dabei an mich gedacht haben.
Einen Moment lang scheint es, daß mir Fräulein Gatterburg um den Hals fallen will, aber dann ergreift sie doch nur meine Hand und schüttelt sie ausgiebig.
Wir schlürfen den heißen Kaffee, ich habe das Gefühl, daß ich endlich wieder festen Boden unter den Füßen spüre, zum erstenmal seit vielen Wochen.
Hier wird sich wohl einiges ändern, sagt Fräulein Gatterburg, sie spricht wie zu sich selbst, ihre Finger streichen sanft über die Azorina vidalii.
Hat Königsstett schon um seine Entlassung angesucht, frage ich hoffnungsvoll, in möglichst unbefangenem Tonfall.
Ach, was glauben Sie denn, Fräulein Gatterbug wirkt ganz erschüttert über meine Naivität. So eine Stelle gibt man doch nicht auf, er läßt sich natürlich beurlauben, zunächst einmal auf zwei Jahre, dann wird er wohl weitersehen.

Fräulein Gatterburg nimmt meinen leeren Becher entgegen und beugt sich eine Spur näher zu meinem Ohr.
Ich habe eine Bekannte drüben am Dekanat, sie hat mir erzählt, daß es schon erste Interventionen wegen der Vertretung gibt, angeblich kommen sogar Anfragen aus dem Ausland. Wer weiß, was uns da noch ins Haus schneit. Und Fräulein Gatterburg schneidet eine skeptische Grimasse.
Vielleicht sollte ich mich ja bewerben.
Dieser kuriose Satz ist mir einfach so herausgerutscht. Fräulein Gatterburg starrt mich verblüfft an, dann breche ich in Lachen aus, Fräulein Gatterburg stimmt ein.
Das war natürlich nur ein Scherz, sage ich. Fräulein Gatterburg wirkt irgendwie erleichtert.
Dann gehe ich den langen Gang entlang und betrete mein Zimmer, zum erstenmal nach diesem Sommer. Der Raum ist so klein, daß er nur Platz für einen Schreibtisch, einen Drehsessel und ein schmales Regal bietet, aber dafür ist er nach Süden gerichtet. An den seltenen Sonnentagen kitzeln warme Strahlen meinen Nacken, wenn ich mich über Skripten und Bücher beuge, und ich muß bei Tag nur selten das Licht anknipsen wie die meisten meiner Kollegen auf der gegenüberliegenden Seite des Flures.
Es riecht ein wenig muffig, ich öffne die neuen Kunststoffkippfensterflügel, das helle Klingen jugendlicher Stimmen dringt herauf. Die Wochen der Einschreibung haben begonnen, Tausende Studenten drängen sich nun jeden Tag auf den Stufen und in den Gängen vor den Aufnahmeschaltern.
Staub hat sich angesammelt, ich puste über die Bücher im Regal und wische mit einem Papiertaschentuch über die Schreibtischplatte, dann entsorge ich beschämt das Usambaraveilchen, das ich zu Beginn des Sommers auf dem Fensterbrett vergessen habe.

Das Telefon läutet, und ich hebe ab, Droste, aber es ertönt nur ein Rauschen und Vibrieren, als ob jemand am Nordpol meine Nummer gewählt hätte. Ich lege den Hörer wieder auf und starre auf den Apparat aus dunkelrotem Kunststoff, meine Herz hat zu pochen begonnen. Wer könnte mich bloß aus so weiter Ferne angerufen haben, ich warte minutenlang, aber das Telefon bleibt still.
Es klopft an der Tür, Fräulein Gatterburg öffnet und tritt ein und legt mir einen Stapel Bücher auf den Tisch. Die hat gerade die Zentralbibliothek heraufgeschickt, Frau Doktor, angeblich haben Sie die noch im Juni angefordert.
Das geht schon in Ordnung, Fräulein Gatterburg, sage ich, vielen Dank. Unsere Sekretärin verläßt das Zimmer, ich ziehe die Bücher heran.
Für das kommende Wintersemester ist an unserem Institut der Schwerpunkt Entenvögel angekündigt worden, es liegen bereits Anmeldelisten für Vorlesungen und Seminare zum Thema auf. Ich werde ein Proseminar über die Zwerggans abhalten, Anser erythropus, einen höchst seltenen Brutvogel, dessen Populationen stark im Schwinden begriffen sind. Die Zwerggans nistet bis ins nördlichste Skandinavien und überwintert in Südosteuropa, in Schweden bemüht man sich um ihre Wiedereinbürgerung. Ich blättere die Bücher durch und mache mir Notizen, auffallend für Zwerggänse ist der gelbe Lidring, ich werde wohl am besten eine entsprechende Abbildung kopieren und durch die Reihen gehen lassen.
Gerade will ich mein Zimmer verlassen, da läutet wieder das Telefon. Ich haste zum Apparat, es hat bereits dreimal geklingelt, hoffentlich legt der Anrufer nicht enttäuscht auf, aber dann tönt die Stimme meines Bruders aus dem Hörer. Hallo, Rheingard, bist du das, ich versuche es bereits

zum zweitenmal, beim erstenmal hat die Verbindung einfach nicht geklappt, ich rufe nämlich vom Auto aus an.
Du hast ein Autotelefon?
Ein leiser Stich der Enttäuschung zuckt durch meinen Brustkorb, Clemens, was für eine Überraschung.
Ach, Schwesterherz, mein kleiner Bruder klingt amüsiert, schon seit einem halben Jahr, in meiner Position muß man einfach ständig erreichbar sein, eine Immobilienkanzlei ist kein Institut für Spatzenforscher, wir müssen am Ball bleiben.
Ich schweige und schaue zum Fenster hinaus, die Sonne scheint unentwegt, ein milder Herbst kündigt sich an.
Clemens merkt meine Verstimmung und schwenkt um, Rheingard, das war doch nur ein Scherz, ehrlich.
Was gibt es, frage ich und bemühe mich um einen freundlichen Tonfall.
Clemens klingt gleich viel weniger aufgeräumt, er räuspert sich und seufzt. Ach, Rheingard, du kannst es dir doch sicher denken, es geht um gestern nachmittag, du hast diese Unterhaltung hoffentlich nicht in die falsche Kehle bekommen. Leonie drückt sich manchmal ein wenig unglücklich aus, nichts liegt ihr ferner, als dich und Mama aus dem Haus zu ekeln, bitte glaube mir das.
Und Clemens räuspert sich erneut und seufzt, Schweigen breitet sich in der Leitung aus, in weiter Ferne ist die Sirene eines Krankenwagens zu hören.
Ich schweige ebenfalls, mir fällt einfach keine passende Antwort ein, ich starre in das aufgeschlagene Buch auf meinem Schreibtisch, Bläßgans der Unterart flavirostris, ob Entenvögel ein Gefühl wie Sehnsucht kennen?
Rheingard, bist du noch da, fragt mein Bruder aus dem Hörer. Wir könnten doch einmal zusammen essen gehen, nur

du und ich, was meinst du, ich kenne da ein wirklich gemütliches Restaurant, laß uns miteinander reden wie früher.

Clemens erwärmt sich hörbar für seinen Vorschlag, seine Begeisterung schmilzt auch meinen Groll hinweg.

Ja, gerne, sage ich, wann und wo?

Ich muß noch kurz in meinen Terminkalender schauen, sagt mein Bruder, er klingt so rührend erleichtert, dann melde ich mich noch einmal bei dir, bis dann, Rheingard, Schwesterherz, paß auf dich auf. Und es knackt in der Leitung.

Krabbencocktail

Rheingard, bist du das?
Ich drehe mich um, die Ampel an der Kreuzung springt auf Grün, Menschen hasten vorüber, der Abendverkehr hat bereits eingesetzt. Mamas alte Jugendfreundin Lotte Rompelberg steht vor mir, wie ein Inselchen in der Brandung, und zieht ihre Handschuhe glatt.
Tante Lotte, ich beuge mich zu Lotte Rompelberg hinab und küsse sie auf beide Wangen, dann steuern wir einen Hauseingang an, um den Unmut der Passanten zu besänftigen.
Was für ein netter Zufall, sagt Lotte Rompelberg, laß uns doch eine Tasse Tee miteinander nehmen, oder besser noch ein Gläschen Sprudelwasser, was hältst du davon, liebe Rheingard? Obwohl, so eine junge Frau hat sicherlich Unterhaltsameres vor, als mit einer alten Tante zu plauschen, vergiß meinen Vorschlag.
Aber ich denke gar nicht daran, die freundliche Einladung abzulehnen, sie kommt gerade recht. Seit neuestem ist es mir zur Gewohnheit geworden, abends noch durch die Stadt zu bummeln, vorbei an den glitzernden Auslagen und über die Kreuzungen, die meisten Geschäfte haben noch spät geöffnet und ihre Waren auf Tischen im Freien ausgebreitet, Bücher und alte Schallplatten, Strickwaren und Ketten aus buntem Plastik. Kosmische Phänomene haben diese Stadt ganz eindeutig um ein paar Breitengrade Richtung

Süden rutschen lassen, mir scheint, daß der Abendhimmel noch nie so rosenrot war wie in diesem Jahr.
Das Café am Eck summt wie ein riesiger silbriger Samowar, wir gehen durch die Schwingtür und versinken beinahe im dunkelroten Teppichboden, es duftet nach süßem Streusel und Parfum, eine Frau lacht in einer Nische, ihre blitzendweißen Zähne und ihr weißer Hals werden von Dutzenden kleinen Spiegeln reflektiert.
Hier schaue ich ganz gerne vorbei, sagt Mamas Freundin, das Publikum ist ein wenig manieriert, aber die Canapés sind ein Gedicht.
Ein Kellner mit silbrigen Schläfen eilt herbei und vollführt eine galante Verbeugung, dann weist er einladend auf ein rundes Tischchen, das gerade frei wird. Er fegt Krümel von der Marmorplatte und reicht uns die Speisekarten, aber Lotte Rompelberg winkt ab.
Ein Fläschchen Champagner, Sie kennen ja meine Marke, Leo, und dann stellen Sie uns einen Teller zum Knabbern zusammen, ein bißchen vom Krabbencocktail, ein paar Häppchen vom Lachs, Sie wissen Bescheid. Du bist doch einverstanden, Rheingard?
Ich nicke und gebe mir gar keine Mühe, mein Überwältigtsein zu verbergen, so muß es in den Pariser Cafés der Jahrhundertwende gewesen sein, ein Summen und Klingen, am Tisch gegenüber läßt sich eine junge Frau gerade Feuer für ihre Zigarre geben.
Der Kellner Leo erscheint wieder und breitet ein Tuch aus blütenweißem Leinen über unser Tischchen, er streift Lotte Rompelberg mit einem verhalten bewundernden Blick, dann stellt er einen Teller mit Besteck, Salz und Butter und einen Korb mit Baguettescheiben bereit.
Lotte Rompelberg sieht ihm nach, ein Lächeln spielt um

ihre Mundwinkel, der gute Leo, er hat die Hoffnung noch immer nicht aufgegeben.
Ich blicke wohl ziemlich verständnislos drein, Lotte Rompelberg dämpft ihre Stimme zu einem Flüstern.
Ach, Rheingard, einer wie Leo versteht sein Publikum einzuschätzen. Der Ring an meinem kleinen Finger ist mehr wert als sein gesamtes Jahreseinkommen. Ich bräuchte nur mit diesem kleinen Finger zu winken, und Leo würde mich liebend gerne nach Hause begleiten. Auch Männer nehmen ihre Chancen wahr und schlafen sich nach oben, das darfst du mir gerne glauben.
Gewiß doch, ich nicke und bemühe mich um eine erfahrene Miene, als ob mir Männer, die sich nach oben schlafen, ein vertrautes Thema wären.
Nun machen sich bereits zwei Exemplare dieser skrupellosen Spezies an unserem Tisch zu schaffen, ein junger Mann in einer weinroten Jacke mit goldenen Knöpfen serviert eine Platte, auf der gläserne Schalen mit Salaten arrangiert sind, dann stellt er zwei Sektflöten vor uns. Leo entkorkt den Champagner mit einem gekonnten kleinen Plop, schäumende Flüssigkeit perlt in die Gläser. Der Kellner Leo verbeugt sich wie vor einem unsichtbaren Vorhang, beinahe hätte ich ihm applaudiert, aber Lotte Rompelberg entläßt ihren silberhaarigen Verehrer mit einem huldvollen Nicken, wir lassen die Gläser aneinanderklingen.
Wie geht es dir, liebe Rheingard, und wie hat es dir auf diesen Inseln gefallen, es waren die Azoren, nicht wahr?
Gut, vielen Dank, liebe Tante Rompelberg. Es geht mir ganz wunderbar, ich bin noch immer Jungfrau, aber zum Ausgleich habe ich einen Mann umgebracht. Ich habe ihn in kochendes Wasser gestoßen wie ein Suppenhuhn in die Brühe, der Krabbencocktail ist übrigens wirklich ausgezeichnet.

Das sage ich natürlich nicht, ein solch schonungsloses Geständnis mag ich nicht einmal Lotte Rompelberg zumuten, deren Nervenstärke ich durchaus hoch einschätze.
Oh, es geht mir gut, vielen Dank. Ich habe die Tage auf den Azoren sehr genossen. Diese Inseln sind unglaublich interessant, meine Freundin Ursula ist die meiste Zeit im Hotel geblieben, aber ich bin stundenlang über die Klippen gewandert, du weißt ja, für einen seltenen Vogel ist mir kein Umweg zu weit.
Das habe ich nun wirklich gesagt, Lotte Rompelberg wirkt ein ganz klein wenig enttäuscht, vielleicht hat sie sich ja die Schilderung irgendeines Abenteuers erhofft. Nun, da müßte sie mich besser kennen.
Ja, das klingt wirklich nett, sagt Lotte Rompelberg und spießt ein Krebsschwänzchen in Mayonnaise auf.
Und, wie geht es dir sonst so, Rheingard, was macht die Liebe? Was sagst du übrigens zu Clemens und seinen Heiratsabsichten? Diese Leonie ist ja ein wahres Prachtexemplar an höherer Tochter, da war Yvonne schon aus einem anderen Holz geschnitzt.
Ich bin so verblüfft, daß ich mich beinahe an einem Stück Baguettekruste verschlucke.
Du hast Yvonne gekannt?
Natürlich, sagt Lotte Rompelberg, sag bloß, er hat sie dir nie vorgestellt, immerhin waren die beiden über zwei Jahre ein Paar. Nun gut, sie war vielleicht nicht das, was man eine ideale Partie nennen würde, aber irgendwie haben sie nicht schlecht zueinander gepaßt, ich glaube, sie haben viel Spaß gehabt.
Ich nehme einen kräftigen Schluck Champagner, Leo eilt herbei und gießt mein Glas wieder voll. Ich nehme zur Sicherheit gleich noch einen Schluck, meine Kehle fühlt sich

in dieser zigarrenrauchgeschwängerten Luft ein wenig trokken an.
Mama meinte, daß …
Ach, du meine Güte, mischt sie sich etwa in euer Liebesleben ein, du Ärmste. Eure Mutter sollte aus ihren eigenen Fehlern doch gelernt haben, wenn sie nicht immer soviel Wert auf Etikette und all das Zeug gelegt hätte, dann wäre sie höchstwahrscheinlich glücklicher geworden, ach, was heißt wahrscheinlich, ganz sicher sogar.
Ich greife nach meinem Glas, es ist schon wieder leer, Leo entkorkt gerade eine neue Flasche, ich bin ein wenig verwirrt. Mama hätte glücklicher werden können, wieso, wann, mit wem?
Wie meinst du das, Tante Lotte?
Vor lauter Konfusion bin ich schon wieder in die Anrede meiner Kindheit zurückgefallen, Tante Lotte, diesen Titel hat sich Lotte Rompelberg bereits vor Jahren verbeten.
Rheingard, wie oft habe ich dich ersucht, mich nicht Tante zu nennen. Da fühlt man sich ja uralt, du mußt mich nicht unbedingt bei jeder Gelegenheit daran erinnern, daß ich das Klimakterium bereits hinter mir habe.
Beschämt trinke ich mein Glas leer, auch die zweite Flasche geht zur Neige, ein paar welke Salatblätter hängen über den Rand der Servierplatte. Sogar meine Gastgeberin scheint allmählich berauscht und müde, sie greift nach ihren Handschuhen, nun ja, Zeit zum Aufbruch, würde ich meinen.
Kellner Leo eilt herbei, wie auf einen lautlosen Zuruf. Lotte Rompelberg schiebt lässig einen Schein unter ihr Champagnerglas, offenbar sind ihr die Preise wohlbekannt, dann brechen wir auf, leise schwankend zur Drehtür hinaus.
Bis demnächst, liebe Rheingard, das war wirklich ein reizender Abend, wir müssen ihn bald einmal wiederholen.

Lotte Rompelberg reicht mir die Wangen zum Kuß und winkt nach einem Taxi, ich bleibe auf dem kalten Platz zurück, dabei hätte ich noch so viele Fragen gehabt.

Auf der eisernen Brücke

Der Bus fährt durch dunkle Straßen, an geparkten Autos vorbei, ab und zu schimmert ein erleuchtetes Fenster durch die Hecken der Gärten. Am Zoo bin ich umgestiegen und habe gerade noch den allerletzten Wagen erreicht, Abfahrt um fünf nach zwölf.

Der Fahrer sitzt hinter einer Wand aus Plexiglas verborgen, von meinem Sitzplatz aus kann ich nur seine Hände sehen, die in den Kurven das Lenkrad durch die Finger gleiten lassen.

Außer mir sind ein Pärchen und eine Frau am Zoo mit eingestiegen, das Pärchen hat sich sogleich in die letzte Reihe verdrückt, die Frau hat sich wie ich in die Nähe des Fahrers gesetzt, als ob ein Mann in blauer Uniform für Schutz und Geborgenheit bürgen könnte, in dieser klammen Nacht.

Dann ist noch ein Mann zustiegen, in einer abgewetzten Jacke und mit rotgeränderten Augen, der Mann hat sich neben der Frau aufgepflanzt, scheinbar absichtslos, aber die Frau hat ihn sehr wohl registriert, sie hat sich eine Spur aufrechter hingesetzt und das Kinn gereckt, so hat die Frau starr an dem Mann vorbeigeblickt, zwei Stationen lang. Dann ist der Mann mit den rotgeränderten Augen ausgestiegen, eine Kneipe gleich neben der Haltestelle war noch offen, Stimmen und Musik waren zu hören, der Mann ist auf die Kneipe zugeschlurft, der Bus ist wieder angefahren.

Die Frau ist ein wenig in sich zusammengesunken, wie wenn die Anspannung nachläßt, ich hätte ihr gerne zugelächelt, das ist noch einmal gutgegangen, wer weiß, was aus solch einer harmlosen Fahrt mit dem Bus alles werden kann, spät in der Nacht, aber die Frau hat mich gar nicht wahrgenommen, Frauen in der Nacht sind ganz auf große breitschultrige Gestalten konzentriert, die ihnen folgen könnten, wenn sie nach Hause hasten.
Dann ist auch die Frau ausgestiegen, eine Haltestelle vor der Endstation, und ist in einer dunklen Seitengasse verschwunden, ich habe ihr nachgeblickt und lautlos Glück gewünscht.
Vielleicht steht ja ein liebender Gatte im Türrahmen und wartet auf sie und hält bereits Ausschau. Vielleicht steht aber auch ein Mann mit einem Stück Schnur zwischen den Händen hinter einem Lieferwagen verborgen, schon greift die Frau nach dem Schlüssel für die Haustür und wähnt sich in Sicherheit, da hört sie ein Rascheln hinter sich, und ihr Atem friert ein.
Dann hält der Bus an der Endstation, das Pärchen albert herum und steigt schließlich eng umschlungen aus, der Fahrer läßt die Türen hinter uns zuknallen und fährt davon, ein Kichern von rechts noch und ich bin allein. Feuchte Schwaden steigen von der kalten Erde auf, es riecht nach nassen Blättern und Hundekot, bei Tag lassen die Villenbesitzer hier gern ihre Vierbeiner laufen, aber jetzt ist es still und trostlos rund um mich, nur die eiserne Brücke über den Bahndamm ragt wie eine schwarze Rampe vor mir auf. Ich gehe los, die Umhängetasche schlägt gegen meine Hüften, noch knapp zehn Minuten, dann bin ich zu Hause. Mama schläft gewiß nicht, ich hätte sie anrufen sollen von dem Café aus, aber ich war wie benommen vom Champagner

und den Sätzen, die Lotte Rompelberg so leicht und belanglos von den Lippen geflossen sind.
Beinahe bin ich schon über die Brücke, da taucht eine Gestalt vor mir auf, es ist eindeutig eine junge Frau, mit schmalem Rücken und langem Haar, sie geht vor mir auf klappernden Absätzen, das Geräusch ihrer Stöckel übertönt meinen eigenen festen Schritt. Ich würde der jungen Frau gerne zurufen, ihr auf die Schulter tippen, keine Angst, wir sind zu zweit, aber wer weiß, ob ihr ein solches Tun nicht einen heillosen Schrecken einjagen würde.
Also gehe ich einfach weiter, ich trete noch ein wenig entschlossener auf, um mein Nahen anzukündigen. Dann hat mich die junge Frau endlich gehört, sie bleibt abrupt stehen und dreht sich um, in Sekundenschnelle, ihr Gesicht ist bleich, ihre Augen sind weit aufgerissen, die Arme hat sie vor sich erhoben in einer Geste des Abwehrens. So starren wir uns an, zwei Frauen auf einer Brücke nach Mitternacht, erschrocken, angsterfüllt, gedemütigt.
Die junge Frau holt tief Luft und läßt die Arme sinken, ich gehe an ihr vorbei, ich würde gerne etwas sagen, aber die junge Frau hält die Augen gesenkt, ihr Gesicht ist so weiß, als ob kein einziger Blutstropfen durch ihre Wangen pulsieren würde. Dann bin ich am Fuß der Brücke angelangt, hinter der Laterne beginnt unsere Straße, mein Nacken fühlt sich an wie ein festgeknotetes Tau.

Cafeteria

Unsere Menschenschlange windet sich den Tresen entlang, die Studentin vor mir läßt sich gerade Gemüsesuppe in einen Teller schöpfen, sie stellt den Teller auf ihr Plastiktablett und greift nach einem Brötchen, dann bin ich an der Reihe. Aber ich mag heute mittag keine Gemüsesuppe und keine Fleischbällchen mit lauwarmen Kroketten, seit einigen Metern habe ich die Vitrine mit den kalten Imbissen im Visier, ein einziger Shrimpscocktail prangt noch zwischen Käseplatten und Schinkenröllchen. Beinahe kann ich schon die Hand nach ihm ausstrecken, da schiebt ein junger Mann das Glasfenster zur Seite, er zögert kurz und entscheidet sich für eine Schinkenrolle, ich kann es gar nicht fassen, heute ist wohl mein Glückstag.

Vor der Kasse ist der übliche Stau, endlich habe ich bezahlt und Besteck und sogar eine Papierserviette ergattert, so stehe ich da mit meinem Tablett und halte nach einem freien Platz Ausschau. Gerade will ich einen Sessel hinter einer Kunststoffpalme ansteuern, da ertönt eine Stimme in meinem Rücken, zuviel Eiweiß vergiftet den Organismus, nichts für ungut, Frau Kollegin.

Königsstett, wer sonst, heute ist doch nicht mein Glückstag.

Schlacken im Darm sind die Hauptursache für vorzeitiges Altern, aber davon sind *Sie* selbstverständlich nicht betroffen, Frau Kollegin.

Und Königsstett grinst wie ein schmieriger Conférencier,

der die Weihnachtsgala eines Katzenfuttermultis moderiert. Die ersten Studenten sind bereits auf ihn aufmerksam geworden, der künftige Umweltminister Professor Königsstett in der Cafeteria unserer Uni, echt cool.

Ich wende mich ab und steuere erneut den Sessel hinter der Kunststoffpalme an, aber der ist bereits mit einer Jacke belegt, ich merke, wie ich unter meinem Zopf zu schwitzen beginne, ich drehe mich um und pralle beinahe gegen Königsstett, der mir offenbar auf den Fersen geblieben ist. Eine Welle von Übelkeit schwappt über mich, es dampft und brodelt und zischt in meinem Kopf, seit wann fehlt Königsstett ein Eckzahn, seit wann schlängelt sich eine Narbe seine Augenbraue entlang, ich fühle, wie Panik mit eiserner Faust nach mir greift.

Und dann ist der Anfall vorüber, jemand hat die Tür zur Terrasse weit aufgerissen, kühle Luft strömt in den Saal. Zwei junge Männer stehen auf und schultern ihre Rucksäcke, die Tabletts mit leeren Tellern und Gläsern lassen sie einfach stehen, aber ich sinke voller Erleichterung auf einen orangen Plastiksessel. Königsstett setzt sich mir gegenüber, er winkt einer Frau in einem schmutzigweißen Arbeitskittel, die Frau rollt ein Wägelchen heran und räumt das Geschirr ab, dann wischt sie mit einem feuchten Lappen über die Tischplatte. Königsstett stellt den Shrimpscocktail vor mich hin und das Glas mit Bitter Lemon, dann arrangiert er eine Tasse Kaffee und ein Stück Obstkuchen vor seiner eigenen Nase, er legt die Gabel fein säuberlich auf eine Papierserviette und stellt das Plastikdöschen mit der Kondensmilch rechts davon. Fasziniert sehe ich ihm dabei zu, mir ist noch nie aufgefallen, wie pingelig dieser Mann ist.

Endlich lehnt sich Königsstett mit einem Seufzen zurück, er bemerkt meinen Blick und grinst ein wenig verlegen, man

hat es eben gerne gemütlich. Königsstett reißt das Plastikdöschen auf und schüttet Milch in seinen Kaffee, das Döschen wandert in den Aschenbecher.
Ihr Shrimpscocktail wird kalt, scherzt Königsstett, aber ich schüttle nur den Kopf, mein Appetit ist gänzlich verflogen.
Königsstett nimmt einen Schluck Kaffee und blickt um sich, wohlwollend mustert er eine Runde Studentinnen am Nebentisch, die Mädchen kichern und stecken die Köpfe zusammen.
Ja, das alles werde ich vermissen. Mein Gegenüber schaut nun ganz melancholisch drein.
Die Jugend, den Universitätsbetrieb, unser Institut, selbst unser liebes Fräulein Gatterburg, ob meine Entscheidung richtig war … wer vermag das schon zu sagen? Und Königsstett faltet seine Hände, als ob er eine Antwort von ganz oben erwarten würde.
Wie geht es eigentlich Ihrer Verlobten?
Königsstett starrt mich an, völlig verblüfft, eine Sekunde lang bleibt sogar sein Mund offen, dann bricht Königsstett in schallendes Gelächter aus, die Studentinnen vom Nebentisch kichern mit.
Und Sie werden mir fehlen, liebe Frau Doktor Droste, Sie ganz bestimmt. Ist Ihnen eigentlich bewußt, daß Sie umwerfend komisch sein können, doch doch, ich habe Ihre Art immer zu schätzen gewußt, ein ganz eigentümlich spröder Reiz geht von Ihnen aus, schade, daß Sie so auf Distanz zu mir bedacht waren, aber die halten Sie ja zu jedermann, jammerschade, so lange waren wir Kollegen, wie viele Jahre sind es eigentlich, und wissen gar nichts voneinander. Was meinen Sie, sollten wir das nicht endlich einmal nachholen?
Lieber würde ich in einen Schlammsprudel springen, aber meine gute Erziehung verbietet es mir, Königsstett dies mit-

zuteilen. Also murmle ich eine höfliche Floskel und wechsle das Thema.
Wissen Sie schon, wer Sie am Institut vertreten wird?
Königsstett mustert mich amüsiert. Frau Doktor Droste will standhaft bleiben, nun gut, das kleine Geplänkel war ja auch mehr ein Scherz.
Tja, Königsstett ist wieder ganz sachlich, um solch einen Posten gibt es naturgemäß ein ordentliches Tauziehen hinter den Kulissen, schließlich handelt es sich um eine hochangesehene Stellung im deutschen Universitätsgefüge. Ich habe natürlich ein Mitspracherecht. Ganz unter uns gesagt, Sie können sich bereits mit Ihrem zukünftigen Kollegen vertraut machen, Professor Riccarelli aus Turin ist ein alter Freund von mir, sein Name wird Ihnen sicher geläufig sein, Spezialist für Greifvögel. Nun ja, die Sache ist praktisch unterschriftsreif.
Und Königsstett lehnt sich zurück mit einem Lächeln, gleich wird weißer Rauch über unserer Cafeteria aufsteigen, habemus papam, es gibt einen neuen Papst, Professor Königsstett hat ihn gekürt, so einfach ist das.
Ja, ich muß dann wohl, endlich erhebt sich Königsstett, er deutet eine ironische Verbeugung an, ich nicke steif als Antwort, der künftige Herr Minister verläßt den Raum, beinahe jeder blickt ihm nach.
Ach, schade, jetzt habe ich ihn verpaßt.
Heute mittag ist es mir offenbar nicht vergönnt, in Ruhe ein Bitter Lemon zu trinken. Fräulein Gatterburg steht vor mir und hält ein Tablett, auf dem sich eine Salatschüssel und ein Magerjoghurt befinden, ich mache eine einladende Handbewegung, wie es von mir erwartet wird. Fräulein Gatterburg stellt ihr Tablett ab, sie beugt sich über den Tisch und streift beinahe die grünen Blätter.

Was haben Sie beide besprochen, wenn man fragen darf, gibt es etwas Neues?
Ja, sage ich, es gibt eine Neuigkeit. Ich werde mich bewerben.

Belladonna

Trockene Halme und rotgoldenes Laub bedecken den Boden des kleinen Schaufensters, im Hintergrund ist mit wenigen Pinselstrichen ein Scheunentor aufgemalt. Die herbstliche Szene wird von zwei Puppen bevölkert, die gelangweilt über die Passanten hinwegblicken. Die linke Puppe trägt ein Kostüm aus braunem Tweed, die Jacke ist mit einem üppigen Pelzkragen verbrämt, der Rock bedeckt gerade die halben Oberschenkel. Die rechte Puppe ist in eine Art Trachtenkleid gehüllt, sie erinnert an Fernsehmoderatorinnen, die den Goldenen Pokal im Dreiländerwettjodeln in ihren Händen halten.
Zögernd betrete ich den Laden, ob Babsi wohl noch hier beschäftigt ist, die Auslagengestaltung läßt mich eher daran zweifeln. Aber da kommt sie mir auch schon entgegen, sie hat offenbar gerade eine Kundin beraten und trägt einen Schwung Röcke über den Arm.
Guten Tag, wollen Sie sich umsehen?
Aus der hintersten Kabine dringt ein leises Ächzen und dann das Geräusch eines Reißverschlusses, der Vorhang gerät in heftige Schwingungen. Babsi bleibt gelassen, sie mustert mich aufmerksam von Kopf bis Fuß.
Waren Sie schon einmal hier, ich glaube, ich kann mich an Sie erinnern, im Frühsommer, nicht wahr?
Das grüne Wickelkleid und der rote Fransenschal, geschmeichelt und beinahe gerührt helfe ich Babsis Gedächtnis nach,

in diesem kleinen Laden ist man einfach gut aufgehoben. Babsi ist ganz bestimmt die richtige Adresse für mein Anliegen.
Babsi hängt die Röcke auf einen drehbaren Ständer, ich bringe meine Wünsche vor. Ein, zwei Kleider oder Kostüme für festliche Anlässe, Jeans, ein paar bunte Pullover für den Herbst, nun ja nicht zu bunt, vielleicht noch einen Mantel, oder besser eine Jacke aus diesem federleichten Material, das angeblich dennoch warm hält.
Babsi nickt und schweigt, sie läßt den Blick über die Regale und Ständer wandern.
Gehen Sie ruhig schon in die Kabine, ich bringe Ihnen gleich ein paar Sachen zum Probieren.
Ich nestle mich aus Rock und Bluse, aus der Kabine nebenan ist die erbitterte Stimme einer Frau zu hören, nein, nein, so wird das nichts, verdammter Mist. Dann erzittert die dünne Wand aus Sperrholz, die uns beide trennt. Babsi kommt und zieht den Vorhang zurück, sie hält mir einen kognakfarbenen Pullover hin.
Das ist Chenillegarn, total kuschelig, genau das Richtige für den Herbst, die Farbe müßte toll zu Ihren Augen passen. Und dann sollten Sie unbedingt diesen Rock dazu probieren, die Größe dürfte stimmen, Sie haben doch schmale Hüften, ich komme gleich wieder.
Und Babsi zieht den Vorhang wieder zu, sie widmet sich der Kundin nebenan, ich ziehe mir vorsichtig den Pullover über den Kopf. Er ist so kühl und dennoch weich, sein Goldbraun schimmert und glänzt, wo fängt meine Haut an und wo mein Haar, ich blicke mit großen Augen in den Spiegel, mein Bildnis scheint zu fließen, wie Honig, der in der Sonne schmilzt.
Der Rock ist eng und tiefschwarz, er endet eine Handbreit

über meinen Knien, ich zupfe am Saum herum, aber er wird nicht länger. Also verlasse ich die Kabine, in dunklen Strümpfen und dunklen Herrenschuhen, in einem kurzen schwarzen Rock und einem braungoldenen Pullover, meine Wangen glühen, mein Haar steht um meinen Kopf wie eine schwarzgeringelte Dornenkrone.
Ich trete vor den großen Spiegel, der die gesamte Wand gegenüber den Kabinen ausfüllt. Babsis Gesicht erscheint über meiner Schulter, wir starren beide auf mein Abbild. Dann beginnt Babsi zu lächeln, ich habe es ja gewußt, ich habe es gewußt, Babsi strahlt mich an wie eine stolze Mutter, deren Kind soeben den ersten wackeligen Schritt getan hat.
Der Vorhang der Kabine hinter uns wird aufgerissen, eine Frau erscheint, sie starrt ebenfalls in den Spiegel.
Rheingard, jetzt hätte ich Sie beinahe nicht erkannt.
Ich drehe mich um, vor mir steht Clarissa, erhitzt und abgekämpft, sie hält einen grellgrünen Pullover in der Hand.
Den nehme ich, sagt Clarissa und reicht den Pullover an Babsi weiter, die schaut ziemlich zweifelnd drein, aber dann entfernt sie sich in Richtung Kasse. Clarissa und ich bleiben in dem schmalen Gang zurück.
Ich komme ganz gerne hier vorbei, sagt Clarissa, es ist ja nicht weit von der Uni. Dieses Unding werde ich natürlich kein einziges Mal tragen, aber mir war einfach danach zumute, heute mußte es etwas in Apfelgrün sein, Apfelgrün bedeutet Kinderwunsch, das habe ich jedenfalls gelesen.
Darauf fällt mir wenig ein, zum Glück erscheint Babsi wieder, sie schneidet eine ganz kleine Grimasse in Clarissas Rücken.
Hätten Sie etwas dagegen, wenn ich auf Sie warte, fragt Clarissa. Wir könnten doch noch irgendwohin auf einen Kaffee gehen, was meinen Sie, Rheingard?

Gerne, sage ich höflich, es wird nicht mehr allzulange dauern.
Zwanzig Minuten später bin ich ehrlich froh über Clarissas Begleitung, meine Einkäufe füllen mehrere große Tüten und Säcke. Beim Bezahlen schenkt mir Babsi noch einen Miniflacon.
Das ist eine Probe aus der neuen Naturkosmetikserie, die es bei uns zu kaufen gibt, das Eau de Toilette ist mit Vanille und Zimtnoten komponiert, das müßte eigentlich gut zu Ihnen passen. Probieren Sie es doch einmal, und besuchen Sie mich wieder.
Und Babsi lächelt mir zu wie eine alte Freundin.
Dann stehen wir unschlüssig auf dem Gehsteig. Wie wäre es mit dem Café vorne am Eck, frage ich. Clarissa nickt und wir überqueren die Fahrbahn, die Tüten leuchten wie eine rosa Ampel.
Dann sitzen wir in einer Nische am Fenster. Leo ist nirgends zu sehen, aber es ist ja auch erst früher Nachmittag, Leo ist ganz eindeutig der Maestro der Abendschicht.
Campari Soda, bestellt Clarissa, einen Whisky Soda, sage ich. Mir ist das Bernsteinfarben meines neuen Pullovers eingefallen, Clarissa schaut ein wenig verblüfft drein.
Dann nippen wir an unseren Getränken und knabbern Erdnüsse, ich schaue zum Fenster hinaus und kann Clarissas Blick auf mir fühlen.
Irgendwie wirken Sie verändert, sagt Clarissa. Haben Sie etwas vor? Planen Sie vielleicht eine Reise?
Ich sehe Clarissa direkt ins Gesicht, schön und blaß und müde sitzt sie mir gegenüber, unter ihren Augen schwimmen violette Schatten.
Ich habe vor, mich um den Posten von Ihrem Freund Königsstett zu bewerben, sage ich. Ende nächster Woche läuft

die Frist ab, ich muß nur noch eine Literaturliste meiner bisherigen Veröffentlichungen erstellen. Chancen rechne ich mir keine aus, aber es muß einfach sein, ich kann nicht mehr zurück.
Clarissa starrt mich an, ihre Pupillen sind geweitet, als ob sie sich Belladonna in die Augen geträufelt hätte, wie die Stummfilmstars es taten, um einen betörenden Blick zu erlangen. Viele von ihnen haben beinahe ihr Augenlicht eingebüßt, das habe ich irgendwo einmal gelesen. Clarissa starrt mich an, gleich wird sie den Kopf in den Nacken werfen und höhnisch lachen, wie konnte ich auch nur so naiv und unvorsichtig drauflosplappern, das kommt von Whisky Soda am frühen Nachmittag und von samtweichen Pullovern in Kognakgold.
Wenn Sie das tun, Rheingard, sagt Clarissa, wenn Sie das wirklich vorhaben, dann können Sie auf mich zählen, so wahr ich hier sitze. Dann bin ich auf Ihrer Seite, zu zweit sind wir unschlagbar, ich weiß mehr über diesen Fiesling als jeder seiner Feinde, und das sind nicht wenige, das können Sie mir glauben. Auf Ihr Wohl.
Und Clarissa leert ihr Glas mit einem Schluck.
Aber ich habe gedacht, sage ich, ich habe geglaubt, daß Sie und …
Ach was, Clarissa winkt ab. Das Ende zeichnet sich schon lange ab, er ist bloß zu feige, um endgültig Schluß zu machen. Eine wie ich paßt doch nicht mehr ins Karrierekonzept vom feinen Herrn Professor Königsstett, Angestellte bei einem Pharmamulti, was glauben Sie, jetzt ist die Ökofraktion an der Reihe, ja, wenn ich Biobäuerin wäre oder Umweltschutzbeauftragte von Entenhausen, das würde passen, aber jetzt hat er ja Auswahl genug an jungem Gemüse.

Auch mein Glas ist leer, Clarissa hebt zwei Finger in Richtung Theke.
Vor Ihnen hat er doch immer Angst gehabt, sagt Clarissa, vor Ihrer fachlichen Kompetenz und Qualifikation. Ich persönlich habe mich ja gewundert, daß Sie so lange stillgehalten haben, aber irgendwann platzt einem der Kragen, nicht wahr? Irgendwann ist es genug.
Der Kellner erscheint und stellt zwei Gläser auf unseren Tisch, ich sehe hoch, Leo schenkt mir einen prüfenden Blick, der Abend ist hereingebrochen, und ich habe es gar nicht bemerkt.
Clarissa hebt ihr Glas und läßt die Flüssigkeit kreisen.
Ich glaube fast, Rheingard, sagt Clarissa, ich habe Sie bisher unterschätzt. Ich glaube, wir haben Sie alle unterschätzt.

Mann vom Mond

Nun sitze ich schon den halben Vormittag in Papas ehemaligem Arbeitszimmer und komme kein bißchen voran. Vor mir steht die alte Schreibmaschine, ein weißes Blatt ist eingespannt, aber statt in die Tasten zu hämmern, tändle ich bloß herum. Ich habe alle Bleistifte gespitzt und Papas Federhalter mit blauer Tinte gefüllt, Staub von seinen Folianten gepustet und lange das vergilbte Foto betrachtet, das gerahmt an der Wand hängt. Papa als Dekan der Philosophischen Fakultät, in einer dunklen Robe mit weiten Ärmeln, seine Augen werden von spiegelnden Brillengläsern verdeckt.

Ob mein Vater stolz auf mich wäre?

Nie habe ich mir diese Frage gestellt, das freundliche Desinteresse, mit dem er meine Ambitionen verfolgt hat, war mir immer Ansporn genug. Jetzt sitze ich an seinem Schreibtisch und fordere zum erstenmal meinen Anteil, ein Gefühl ist auf meiner Zunge, das wie Ehrgeiz schmeckt, vielleicht ist es aber auch nur Wut. Woher sollte ich wissen, woran man Ehrgeiz erkennt.

Ich blicke auf den Mann in seiner dunklen Robe, nie haben wir Fragen aneinander gerichtet. Nie habe ich ihn gefragt, wie war das damals, wie war es in deiner Jugend, wann bist du so geworden, warum?

Im ganzen Raum befindet sich nur dieses eine Foto, kein Bild meiner Mutter, kein Bild seiner Kinder, seiner Familie, von Freunden, einem Beisammensein. Ich blicke auf den

Mann, der allein am Fuß einer steinernen Treppe steht, es ist der Aufgang zum Festsaal unserer Universität, unzählige Male bin ich schon diese Stufen hinaufgestiegen, zu Promotionen und Vorträgen und Symposien, zum erstenmal als Kind an der Hand meiner Mutter.
Wie es wohl war, mit diesem Mann verheiratet zu sein? Mama muß ungefähr so alt wie ich heute gewesen sein, als das Foto am Fuß der Treppe entstanden ist, ein Frösteln läuft über meinen Rücken, ich mag es mir nicht weiter ausmalen.
Die Standuhr auf dem Bücherbord schlägt leise und melodiös halb zwölf, ich schrecke aus meinen Tagträumen hoch, Schluß mit dem Trödeln, jetzt wird Karriere gemacht.
Auf der Schreibtischplatte liegt ein Durcheinander von Skripten und Büchern ausgebreitet. Kompendium der Vögel Mitteleuropas, Wiesbaden. Handbook of the Birds of Europe, North Africa and the Middle East, Oxford. The Audubon Society Master Guide to Birding, New York. La Vie des Oiseaux, Neuchâtel & Paris. In einem dieser Werke auch nur als Fußnote vorzukommen gereicht bereits zur akademischen Ehre, mit ihrer Abhandlung über den Zitronengirlitz, Serinus citrinella, und seine Unterart corsicana wird Frau Doktor Rheingard Droste sogar mehrmals ausdrücklich vorgestellt und abgedruckt.
Endlich klappert die Schreibmaschine, zerknüllte Bogen Papier häufen sich um meine Füße, sich selbst zu preisen erscheint mir ein peinliches Unterfangen.
Die Tür öffnet sich einen Spaltbreit.
Jetzt bitte nicht, Mama, rufe ich, diese Literaturliste soll morgen früh fertig sein. Ich komme später zum Mittagessen, du mußt entschuldigen.
Rheingard, da ist ein Anruf für dich, sagt meine Mutter. Ein

Mann möchte dich sprechen, ich konnte seinen Namen leider nicht verstehen, die Leitung ist sehr schlecht. Es klingt, als ob er vom Mond anrufen würde.
Ein Mann? Vom Mond?
Ich starre meine Mutter an, vielleicht Königsstett, er hat von meinen aberwitzigen Absichten erfahren und möchte mich nun in eine Falle locken, im brackigen Wasser des Biotops am Stadtwall versenken.
Oder aber ...
Ich stürme an meiner Mutter vorbei, danke Mama, die Treppe hinab und durch die Diele, ich ergreife den Hörer, es summt und knackt in der Leitung.
Droste, hallo.
Guten Tag, Rheingard, sagt eine Männerstimme, es tut mir leid, daß ich so viel Aufregung verursache, das war wohl vorhin Ihre Mutter. Hier spricht Lukas, ich rufe vom Flughafen in Lissabon an, wer weiß, ob Sie sich überhaupt an mich erinnern. Wir haben uns auf São Miguel kennengelernt, wissen Sie noch, die heißen Quellen von Furnas.
Doch, doch, sage ich mit schwacher Stimme, natürlich kann ich mich erinnern, selbstverständlich, wie geht es Ihnen?
Bestens, sagt Lukas. Ich war dann noch auf zwei weiteren Inseln, auf Faial und Pico, sehr interessante Landschaften aus Lavagestein. Hier auf São Miguel ist ja noch einiges los gewesen nach Ihrem Abflug, aber das erzähle ich Ihnen besser ein anderes Mal. Ich wollte Sie nämlich fragen, ob Sie Ende Oktober anzutreffen sind, da findet in Ihrer Stadt die große Ökologiekonferenz statt, ich soll einen Vortrag über geothermische Energieformen halten, was denken Sie?
Doch, sage ich mit wackeliger Stimme, da bin ich sicher anzutreffen. Mein Bruder heiratet um diese Zeit, ich soll seine Trauzeugin sein.

Nach dieser hochdramatischen Neuigkeit fällt mir nichts mehr ein, ich schweige still und lausche dem Rauschen an meinem Ohr.
Ja bestens, sagt Lukas in Lissabon, dann lasse ich also von mir hören, Ihre Nummern habe ich ja, die private und die von Ihrem Institut, diese Verbindung ist eine Katastrophe, bis bald Rheingard, und bitte grüßen Sie Ihre Mutter unbekannterweise von mir.
Es knackt in der Leitung, ich stehe da und halte den Hörer in der Hand, dann lege ich den Hörer ganz vorsichtig auf.
Meine Mutter wartet am Fuß der Treppe, ich wische ein Staubkorn von der Anrichte und zupfe ein Zierdeckchen zurecht.
Das war Lukas, sage ich, er ist Vulkanologe, er läßt dich grüßen.
Meine Mutter nickt freundlich und hoheitsvoll, nun ja, Grüße von Vulkanologen nimmt Mama jeden Tag entgegen, nur ihre Augenbrauen haben sich um einen Millimeter gehoben.

Herrenrunde

Clemens hat dieses Restaurant vorgeschlagen, es befindet sich in einer kleinen Seitenstraße nahe der Gedächtniskirche. Rheingard, möchtest du mich nicht im Büro abholen, hat Clemens gefragt. Leonie haßt es nämlich, ein Lokal ohne Begleitung betreten zu müssen, und es könnte sein, daß ich mich verspäte.

Aber ich habe meinen kleinen Bruder beruhigt, mich würde es eher irritieren, einen Raum zu zweit zu betreten, paarweise sozusagen, allein finde ich mich viel besser zurecht.

Clemens kommt wirklich zu spät, der Oberkellner hat mich höflich in Empfang genommen und an einen runden Tisch geführt, ein Gesteck aus weißen Seidenblumen trennt die beiden Gedecke, der Oberkellner entzündet eine gelbe Kerze und reicht mir die Karte, einen Apéritif vielleicht?

Ja gerne, einen trockenen Sherry, bitte.

Die Atmosphäre ist angenehm entspannt, die Tische stehen nicht zu nah beieinander, leise Klaviermusik erklingt. Ich blicke in die Karte und dann verstohlen um mich, ein Mann beobachtet mich offenbar, erstaunt schaue ich ihm voll ins Gesicht, kennen wir uns von irgendwoher? Die Begleiterin des Mannes dreht sich in meine Richtung, sie trägt weiße Schultern zu einer dunklen Hochsteckfrisur, die junge Frau mustert mich mit schmalen Augen, erschrocken senke ich meinen Kopf über die Empfehlungen des Küchenchefs.

So sitze ich da, allein vor zwei leeren Tellern und vier Gläsern, mit sittsam geschlossenen Knien und der Handtasche zu meinen Füßen, Ingrid Bergmann fällt mir ein als Kaktusblüte, am Schluß angelt sie sich Walter Matthau, immerhin. Dann wird es ganz plötzlich aufregend an meinem Tisch, Männer umschwärmen mich von allen Seiten, ein junger Kellner stellt ein silbernes Brotkörbchen und Butter neben das Blumengebinde, der Oberkellner serviert mir einen Sherry, Clemens trifft ein, er beugt sich über mich und küßt meine Wangen, eine blonde Locke fällt ihm in die Stirn. Mhhh, meine Schwester verwendet Parfum, Clemens schließt die Augen, es riecht irgendwie nach Gewürzen, nach Vanille oder so, Rheingard, du duftest wie ein Lebkuchen, lecker.

Der Mann schräg gegenüber starrt schon wieder her, ich fixiere für einen Augenblick meine Nasenspitze, Schielen hat mir schon als Kind Spaß gemacht, sehr zum Kummer Veronikas, der Mann zuckt zurück.

Wir blicken nun beide in die Karten, mein Bruder und ich, was hältst du von der Meeresfrüchteplatte für zwei Personen, Rheingard, die ist hier einfach phantastisch.

Zuviel Eiweiß verursacht Schlacken im Darm, sage ich, wo habe ich diese Weisheit bloß her, Clemens schaut ein wenig irritiert drein. Aber dann fällt es mir wieder ein, ach, vergiß es, sage ich, nur ein dummer Spruch von Königsstett, ja, die Meeresfrüchteplatte würde ich sehr gerne probieren, eine gute Idee.

Clemens bestellt noch eine Flasche Chablis, dann sitzen wir uns gegenüber und mustern einander lächelnd, gut siehst du aus, große Schwester, sagt mein kleiner Bruder, wir prosten uns zu.

Apropos Königsstett, sagt Clemens, Mama hat mir am Telefon erzählt, daß du dich nun wirklich um seine Stelle bewerben willst. Ich halte das für eine ausgesprochen gute Idee, ich könnte dir da vielleicht sogar ein wenig behilflich sein.

Und Clemens senkt seine Stimme und beugt sich über den Tisch, er sieht drein wie ein Spitzbube, unwiderstehlich.

Du weißt doch, sagt der Spitzbube, daß ich jeden Donnerstagabend zum Squash verabredet bin, mit Heiner, aber der ist jetzt nicht so wichtig. Nachher gehen wir dann immer noch in die Sauna, es ist einfach eine Herrenrunde, keine Frauen dabei, irgendwann braucht jeder einmal seine Ruhe, Clemens zwinkert mir zu wie ein Verschwörer. Also, und einer aus unserer Runde ist niemand Geringerer als der Bruder vom Dekan von eurer Fakultät, na, was sagst du jetzt, da staunst du?

Oh, ja, sage ich ein wenig verwirrt.

Warum sollte ich erstaunt sein, den Bruder vom Dekan nackt zu kennen erscheint mir nicht gerade eine überwältigende Leistung. Was hat das alles mit Königsstett zu tun, frage ich.

Doch nicht mit Königsstett, Clemens' Geduld mit mir ist grenzenlos, mit dir Rheingard, mit dir. Ich habe sogar schon etwas in diese Richtung anklingen lassen, und Piet, das ist der Bruder vom Dekan, war durchaus gesprächsbereit. Angeblich ist sein Bruder, also der Dekan, in eine ziemlich üble Scheidung verstrickt, die Frau bekommt die Villa und das ganze Drumherum, der arme Kerl muß sich jetzt etwas Neues suchen. Nun, ich könnte ihm da ein wenig behilflich sein, oder besser gesagt, mein Schwiegerpapa in spe, der Mann verfügt über Kontakte, einfach ein Wahnsinn, sage ich dir.

Die Backen meines Bruders haben zu glühen begonnen, zum Glück erscheint der Kellner und bringt uns den Cha-

blis, wir nehmen beide einen Schluck kühlen Wein, ahh, tut das gut, Clemens läßt sich gleich nachschenken.
Aber ich verstehe noch immer nicht, sage ich hilflos. Was hat das bloß mit mir zu tun, die Scheidung vom Dekan, die Villa, dieser Piet. Was hast du anklingen lassen, Clemens?
Rheingard, ich bitte dich.
Clemens spricht nun sehr deutlich und artikuliert mit mir, wie Leute es tun, wenn sie mit Schwerhörigen oder Schwachsinnigen eine Unterhaltung führen.
Es geht um den Posten von Königsstett, that's it. Und sieh mich jetzt nicht mit großen Augen an, ja, nicht einmal du in deinem Elfenbeinturm kannst doch glauben, daß es bei so einer Bestellung um Qualifikation oder das ganze Pipapo geht. Königsstett versucht, das habe ich jedenfalls gehört, irgendeinem alten Kumpel die Vertretung zu verschaffen, und ich versuche eben meiner Schwester ein wenig auf die Sprünge zu helfen. Du brauchst mir jetzt auch gar nicht um den Hals zu fallen, keine heftigen Emotionen bitte.
Clemens grinst und erhebt abwehrend die Hände, dabei sitze ich wie festgefroren auf meinem Sessel.
Zwei Kellner treten an unseren Tisch, sie entfernen das Seidenblumengesteck und pflanzen statt dessen eine gläserne Etagère auf, bestückt mit Austern und Muscheln und Krebsfleisch und fritierten Tintenfischringen, alles zierlich auf Eis gebettet. Ich muß ganz plötzlich an die Nixe auf unserer blauen Platte zu Hause denken, deren Antlitz sich in den Wellen spiegelt, bloß für mich gibt es keinen Schilfhalm weit und breit, hinter dem ich mich verstecken könnte.
Einer der beiden Kellner bringt noch zwei Schälchen mit Wasser und Zitronenscheiben, dann zieht er sich zurück, wünsche guten Appetit, ich bringe ein schwaches Lächeln zustande.

Clemens angelt nach einer Auster, er träufelt Zitronensaft auf das milchige Austernfleisch, Rheingard, du bist doch hoffentlich hungrig. Ich häufe drei schwarzglänzende Muscheln auf meinen Teller.
So tafeln wir und trinken Wein, Vivaldi perlt leise durch den Raum, der Oberkellner betrachtet uns wohlgefällig. Mein Bruder sitzt mir gegenüber und wirkt so heiter und entspannt, so zufrieden und ganz auf seine Austern konzentriert. Um diese Eigenschaft habe ich ihn immer beneidet, alles Unangenehme und Irritierende von sich schieben zu können, wie einen leergegessenen Teller, wie eine Fahrkarte, die man am Ende einer Reise in den Papierkorb schnippt, auf zu neuen Taten, zeig der Welt ein lachendes Gesicht.
Clemens blickt auf und lächelt mir zu, seine Lippen glänzen vom Fischsud.
Na, habe ich dir zuviel versprochen, Schwesterherz, hier gibt es die besten Meeresfrüchte in der ganzen Stadt, auch Leonie findet das.
Aber kaum ist der Name ausgesprochen, senkt sich ein Schatten über das Gesicht meines Bruders. Clemens sieht drein, als ob er den Namen von Leonie am liebsten wieder verschlucken würde, wie eine Wortblase in einem Zeichentrickfilm, der verkehrt herum abgespult wird, doch dieses Kunststück gelingt selbst meinem gewandten Bruder noch nicht.
Clemens seufzt und tupft sich mit der Serviette über die Lippen, er schiebt seinen Teller von sich, der Teller ist mit Schalen vollgehäuft. Ein Kellner erscheint, er blickt mich fragend an, ich nicke ihm zu, ja, auch ich bin fertg, danke, es war wirklich köstlich, der Kellner trägt die Teller davon.
Rheingard, sagt mein Bruder, du kannst dir ja sicherlich

denken, weshalb wir hier sitzen, ich wollte das einfach ins reine bringen. Bitte, glaube mir, es ist alles ein Mißverständnis, nichts liegt mir ferner, nichts liegt uns ferner, Leonie und mir, als dich und Mama aus unserem Elternhaus vertreiben zu wollen. Ehrlich gesagt, ich möchte diesen Kasten nicht geschenkt bekommen, mich hat es immer ein wenig gegruselt. Ich habe mich schon oft gefragt, wie du es darin bloß aushältst, aber das ist ja nun wirklich deine Sache, bitte verstehe mich richtig, alles was ich dir sagen will ... ach herrje, Rheingard, du verstehst es doch.

Natürlich, sage ich und strecke beruhigend die Hand nach meinem Bruder aus, schon gut, ich war nur ein wenig verblüfft an diesem Nachmittag, vergessen wir es einfach. Aber ich habe nicht gewußt, daß du dich so unbehaglich gefühlt hast, früher, bei uns daheim, das ist mir nie aufgefallen, als gruseligen Kasten habe ich unser Haus nie empfunden. Na ja, Papa war vielleicht ein wenig streng, aber es war doch immer Veronika da, und natürlich Mama, so schlimm war es doch nicht.

Ich lausche dem Hall meiner Worte nach, so schlimm war es doch gar nicht, was für eine klägliche Beschreibung der eigenen Kindheit. Am liebsten würde ich jetzt aufstehen und meinen Bruder in den Arm nehmen, aber ich bleibe sitzen und streichle bloß über seinen Handrücken, ganz sacht kann ich das Pochen einer Ader fühlen.

Für dich war es vielleicht nicht ganz so schlimm, sagt mein Bruder, eine ungewohnte Bitterkeit ist plötzlich in seiner Stimme

Du warst ja auch immer Vaters Lieblingskind, seine begabte Tochter, sein Augenstern, die Hoffnung all seiner hochfahrenden Pläne. Aber mich hat er doch kaum je zur Kenntnis genommen, durch mich hat er bestenfalls hindurchgeblickt,

all die Jahre, ach, Rheingard, Schwester, du hast keine Ahnung.
Und mein kleiner Bruder starrt auf das weiße Tischtuch aus Damast, als ob er angestrengt ein Bild betrachten würde, ein Bild, das ihm wenig Freude bereitet.
Ein Mann und eine Frau gehen ganz knapp an unserem Tisch vorbei, statt Vivaldi erklingt nun Barbra Streisand, der Kellner mit den Dessertkarten steht unschlüssig ein paar Schritte entfernt. Ich sehe meinen Bruder an, fast mein ganzes Leben lang habe ich in seinem Schatten gestanden, aber vielleicht macht man sich seinen Schatten ja selbst.
Der Kellner mit den Dessertkarten wagt es endlich, an unseren Tisch zu treten. Clemens zuckt ein wenig zusammen, er streicht sich über die Augen und lächelt uns strahlend an, den Kellner und mich.
Die heißen Himbeeren mit Vanilleeis sind hier einfach ein Gedicht, was meinst du, Rheingard?

Der einzige Zeuge

Die Vorhänge sind zugezogen, Kerzen flackern, ich sitze auf dem Teppich und knabbere getrocknete Aprikosenringe. Das Gesicht von Kelly McGillis flimmert in Großaufnahme über den Bildschirm, die hohen Backenknochen, die schrägen Katzenaugen, sie trägt ein Häubchen aus durchscheinender Spitze, die Bänder fallen lose auf ihre Schultern. So hantiert sie in einer wundervoll altmodischen Küche, ein alter Mann mit schwarzem Hut schlurft durchs Bild, ein Kind mit riesengroßen Augen versteckt sich hinter ihrer Schürze. Am Tisch sitzt Harrison Ford, der FBI-Mann, der es beschützen soll, der kleine Junge ist Zeuge eines Drogenmordes geworden, jetzt sind die gefährlichsten Killer der Organisation hinter ihm und seiner Mutter her. Aber Mutter und Sohn und Großvater gehören zur Sekte der Amish, sie leben wie vor hundert Jahren und lehnen jede Art von Gewalt ab, Harrison Ford mußte seine Pistole abgeben, die sanfte Kelly McGillis hat sie in der Mehldose versteckt.
Ich verschlucke vor Aufregung ein viel zu großes Stück Aprikose und muß gräßlich husten, wie kindisch, hoffentlich habe ich Mama nicht aufgeweckt, den Film »Der einzige Zeuge« habe ich doch schon mindestens ein dutzendmal gesehen, ruhig Blut, Rheingard, alles geht gut aus.
Nun ja, vielleicht nicht ganz, am Ende trennen sich die Liebenden, Harrison Ford kehrt in die Gegenwart zurück, Kelly McGillis wird bei den Amish bleiben, sie sieht ihm nach, und

ihre Augen schimmern wie Nebeltropfen, die den Mond verschleiern, aber keine Träne rollt über ihre betörenden Backenknochen.

Die Kerzen auf dem silbernen Teller sind so weit heruntergebrannt, daß sie zu einem kleinen Meer aus Wachs verschmelzen, die Flammen der Dochte werden von einem unsichtbaren Luftzug zum Flackern gebracht. Ich halte eine Handfläche über das Züngeln und kann die Hitze spüren, meine Haut scheint zu glühen, gleich wird sie Blasen werfen, Blasen wie von brodelndem Wasser, Blasen wie aus rotem Magma, der Schmerz erreicht meine Schläfen, ich ziehe die Hand zurück.

Kelly McGillis steht vor einem Bottich mit Wasser, ihr Oberkörper ist nackt, mit einer Kelle schöpft sie das Wasser und läßt es über Arme und Schultern rinnen. Dann fühlt sie den Blick auf ihrer bloßen Haut, sie dreht sich um, ganz langsam und ohne Furcht, der Mann steht da, und die beiden sehen sich an, dann verschwindet er in der Dunkelheit.

Mir ist, als ob ich diese Szene zum erstenmal sehen würde, nicht mehr wie ein Voyeur, sondern wie eine Mitwisserin, mittendrin statt am Rand, Betroffene statt Zeugin. Ich starre auf den Bildschirm und denke mir, daß dieses Gefühl nun schon seit Wochen anhält, seit meiner Rückkehr von den Azoren, statt hinter Mauern zu hocken scheine ich in einer schillernden Seifenblase zu schweben, und das ist noch nicht das Ende, mir ist, als ob das Piksen einer Wimper reichen würde, um auch die Seifenblase zum Verschwinden zu bringen.

Freundinnen

Wir brausen durch den Abendverkehr, zack, das ist gerade noch einmal gutgegangen, verdammt, was schert dieser Idiot aber auch nach links aus ohne Blinker. Ursula nimmt beide Hände vom Lenkrad und ringt sie ausgiebig in Richtung Autodach, ein Radfahrer bringt sich in allerletzter Sekunde in Sicherheit. Auf dem Rücksitz kollern Einkaufstüten durcheinander und scheppern Konservenbüchsen, ich stemme die Fersen gegen das Bodenblech, eigentlich mag ich noch nicht sterben, das Leben beginnt gerade spannend zu werden.

Übrigens, du kannst wieder langsamer fahren, sage ich zu Ursula, meine Preßwehen haben nachgelassen.

Sehr witzig, sagt Ursula, nun ja, Streß ist eben ein Fremdwort für manche Menschen, ich muß übrigens morgen vormittag voll fit in Straßburg sein, die EU-Kommissare tagen, nur zu deiner Information, liebe Rheingard, und heute muß ich noch auf die Bank, in die Reinigung, und einen Termin beim Gynäkologen hätte ich auch noch, den werde ich mir allerdings schenken, den alten Grabscher kann ich auch noch nächste Woche beehren, ahh, ein Parkplatz, das ist ja heute mein Glückstag.

Es ist aber ein Behindertenparkplatz, ich werfe einen zweifelnden Blick auf den grauen Asphalt, auf dem mit weißer Farbe ein Rollstuhl gemalt ist.

Du liebes bißchen, behindert sind wir doch alle, irgend-

wie, und Ursula manövriert lässig in die Lücke, zwei alte Frauen auf dem Gehsteig unterbrechen ihr Schwätzchen und schauen uns zu.
Ursula zupft sich die Stirnfransen zurecht und angelt nach ihrer Handtasche, wir steigen aus, Ursula knallt die Tür ins Schloß und sperrt ab. Ich brauche jetzt einfach einen doppelten Espresso, du bist doch dabei, Rheingard?
Ich nicke und folge Ursula, die beiden alten Frauen sehen uns an, mit wenig freundlichem Blick, ich ziehe zur Vorsicht das linke Bein ein wenig nach.
Die schicke kleine Bar ist ganz in italienischem Design eingerichtet, chromblitzende Hocker stehen vor der Theke aufgereiht, die Zuckerdosen sind angeblich im Museum of Modern Art zu bewundern.
Hier komme ich ganz gerne her, sagt Ursula und bläst den Rauch ihrer ersten Zigarette durch die Nasenlöcher, man könnte beinahe glauben, daß man in Mailand ist, natürlich nur beinahe. Und Ursula mißt die Frau am Nebentisch mit einem leichten Hauch von Ekel, ich mag es ihr nicht einmal verdenken, die Frau trägt hochhackige Pumps zum wadenlangen Rock, ein absolutes No No, modisch gesehen, dank Babsi könnte mir so etwas nicht mehr passieren.
Ursula wendet ihre Aufmerksamkeit nun mir zu, ich bin vorhin an einer Kreuzung ins Auto zugestiegen, wir konnten uns nicht einmal richtig begrüßen. Ich lächle Ursula an, der Nachmittag in ihrem Studio ist mir noch in warmer Erinnerung, wer weiß, vielleicht werden wir ja doch noch richtige Freundinnen, nach all den Jahren.
Dieses Jäckchen schaut nett aus, das du da anhast, sagt Ursula, endlich trägst du einmal etwas Neues auf dem Leib. Ist die Schneiderin deiner Mutter in die himmlische Werkstatt aufgestiegen, oder was ist passiert?

Ohh, Frau Gerstner lebt noch und erfreut sich bester Gesundheit.
Manches Mal verstört mich Ursulas lockerer Ton doch ein wenig.
Diese Jacke habe ich mir bei Babsi gekauft, du weißt schon, in der Boutique »City Chic«, von der ich dir erzählt habe. Sie war sündhaft teuer, aber Babsi hat gemeint, daß so ein Stück einfach in jede Garderobe gehört, ich werde sie noch lange tragen können, sie ist von Donna Karan.
Kärän, Rheingard, Donna Kärän.
Ursula sieht so entnervt drein wie eine Lehrerin, die sich seit Wochen mit dem kleinen Einmaleins herumplagen muß, und noch immer wissen diese kleinen Hohlköpfe nicht, wieviel zwei mal drei ist, nämlich sächs.
Der Kellner serviert uns einen Espresso und eine heiße Schokolade, ich schaue zum Fenster hinaus und denke ganz fest an Papageno und sein Glockenspiel, an ein Mädchen, das neben mir in sanftem Schlummer befangen war, in einer Opernloge vor vielen Jahren.
Auch an diesem Nachmittag scheint Ursula ganz plötzlich von friedlicher Nachmittagsschläfrigkeit erfaßt, sie knabbert an einem Amarettoplätzchen und zwirbelt ihre Stirnfransen. Ich hingegen werde ebenso plötzlich von einem ungewohnten Mitteilungsbedürfnis gepackt, ich beuge mich über den Tisch und raune Ursula das Allerneueste zu, du wirst es nicht glauben, aber ich habe mich um die Vertretung von Königsstetts Lehrstuhl beworben, was sagst du nun?
Ursula ist mit einem Schlag hellwach, das Amarettoplätzchen landet im Aschenbecher.
Rheingard, das meinst du doch wohl nicht im Ernst. Willst du dich wirklich für die nächsten Jahre in diesem muffigen kleinen Institut vergraben? Entschuldige bitte, aber das ist

nun mal die Wahrheit, es hat keinen Sinn, sich da etwas vorzumachen, bitte glaube mir.
Ich bin so verblüfft, daß ich nicht einmal gekränkt bin.
Wie kommst du denn darauf? Unser Institut gilt als eines der angesehensten in Europa. Ehrlich gesagt, ich rechne mir auch kaum Chancen auf eine Berufung aus, ich wollte es einfach einmal probieren, wenigstens probieren, verstehst du?
Ursula wirkt ein klein wenig besänftigt.
Nun ja, ganz so habe ich es auch nicht gemeint. Natürlich sollst du dich bewerben, Rheingard, nur zu. Ich verstehe dich ja so gut, du brauchst einfach Ablenkung, eine Aufgabe, nicht wahr, dieser Lukas hat nichts mehr von sich hören lassen, du Ärmste.
Nun ist es Ursula, die sich über den Tisch beugt und meinen Arm tätschelt, ich sitze ein wenig düpiert da und werde getröstet. Weswegen bloß?
Doch, doch, sage ich, er hat von sich hören lassen. Er hat bereits zweimal angerufen, einmal aus Lissabon und vor zwei Tagen aus Genf, er will im Oktober kommen und mich unbedingt treffen, nun ja …
Ich verstumme, Ursula sitzt mir gegenüber, sehr aufrecht, auf ihren Wangen haben sich zwei rote Flecken gebildet.
Natürlich kannst du diesen Mann treffen, sagt Ursula mit eisiger Huld, aber vergiß später bitte nicht, daß ich dich gewarnt habe, in deiner Unerfahrenheit bist du doch das perfekte Opfer, ich mag es mir gar nicht ausmalen.
Aber wenn ich nichts riskiere, dann wird auch meine Unerfahrenheit nie ein Ende haben, sage ich trotzig.
Allmählich werde ich der ewigen Schelte überdrüssig. Rheingard, lerne Menschen kennen, es ist noch nicht zu spät, Rheingard, bedenke deine Unerfahrenheit, Rheingard, werde bloß keine alte Jungfer, Rheingard, mach es uns allen recht.

Ursula sieht so säuerlich drein, als ob sie meine Gedanken gelesen hätte, sie drückt die Zigarette ganz knapp neben dem Amarettoplätzchen aus, ein verbrannter Geruch steigt auf. Der Kellner eilt herbei, wir zahlen und verlassen die kleine Bar.

Draußen hat sich eine frühe Dämmerung herabgesenkt, Neonschriften blinken, die Menschen haben die Kragen ihrer Jacken hochgestellt. Ursula atmet tief durch, sie scheint bereit, diesen unerquicklichen Nachmittag zu vergessen.

Weißt du, wen ich neulich getroffen habe, fragt Ursula in betont munterem Ton, du glaubst es einfach nicht, die Alex, du weißt schon, ich habe dir doch von ihr erzählt, sie war immer das Mauerblümchen bei uns am Dolmetschinstitut, was die für eine tolle Karriere gemacht hat, also phänomenal.

Wahrscheinlich führt sie eine Katzenpension, sage ich.

Ursula bleibt ruckartig stehen. Du bist in letzter Zeit ganz schön sarkastisch, sagt Ursula.

Dann verabschieden wir uns, Ursula will noch in die Reinigung, ich schlage die Richtung zur U-Bahn ein. Als Freundin muß mir wohl die Kohlmeise genügen.

Überfahrt nach Norderney

Weißer Schaum perlt den Bug des Schiffes entlang und zerfällt zu schmutziggrauem Wasser. Ich stehe an der Reling und blicke auf die Wellen, die zur Küste tanzen, es ist ein unruhiges Ballett hier zwischen Festland und Insel, der Hafen von Norderney scheint bereits zum Greifen nah. Unser Schiff drosselt die Fahrt und beginnt einen weiten Bogen, Möwen kreischen über den Köpfen, Kinder lachen und werfen Brotreste in die Luft.

Auf dem Kai stehen die Menschen dichtgedrängt, in bunten Jacken und Pullovern, ich spähe angestrengt über die Menge, aber Veronika ist nicht zu erkennen. Zwischen meinen Hosenbeinen habe ich die Reisetasche eingeklemmt, eine große flache Schachtel Pralinen befindet sich darin, von Mama für Veronika, Clemens schickt eine Kassette mit Kölnischwasser und Seife, und ich habe ein Wolltuch mit eingewebten Mohnblumen als Mitbringsel dabei, Babsi hat es in knisternde Goldfolie verpackt.

Ich schirme meine Augen gegen das strahlend helle Licht ab und blinzle zur Kommandobrücke hoch, der Kapitän ist hinter spiegelndem Glas verborgen, ich male mir aus, wie er das wuchtige Steuerrad dreht, aber höchstwahrscheinlich gleicht sein Arbeitsplatz eher einer riesigen Computertastatur, und der Kapitän trägt weder Bart noch Mütze.

Das Schiff beendet seinen Bogen und manövriert zentimetergenau der Anlegestelle entgegen, die Autofahrer eilen zu

ihren Wagen, die ersten Motoren werden gestartet und übertönen das Kreischen der Möwen. Dann wird es sehr geschäftig an Deck, Matrosen lassen borstige Taue durch ihre Hände gleiten und geben Handzeichen zur Kommandobrücke hinauf, ein gewaltiges Tuten ertönt, die Kinder jauchzen vor Vergnügen. Ich werde von der Menge geschoben, ein Matrose hilft mir über den Landesteg, seine Hand ist schwielig, er trägt ein rotes Tuch um den Hals geknotet und sieht aus wie der Nachkomme einer uralten Piratendynastie, ich strahle ihn an, endlich stimmt die Realität mit den Bildern in meinem Kopf überein.
Die Luft ist so frisch und klar, der Wind zerrt an meinen Haaren. Ein Mann legt seinen Arm um eine Frau, umschlungen verlassen die beiden den Pier. Hunde kläffen, eine Frau befestigt ihren Einkaufskorb auf einem alten Fahrrad und schiebt es davon. Und dann steht Veronika vor mir, kein einziges graues Haar lugt aus dem Aschblond, sie lacht übers ganze Gesicht, ihre Haut ist gebräunt und voller Fältchen.
Mein Gott, Nellie, ruft Veronika, du bist ja immer noch am Wachsen.
Wir umarmen uns, ich fühle mich klein und geborgen, dabei geht mir Veronika gerade bis zum Kinn.
Ist die Tasche auch nicht zu schwer, fragt Veronika besorgt, so laß mich dir doch helfen. Sie greift nach den Trageriemen, wir schubsen uns liebevoll, ich bleibe Siegerin und schwenke die Tasche, dann fallen mir Mamas Pralinen ein, sittsam passe ich mich Veronikas Schritt an.
So gehen wir nebeneinander, der Wind bauscht Veronikas adrette Bluse, nur ihrem aufgesteckten Knoten kann er nichts anhaben, zwölf Nadeln stecken darin, mit zwölf Haarnadeln habe ich in meiner Kindheit zählen gelernt.

Abendbrot

Ich habe Frau Hübner die Hand geschüttelt, Veronikas Nachbarin, die von ihrem Beinbruch wieder genesen und gutgelaunt auf einen kurzen Besuch vorbeigehumpelt ist.
Veronika hat die Geschenke ausgepackt, begleitet von heftigen Protesten, ach nein, Kind, was habt ihr bloß wieder Geld ausgegeben, diese teuren Pralinen, Nougat-Mandel, meine Lieblingsmischung, daß sich eure Mutter daran noch erinnern kann ... Und Clemens, na warte, mit dem werde ich wohl ein Hühnchen rupfen müssen, schenkt einer alten Frau Kölnischwasser, das viele Geld hätte er besser für seine Braut und die Flitterwochen angelegt.
Dann hat Veronika ganz vorsichtig das Tuch mit den eingewebten Mohnblumen aus der knisternden Folie gewickelt, rote Blüten auf einem tiefdunkelvioletten Grund. Veronika hat das weiche Mohair an ihre Wange gelegt und die Augen geschlossen, mit einem leisen Seufzen, dann hat sie sich auf die Zehenspitzen gestellt und mich herzhaft geküßt.
Anschließend hat Veronika Tee gekocht, starken Friesentee mit Kandiszucker, dazu haben wir Nougat-Mandel-Pralinen verdrückt, in einer Duftschwade von »4711«, Veronika hat ihr neues Tuch um die Schultern getragen.
Wie geht es eurer Mutter, was macht der Garten, hat sie noch ihre Rosen? Was gibt es Neues am Institut, Nellie, ich habe da etwas läuten hören, womöglich muß man bald Frau Professor zu dir sagen, ich bin ja so stolz, Kind.

Das Kind ist auf seinem Küchenstuhl gesessen, hat artig Tee getrunken und Kandis geknabbert, warm verpackt in einer Wolke von Wohlbehagen und Vertrautheit.
Dann hat Veronika verstohlen zur Uhr an der Wand geblickt. Nellie, fändest du es sehr unhöflich, wenn ich mich für ein Stündchen hinlege? Es ist einfach meine Zeit, weißt du, ich bin am späten Nachmittag jetzt manchmal ein wenig kurzatmig, nichts Schlimmes, beileibe nicht. Frau Doktor Löhr hat mir Tropfen verschrieben, ich brauche bloß zwischendurch ein wenig Ruhe, das ist alles, schau nicht so erschreckt drein, Kind, anschließend kannst du mit mir Bäume fällen.
Ich habe Veronika Polster und Decke geholt, sie hat sich auf die Küchenbank gelegt, sehr klein und schutzbedürftig und gar nicht wie ein Holzfäller hat sie plötzlich ausgesehen, ich habe Veronika zugedeckt und bin ganz leise zur Tür hinaus.
Nun bummle ich schon seit einer Stunde durch die Straßen des Städtchens, an einem sonnigen Nachmittag im Spätsommer, mit dem Geschmack von Salz und Tang auf meiner Zunge. Scheckig gekleidete Touristen in Sandalen sitzen vor den Cafés und Eisdielen, so mancher Kegelklub scheint ein fideles Wochenende gebucht zu haben. Nur an wenigen Plätzen läßt sich noch das Flair der alten Kurstadt erahnen, als Flanieren statt Shoppen das Hauptvergnügen der Gäste ausmachte, die Herren mit Strohhut, die Damen mit Handschuhen einander auf der Promenade zunickten.
Überall werden frische Krabben angeboten, auf Schwarzbrot und mit Rührei, in den kleinen Läden gibt es holzgeschnitzte Leuchttürme für die Kommode daheim zu kaufen. Der Ort Norderney ist rasch umrundet, ich stehe an der Nordküste und halte mein Gesicht in den Wind, dann schlendere ich die Fußgängerzone zurück.
»Mittagstisch« lockt eine kreidebeschriebene Tafel vor ei-

nem Restaurant, darunter hat jemand in eckigen Buchstaben »Abendbrot« geschrieben. Ich denke mir, daß ich solch altmodische Ausdrücke seit vielen Jahren nicht mehr gelesen oder vernommen habe, ein hohles Gefühl macht sich plötzlich in meinem Magen breit, kurz entschlossen steige ich zum Eingangsportal empor.

Ich öffne die Türe mit den gläsernen Scheiben – und würde am liebsten gleich wieder umdrehen. Es ist völlig still in dem Lokal, die wenigen Gäste haben sich mir zugewandt, einen Augenblick lang scheinen wir alle in einer unwirklichen Schwebe befangen, dann dringt das Klappern von Geschirr aus der Küche, wie nach einem Zauberwort wenden sich alle wieder von mir ab und ihren Gedecken zu.

An einem der Fenster ist ein Tisch frei, ich gehe darauf zu, sorgsam bedacht, die klösterliche Ruhe nicht zu stören. Das Fenster wird von einer weißen Raffgardine verhüllt, auf dem Tisch liegt eine altrosa Decke, die Karte ist von der gleichen Hand beschrieben wie die Tafel draußen, ich entscheide mich für eine Tasse Tee und Bauernbrot mit frischen Krabben, »nett garniert«.

Dann blicke ich verstohlen um mich, die Gäste scheinen fast nur aus Frauen zu bestehen, ein einziges Ehepaar sitzt sich schweigend gegenüber. Am Tisch neben mir nimmt eine Frau mit weißen Haaren ihr Abendbrot ein, sie löffelt die Suppe und bricht eine Scheibe Pumpernickel in zierliche Stücke, bestreicht jedes Stück mit einem Hauch Butter, das Messer scheint fast zu schwer für die durchscheinende Hand.

Ein Mädchen serviert mein Krabbenbrot, es ist mit Gurkenscheiben und einem Klacks Mayonnaise verziert, der Tee ist heiß und süß. Ich kaue und schlucke und kann dabei den Blick nicht von den alten Damen lassen, die sich wie zu einer heimlichen Verabredung in diesem Raum eingefunden haben. Sie sind alle so wohlonduliert und fein herausgeputzt, kein Stäubchen verunziert die Manschetten der Blusenärmel, Uhren und goldene Reife schmücken die schmalen Handgelenke.

Ich denke mir, wieviel Mut und Energie es wohl braucht, dem Alter jeden Tag aufs neue zu trotzen. Lippen nachzuziehen, die schmal und faltig geworden sind. Haare zu kämmen, über die niemand mehr streichen wird. Ich denke mir, daß die Tapferkeit alter Damen mich schwindlig macht.

In den Dünen

Der Himmel ist strahlend blau und ungetrübt bis zu jener fernen Kante, an der die Wellen sich kräuseln, ich vermag mir nicht vorzustellen, daß je wieder Wolken über der Insel aufziehen könnten. Ein Fischerboot tuckert aufs Meer hinaus, verfolgt von einem Schwarm dunkelgefiederter Raubmöwen. Ihr Flügelschlag wirkt so leicht und anmutig, aber für andere Möwen ist schon ihr Schatten bedrohlich genug, um die soeben aufgenommene Nahrung wieder hochzuwürgen, die Schmarotzerraubmöwe fängt diese dann im Flug auf, für den Betrachter in der Ferne ein elegantes Manöver wie ein Hochseilakt.

Ich werfe einen besorgten Blick auf Veronika, die an meiner Seite durch den knöcheltiefen Sand stapft, gewiß schon mehr als einen Kilometer sind wir am Strand entlanggewandert, in meinen Waden setzt allmählich ein Ziehen ein. Aber Veronika schaut so frisch und zufrieden drein, der Wind hat ihr Kopftuch in den Nacken geweht, ihre Augenbrauen sind von weißen Sandkörnern verkrustet.

Nicht schlappmachen, Stadtkind, sagt Veronika schweratmend, nur noch ein Stück um die Landzunge da vorne, dann kannst du schon die Dünen sehen, sie verändern sich ständig, wandern hin und her, meinen Lieblingsplatz muß ich jedesmal aufs neue suchen, aber du wirst staunen, gemütlicher kann es auch in einer Hängematte nicht sein.

Ich hoffe nur, daß Veronikas Lieblingsplatz nicht allzu weit gewandert ist, der Korb in meiner linken Hand wird mit jedem Schritt schwerer, eine Thermoskanne mit Kaffee befindet sich darin, dazu zwei Becher und ein Tuch, in dem Rosinenbrötchen eingeschlagen sind, ich wechsle den Korb möglichst unauffällig in die rechte Hand.

Ahh, da ist es ja, ruft Veronika, sie deutet auf einen Sandhügel, der von geknickten grünen Halmen gegen das Inselinnere abgeschirmt wird. Veronika beginnt aufwärts zu stapfen, ich folge ihr, Sand rieselt mir entgegen, mein Keuchen übertönt sogar das Rauschen der Wellen.

Dann sind wir auf der kleinen Erhebung angelangt, wir stehen nebeneinander wie zwei siegreiche Generäle auf dem Feldherrenhügel, vor uns schaukelt und tanzt die Nordsee, hinter uns schmiegt sich eine weißkörnige Mulde in die Dünenlandschaft. Einfach phantastisch, sage ich überwältigt, einfach … aber mir fällt beim besten Willen kein zutreffendes Eigenschaftswort ein, ich kann nur eine Hand voller Sand in die Luft werfen. Veronika schüttelt nachsichtig den Kopf.

Wir streichen die gewürfelte Decke aus, die über Kanne und Rosinenbrötchen gebreitet war, dann setzen wir uns nieder. Veronika füllt die Becher mit Milchkaffee, Sand knirscht auf meinen Lippen beim Trinken.

Ein kecker Vogel hüpft auf leuchtend roten Beinen durch den Tang, den die Wellen an den Strand gespült haben, mit seinem Schnabel dreht er Steinchen um und pickt nach Futter, sein Bauchgefieder schimmert flauschigweiß. Schau, ein Steinwälzer, sage ich zu Veronika, der Steinwälzer gehört nicht zu den Regenpfeifern, sondern zu den Schnepfen. Veronika nickt und wirft ihm einen Krümel von ihrem Rosinenbrötchen zu, aber die Gischt verschluckt den Leckerbissen.

So sitzen wir in der Mulde und trinken Kaffee und schauen

aufs Meer hinaus, ein anderes Picknick an einem anderen Ort fällt mir ein, sturmumtoste Inseln scheinen mein Schicksal zu sein. Ich denke mir, wie wunderbar es sein müßte, einmal mit einem Mann Hand in Hand über den weißen Strand zu laufen, so ungeniert kitschig wie in amerikanischen Vorabendserien, einmal nur, dann ließe sich das Alleinsein wieder viele Jahre klaglos ertragen.
Jetzt erzähl doch endlich einmal ausführlich, sagt Veronika, die Zeit vergeht wie im Flug, und ich weiß noch immer nicht, wie das so gekommen ist mit Clemens und Leonie. Die Hochzeit soll ja schon in sechs Wochen sein, ich muß mir unbedingt noch ein gutes Kleid kaufen, was sagt eigentlich eure Mutter dazu?
Tja, sage ich zögernd, sie freut sich natürlich, glaube ich, du weißt ja, Mama ist da eher zurückhaltend, aber sie freut sich ganz sicher. Clemens war ja immer ihr Liebling.
Die letzten Worte sind mir einfach so herausgerutscht, ich rupfe einen Halm aus und zeichne Kringel in den Sand, der Himmel am Horizont verfärbt sich ganz langsam rosa.
Wie kommst du denn darauf, sagt Veronika neben mir, eher das Gegenteil war der Fall. Ich glaube, wenn eure Mutter je Clemens bevorzugt hat, dann aus schlechtem Gewissen.
Meine tugendhafte Mutter sollte Anlaß zu schlechtem Gewissen gehabt haben? Verblüfft starre ich Veronika an.
Das ist schon alles so lange her, sagt Veronika und zeichnet nun ebenfalls Kringel in den Sand, allerdings mit dem Zeigefinger ihrer rechten Hand.
Wie ich damals zu euch gekommen bin, da war Clemens ja noch nicht einmal geboren, und deine Mutter war eine junge Frau, gerade mal so alt wie du jetzt. Gerne gelacht hat sie, und irgendwie ist sie ein bißchen aus dem Rahmen gefallen, sogar geraucht hat sie damals, euer Vater hat das

ziemlich unpassend gefunden, aber sie hat ihren eigenen Kopf gehabt.

Mama??

Ich schüttle meinen Kopf. Hier kann es sich nur um eine Verwechslung handeln, aber Veronika scheint mich ganz vergessen zu haben.

Wahrscheinlich ist es nicht immer leicht für sie gewesen, mit deinem Vater verheiratet zu sein, na ja, du hast ihn ja gut genug gekannt, er ist immer abweisender und strenger geworden mit den Jahren. Wahrscheinlich hat sie am Anfang gedacht, sie würde ihn schon ändern, das denken viele Frauen, aber keiner gelingt es, ich kenne jedenfalls keine. Ja, und dann hat sie diesen jungen Bühnenbildner kennengelernt, bei irgendeinem Theaterbesuch, das war vielleicht ein Sommer, den vergesse ich nie, dein Vater hat sich in seinem Arbeitszimmer verschanzt, deine Mutter ist durchs Haus gegangen wie eine Fieberkranke. Tja, und dann hat sie festgestellt, daß sie schwanger ist, das Kind war von deinem Vater, das war ganz sicher. Sie hat so viel geweint, daß mir schon angst und bange war. Dann hat sie sich entschieden, sie hat jeden Kontakt zu diesem anderen Mann abgebrochen und ist bei deinem Vater geblieben. Der hat nie ein Wort darüber verloren, ich weiß nicht, ob das nicht die schlimmste Strafe für sie war. Dann ist Clemens geboren worden. Manches Mal habe ich mir gedacht, daß dieses zweite Kind alle ihre Träume zunichte gemacht hat. Scheidung war damals noch nicht so eine einfache Sache wie heute, ihr jungen Leute könnt euch das gar nicht mehr vorstellen, was das für eine Affäre war. Manches Mal denke ich mir, daß sie dich vielleicht wirklich an der Hand genommen und noch einmal neu begonnen hätte, wenn nicht dein Bruder gekommen wäre, wer weiß.

Ich starre auf den Strand und habe das Gefühl, daß alles um mich herum ins Rieseln und Kollern gerät. Auf Sand gebaut, so sagt man doch, sogar unsere Mulde scheint sich in den letzten Minuten verschoben zu haben.
Dabei habe ich mich immer als Fremdling in unserer Familie gefühlt, sage ich nach einer Weile zu Veronika. Alle sind so blond und hell und anders, das hat mir als Kind ganz schön zu schaffen gemacht.
Nellie, du lieber Himmel, sagt Veronika, sie wirkt jetzt ehrlich belustigt. Was für ein Unsinn, du bist deiner Großmutter wie aus dem Gesicht geschnitten, du weißt doch, die Mutter eures Vaters war aus Triest, eine richtige Schönheit soll sie gewesen sein. Die Ärmste ist jung gestorben, wahrscheinlich hat sie sich so hoch im Norden nie wirklich zu Hause gefühlt, vielleicht ist dein Vater ja auch deshalb so geworden, aber das werden wir wohl nie erfahren. Hast du dir denn nie die alten Fotos angesehen?
Ach, diese verstaubten Alben …
Ich schüttle meinen Kopf, als ob Wasser in meine Ohren geraten wäre, Veronikas Sätze purzeln durcheinander.
Ein Fischkutter kehrt in den Hafen heim. Veronika steht auf und klopft sich den Sand aus dem Rock. Ich stelle die Becher und die Thermoskanne in den Korb, Veronika faltet die Decke zusammen. Dann gehen wir wieder über den Strand, über unseren Köpfen färbt sich der Himmel orangegolden.
Bekommt eure Mutter noch Besuch, fragt Veronika, wie geht es Frau Rompelberg?
Bestens, sage ich, wir haben uns erst neulich getroffen, ganz zufällig auf der Straße. Und die Jauerniggs schauen natürlich ab und zu vorbei, er hat seine Praxis im Frühjahr einem jungen Kollegen übergeben, die beiden sind gerade auf Madeira, sie dürften ziemlich reiselustig geworden sein.

Ach ja, die Jauerniggs, sagt Veronika. Das war vielleicht ein Getuschel, damals, wie seine erste Frau gestorben ist, angeblich an der Grippe, er war ja schon mit der heutigen Frau Doktor Jauernigg liiert, aber das sind alte Geschichten, das ist alles längst vergessen und verjährt, Schwamm darüber.
Ich stolpere neben Veronika durch den Sand und denke mir, daß ich mein Leben nach diesem Picknick in der Mulde wohl neu zusammenpuzzlen muß, immer hat mir ein Teil gefehlt, vielleicht wird es ja diesmal ein Ganzes.

Damenrunde

Als Kind bin ich nie gerne mit der Achterbahn gefahren, lieber habe ich mich in eine kleine Dampflok oder auf ein Schaukelpferd aus Sperrholz setzen lassen, aber seit diesem Sommer ist alles anders, ich rase durch Tunnels und werde durch die Luft gewirbelt, mein Leben steht kopf, aber alle Furchtsamkeit scheint von mir gewichen.

Fräulein Gatterburg geht an meiner Seite, wir durchqueren den Innenhof unserer Universität, Studenten eilen zu den Abendvorlesungen.

Ach, verdammt, ich bleibe abrupt stehen. Jetzt habe ich wieder vergessen, die Bücher in die Bibliothek zurückzubringen, bitte erinnern Sie mich morgen daran, Fräulein Gatterburg, die Leihfrist ist längst überschritten.

Aber Frau Doktor, Fräulein Gatterburg wirkt ehrlich entrüstet, Sie werden doch nicht selbst gehen, nein, nein, das erledige ich schon für Sie, selbstverständlich, gleich morgen vormittag. Sie haben mir übrigens immer noch nicht die Antwort auf das Einladungsschreiben des Dekans diktiert. Sie wissen schon, für den Empfang im Festsaal anläßlich des Schopenhauer-Symposiums, die Sekretärin vom Dekan hat sogar schon nachgefragt.

Ich denke mir, daß ich mich daran gewöhnen könnte, an die Höflichkeit und Freundlichkeit, die man mir plötzlich allerorten entgegenbringt. Guten Morgen, Frau Kollegin, guten Abend, Frau Doktor, wie geht's, wie steht's? Es scheint

zwar nicht allzu wahrscheinlich, daß Frau Doktor Rheingard Droste als Vertreterin von Professor Königsstett berufen wird, aber man kann ja nie wissen.
Den Festakt zum Schopenhauer-Symposium sagen wir ab, sage ich streng zu Fräulein Gatterburg. Diesen alten Frauenhasser sollte man bestenfalls ignorieren, hoffentlich wird dieser Aspekt überhaupt kritisch ausgeleuchtet. Ich muß mich unbedingt danach erkundigen, bitte erinnern Sie mich morgen vormittag daran, Fräulein Gatterburg. Die Bücher werde ich übrigens selbst zurückbringen.
Dann verabschieden wir uns. Fräulein Gatterburg muß noch Vanillestangen für eine Cremefüllung kaufen, ich eile zur U-Bahn-Station. Ab und an schaue ich gerne auf einen Schwatz bei Babsi vorbei, aber heute ist dafür keine Zeit, Mama hat ihre Freundinnen zum Tee geladen, und ich habe ihr versprochen, guten Tag zu sagen.
In der U-Bahn ist es stickig und überfüllt, ich erkämpfe mir einen Eckplatz und schlage die Zeitung auf. Königsstett prangt heute erst auf Seite drei, am kommenden Freitag wird er zur Eröffnung der hundertsten Pro-Bio-Filiale am Zilleplatz erwartet. Der Herr Minister will eine Rede zum Thema ökologiebewußtes Konsumieren halten, bei schönem Wetter findet die Veranstaltung im Park vor der Filiale statt.
Dann bin ich endlich zu Hause angelangt, die Vorgärten sind wie ein prachtvolles Gemälde in Rot und Goldbraun getupft, es summt über den Blüten und zwitschert in den Baumkronen, ein Nachbar ölt sein schmiedeeisernes Portal.
Ich schlüpfe durch die Diele und wasche mir die Hände in der Küche, fahre mit dem Kamm durchs Haar und ziehe im Spiegeln einer Fensterscheibe meine Lippen nach. Dann gehe ich ins Wohnzimmer hinüber, Mama sitzt zwischen Lotte

Rompelberg und Frau Kottwitz, Frau Doktor Jauernigg führt gerade zierlich eine Teetasse zum Mund.
Ich blicke über die Damenrunde, es schwirrt in meinem Kopf, die Gesichter sind mir so vertraut und fremd zugleich. Männer, die sich nach oben schlafen, Lotte Rompelberg zwinkert mir zu wie eine Verschwörerin, sie denkt wohl auch gerade an Leo, den Kellner. Frau Doktor Jauernigg lächelt mich gütig an, ich muß an ihre Rivalin denken und die geheimnisvolle Grippe, vergessen und verjährt, ich lächle zurück. Mama und der junge Bühnenbildner, gerne gelacht und sogar geraucht hat sie, Veronikas Worte sind noch in meinem Ohr, ich gehe auf meine Mutter zu und küsse sie auf beide Wangen, meine Mutter errötet ganz zart, dann mache ich einen angedeuteten Knicks vor den Damen.
Da bist du ja, sagt meine Mutter und wendet sich an ihre Freundinnen. Rheingard ist jetzt immer sehr beschäftigt, im Institut und auch sonst, ständig klingelt das Telefon für sie, sogar aus der Schweiz und Amerika kommen die Anrufe, ich weiß oft gar nicht mehr, wo meine Tochter steckt. Und meine Mutter droht mir mit dem Finger, aber sie lächelt dabei.
Auch Frau Kottwitz lächelt mich an, die Damen sind mir offenbar wohlgesonnen, jede Frau braucht eben ein kleines Geheimnis, nicht wahr, Rheingard?
Da hat Frau Kottwitz recht.

Attacke

Dieser Freitag vormittag könnte einfach nicht ungemütlicher sein. In der Nacht hat es geregnet, jetzt weht ein kalter Wind durch die Straßen, Papier trudelt über die Fahrbahn. Aber zum Glück sind Clarissa und ich warm eingehüllt, wir tragen beide Pelzmäntel, nur unsere Nasenspitzen ragen aus den Krägen.

Clarissa ist in einen kurzen, weiten, apfelkernbraunen Nerz gehüllt, einen sogenannten Swinger, wie sie mir erklärt hat, sie trägt ihn gerne zu Theaterbesuchen und festlichen Abendessen. Ich selbst habe mich in einen tiefschwarzen Persianermantel gewickelt, der aus Mamas Garderobe stammt, er riecht ganz leicht nach Mottenschutz, sein Schnitt ist unverkennbar altmodisch, viel zu eng und lang, aber seinen Zweck wird er gewiß erfüllen.

Nur noch zwei Querstraßen bis zum Zilleplatz, um elf Uhr soll die Eröffnung der hundertsten Pro-Bio-Filiale stattfinden, wir beschleunigen unsere Schritte.

Hoffentlich sind nicht allzu viele militante Müsliesser dort, sage ich besorgt zu Clarissa. Womöglich besprühen sie uns mit irgendwelchen Lacken, und Mamas Persianer ist ruiniert.

Das sollen die nur wagen, sagt Clarissa.

Sie sagt es in einem Tonfall, der ahnen läßt, weshalb diese zierliche Person mittlerweile das oberste Drittel der Managementebene in ihrem Chemiemulti erreicht hat, ich werfe Clarissa einen bewundernden Blick zu.

Erst vorgestern abend ist unser Plan entstanden, unter Kichern und Prusten, auf zur Attacke der Pelzmäntel, hat Clarissa ins Telefon gerufen.
Wir sind am Zilleplatz angekommen, erstaunlich viele Menschen haben sich trotz des schlechten Wetters eingefunden. Aber Christoph Königsstett erweist sich eben als Zugpferd in allen Gassen, sein bubenhafter Charme entzückt Wählerinnen und Vertreterinnen der Presse gleichermaßen, vor dem edel gestylten Öko-Bio-Einkaufstempel ist ein kleines Podest aufgebaut, sogar ein Fernsehteam ist da. Wir drängen uns durch die Menge, die Blicke sind nicht allzu freundlich, nur Schlampen tragen Pelze, ein junger Mann spuckt es uns fast ins Gesicht.
Verpiß dich, Clarissas Ausdrucksweise paßt wahrlich nicht zum Nerzswinger, oder glaubst du vielleicht, das Kalb für deine Lederjacke ist zu Tode gestreichelt worden?
Ich ziehe Clarissa weiter, bevor wir in eine unerquickliche Diskussion verwickelt werden, außerdem ist Eile geboten, das Gedränge wird dichter, Fotoapparate klicken, ein Wagen ist vorgefahren.
Und nun ist es soweit, ruft eine Frau auf dem Podest ins Mikrophon. Begrüßen Sie mit mir Minister Königsstett, der sich die Mühe gemacht hat, hier bei unserem kleinen Festakt vorbeizuschauen, trotz seines dichtgedrängten Terminkalenders, aber dieser Mann hat sich der Basis eben noch nicht entfernt. Willkommen, Herr Minister.
Applaus setzt ein, Christoph Königsstett entsteigt dem Wagen, er nähert sich dem Podest und lächelt und winkt, zwei Bodyguards folgen ihm mit gelangweiltem Blick, einer kaut auf einem Zahnstocher herum.
Und los, sagt Clarissa neben mir. Wir durchbrechen die erste Reihe der Schaulustigen, Murren ertönt.

Christoph, ruft Clarissa mit klingender Stimme, Liebster, ich habe mich verspätet.
Sie eilt auf den völlig verdutzten Königsstett zu und fällt ihm um den Hals, ich eile hinterdrein, die Bodyguards wirken ziemlich ratlos. Königsstett steht da wie erstarrt, der grüne Herr Minister flankiert von zwei Frauen in Pelzmänteln, mit beiden verbindet ihn offenbar ein enges persönliches Verhältnis. Kameras klicken, wir drängen uns an ihn und lächeln und strahlen, einen Moment lang sehe ich Christoph Königsstett tief in die Augen, seine Nasenspitze ist ganz weiß.
Dann lassen wir von ihm ab.
Adieu, Christoph, Liebster, flötet Clarissa, wir sehen uns später, ich muß leider fort, du weißt ja.
Wir bahnen uns wieder einen Weg durch die Menge, ich drehe mich um und werfe Christoph Königsstett eine Kußhand zu.
Minuten später halten wir an einer Kreuzung an, die Pelzmäntel lasten schwer auf unseren Schultern, wir müssen beide schon wieder kichern.
Das war wohl ziemlich kindisch, sagt Clarissa, aber es hat einfach Spaß gemacht. Komm, Rheingard, wir gehen einen heben.

Prinz Iliki

Ich stehe neben Clemens und lasse den Blick durch das Kirchenschiff schweifen. Der Blumenschmuck ist wirklich bezaubernd geworden, da muß ich Leonie und all den anderen begeisterten Stimmen einfach beipflichten, grüner Efeu rankt sich um Säulen und Altar, weiße Rosen prangen über dem mattrosa Marmor, es duftet wie an einem Frühlingstag.
Die Trauung ist in vollem Gang, wir befinden uns knapp vor dem Ringwechsel, besser gesagt Clemens und Leonie. Die Braut ist ein rosig-goldener Traum, in schneeweiße Spitze gehüllt, der Bräutigam hätte den großen Gatsby in den Schatten gestellt, ein vorwitziger Haarschopf fällt ihm in die Stirn, seine Augen blitzen, ich mustere meinen kleinen Bruder mit einem stolzen Blick.
Leonie Donata Maria Kollwitz, willst du den hier anwesenden Clemens Wulf-Siegbert Droste zum Mann nehmen, ihn lieben und ehren und ihm die Treue halten, in guten wie in schlechten Tagen … Die Antwort der Braut fällt wenig überraschend aus, Leonie piepst ihr Ja mit mädchenheller Stimme, aber ein energischer Unterton schwingt mit, ich mustere meinen kleinen Bruder schon wieder, diesmal mit leiser Besorgnis.
Clemens Wulf-Siegbert Droste, willst du die hier anwesende Leonie Donata Maria Kollwitz zur Frau nehmen, sie lieben und ehren und ihr die Treue halten … Der Bräutigam

schweigt eine tausendstel Sekunde, dann erklingt ein mannhaftes Ja, der wichtigste Teil der Zeremonie wäre überstanden, jetzt ist es besiegelt und amtlich, Wellen der Erleichterung breiten sich in meinem Rücken aus.
Die Ehe, ein Hort des Vertrauens in dieser stürmischen Zeit … geht respektvoll miteinander um, dann wird euer Bemühen Früchte tragen … Ich lausche der Stimme des Pfarrers, der alte Herr spricht mit soviel Sachkenntnis wie ein weiser Scheidungsanwalt. Orgelmusik setzt ein, Kinderstimmen erklingen, ein diskretes Schneuzen ertönt.
Dann ist die Trauung vorüber, die Braut hat dem Bräutigam einen scheuen Kuß gewährt, nun schreiten sie strahlend durch den Mittelgang, wir Trauzeugen schließen uns an, Johannes, ein Vetter von Leonie, reicht mir seinen Arm.
Die Kirche ist wohlgefüllt, in der ersten Bankreihe haben die Familien Platz genommen, das Ehepaar Kollwitz samt älteren Töchtern und Schwiegersöhnen und Enkelkindern, daneben sitzt Mama mit Veronika an ihrer Seite. Ich habe mich sehr über diese Geste meiner Mutter gefreut, Veronika in die erste Reihe zu bitten, so sitzen sie nebeneinander, zwei Damen wie Porzellanfigürchen, Mama trägt Hut und Handschuhe, Veronika einen neuen, leuchtendblauen Mantel über ihrem besten Kleid.
Draußen auf dem Kirchenplatz scheint sogar wieder die Sonne, nachdem am Morgen ein heftiges Gewitter über die Stadt gezogen ist. Die Glocken läuten, Passanten bestaunen das Spektakel, Leonies Freundinnen warten auf den Stufen, Reiskörner prasseln auf das Brautpaar nieder.
Wir stehen in lockeren Grüppchen zusammen, Leonies älteste Schwester mustert mich mit einem undurchdringlichen Blick und wendet sich ab. Ich zupfe ein klein wenig verunsichert an meinem Rocksaum, vielleicht ist das mint-

grüne Kostüm ja wirklich zu kurz geraten, aber Babsi war ganz begeistert von dem Kontrast der Seide zu meiner gebräunten Haut. Dazu trage ich eine dicke Goldkette aus Mamas Schmuckschatulle um den Hals geschlungen, mein Haar bauscht sich im Wind, ich erhasche einen Blick in die Scheiben eines vorüberfahrenden Autos, die Spiegelung schaut ziemlich dramatisch aus.
Lotte Rompelberg steht plötzlich an meiner Seite, sie kontrolliert mein Erscheinungsbild von Kopf bis Fuß.
Also wirklich, Rheingard, weißt du denn nicht, daß es ausgesprochen unhöflich ist, die Braut an ihrem Ehrentag so in den Schatten zu stellen?
Aber Tante Rompi wirkt nicht wirklich empört, wir hüsteln beide ein wenig, dann müssen wir Aufstellung nehmen für das große Gruppenfoto auf dem Kirchenplatz, das Brautpaar flankiert von seinen Trauzeugen, der Herr Pfarrer und die glücklichen Familien, die Freunde und Geschäftspartner. Frau Doktor Jauernigg verscheucht ein paar Tauben, die mit aufs Foto wollen.
Dann ist der offizielle Teil vorüber, das Hochzeitsbankett wartet, Leonies Eltern haben auf Büttenpapier ins nahe Restaurant im Schloßhof gebeten. Zum Glück ist es nur ein kurzer Spaziergang, die Sonne ist wieder von dunklen Wolken abgelöst worden, Mama hat sich bei mir untergehakt, Clemens folgt uns zwischen Leonie und Veronika.
Übrigens, Rheingard, sagt Mama, das blaue Service sollst einmal du bekommen, nur damit es kein Mißverständnis gibt.
Aber wie kommst du denn darauf, antworte ich verblüfft. Daran habe ich noch nie gedacht, ehrlich, Mama.
Manche Dinge sollte man auch aussprechen, sagt meine Mutter. So, jetzt weißt du es.

Dann ist endlich das Restaurant erreicht, die Wärme im Saal tut allen wohl, dankbar greifen wir nach den Sherrygläsern. Die Tafel ist ein Traum in Weiß und Silber und Rosafarben, das Personal steht erwartungsvoll hinter den Stühlen aufgereiht, ein Trio sorgt für dezente klassische Musik aus dem Hintergrund.
Dieser Tag muß Leonies Vater ein Vermögen kosten, ich muß plötzlich an Papa denken, wie er seine Tochter zum Altar geführt hätte, dann erst dämmert es mir, diese Braut wäre ja ich gewesen, ich muß völlig unvermutet lachen und verschlucke mich am Sherry, Leonies älteste Schwester mustert mich indigniert.
Der Nachmittag zieht an mir vorüber, aufmerksame junge Kellner tragen Platten auf und tragen Platten ab, rundum wird gelöffelt und aufgespießt und getrunken, Leonies Vater und der alte Doktor Jauernigg halten ihre Reden, höflich belächelt und beklatscht, Vetter Johannes bringt einen Toast auf das Brautpaar aus, wir erheben uns und lassen die Gläser aneinanderklingen. Ich drehe eine Runde durch den Saal, begrüße artig die neuen Verwandten und beantworte alle Fragen, dann bin ich bei Mama angelangt, die Stimmen rundum erscheinen mir plötzlich so laut und grell, meine Mutter sitzt wie eine ruhige Insel in dem Getöse.
Ist alles in Ordnung, bist du auch nicht müde, Mama?
Aber meine Mutter schüttelt den Kopf, gar nicht, es geht mir bestens, hübsch siehst du aus, Rheingard, amüsier dich gut.
Ich gehe durch den schmalen Gang, der an den Festsaal anschließt und betrete die Damentoilette, der Vorraum ist mit Teppich ausgelegt und mit zwei zierlichen Stühlen möbliert, der nächste Raum ist weiß gekachelt, die linke Wand wird gänzlich von einem Spiegel bedeckt, Leonies älteste Schwe-

ster steht davor und stäubt mit einer Quaste schneeflockenweißen Puder über ihr Gesicht. Ich lächle ihr zu und stelle mich neben sie, dann hole ich einen Stift in goldener Hülle aus meiner Tasche und ziehe meine Lippen nach, das Klikken des Metalls hallt zwischen den Kacheln.

Ist es eigentlich sehr traurig für dich, daß du jetzt die einzige von uns allen bist, die nie geheiratet hat, fragt Leonies älteste Schwester, unsere Blicke treffen sich im Spiegel, ihre Augen sind so blaßblau wie Gletschereis.

Aber ich bin ja verheiratet, sage ich, weißt du denn das nicht? Seit zwei Jahren schon, ich war damals auf Tonga, um den überaus seltenen Albinogimpel zu suchen, da ist mir der Sohn des Häuptlings begegnet, es war Liebe auf den ersten Blick, die Hochzeit war ein rauschendes Fest unter Palmen. Leider macht jetzt das Außenamt Schwierigkeiten, angeblich ist die Trauung nicht rechtsgültig, aber du wirst ihn schon noch kennenlernen, es ist Prinz Iliki der Dritte, er wird dir gefallen.

Ich stecke den Stift in der goldenen Hülle wieder in meine Tasche und zupfe ein Härchen über meiner Stirn zurecht, dann blicke ich besorgt zu Leonies ältester Schwester hin, die Ärmste hat offenbar das Atmen vergessen, aber zum Glück betritt ja nun Leonies zweitälteste Schwester ebenfalls die Damentoilette, ich nicke ihr freundlich zu und verlasse den Raum, die Schwestern haben sich gewiß viel zu erzählen.

Ich möchte gerade zu meinem Platz zurückgehen, da wenden sich alle Gesichter dem Eingang zu, eine kleine Unruhe ist dort entstanden, ein ungeladener Gast redet auf den Oberkellner ein, der blickt hilfesuchend in den Saal. Ich mache einen weiteren Schritt und erstarre, das Gesicht des Mannes am Eingang ist mir hundertfach vertraut, es verschwimmt mir täglich beim Einschlafen und begrüßt mich beim Aufwachen, der Mann vom Mond steht wenige Meter von mir entfernt und winkt und lacht, er schneidet eine bedauernde Grimasse und deutet eine kleine Verbeugung an, alle Blicke ruhen auf ihm.

Ich gehe zum Eingang und nicke dem Oberkellner beruhigend zu, der entschwindet sichtlich erleichtert, Lukas strahlt mich ein wenig verlegen an.

Rheingard, ich weiß, ich bin unmöglich, einfach hier so hereinzuplatzen. Aber ich bin nun doch schon zwei Tage früher angekommen, als geplant, ich bin vom Flughafen nur kurz ins Hotel und dann gleich zu deiner Adresse, ein Nachbar hat mir von dem Fest erzählt, da habe ich mir gedacht … Lukas hält inne und schaut so treuherzig drein, wie nur Männer und junge Hunde es fertigbringen … bist du mir sehr böse?

Ich schüttle den Kopf. Lukas beugt sich vor und küßt ganz sacht meine rechte Wange, dann greife ich nach seiner Hand und ziehe ihn in den Saal. Wir gehen von Tisch zu Tisch, durch ein Spalier von Blicken, darf ich vorstellen, sehr erfreut, ich denke mir, daß gute Manieren manchmal wie ein Korsett sein können, das dich aufrechthält, wenn alles ins Rutschen gerät.

Dann sind wir bei meiner Mutter angelangt.

Mama, ich möchte dir … aber Floskeln scheinen hier fehl am Platz zu sein.

Ich kenne Ihre Stimme ja schon von Ihren Anrufen, sagt meine Mutter.

Lukas beugt sich über ihre Hand, vielleicht verbindet uns ja nicht nur die Liebe zu einsamen Inseln, sondern auch die Kinderstube, sein Jackett ist zerknittert, aber seine Schuhe glänzen.

Wollen Sie am Sonntag unser Gast sein, fragt Mama.
Sehr gerne, antwortet der Mann vom Mond.
Ich denke mir, daß ein Ausdruck auf dem Gesicht meiner Mutter ist, wie ich ihn noch nie gesehen habe. Es könnte beinahe Neugier sein.

Einsamer Strandläufer

Wir gehen durch die Kastanienallee, ganz vorne an der Kreuzung braust der Abendverkehr, die Scheinwerfer der Autos leuchten wie Glühwürmchen durch die Dämmerung. Wer ein Glühwürmchen sieht, der darf sich etwas wünschen …

Ich grüble, wer diesen Satz bloß gesagt hat.

Veronika, nein, Ursula gewiß nicht, es ist aber auch nicht weiter wichtig. Lukas schlendert neben mir, er schubst einen Stein zur Seite und lächelt mich an und greift nach meinem Arm.

Bist du müde?

Ich schüttle den Kopf, irgendwann bei unseren Telefonaten sind wir zum Du-Wort übergegangen, es scheint mir durchaus angemessen, dieser Mann hat mir die heißen Quellen von Furnas gezeigt, seither …

Du wirst lachen, woran ich gerade denken muß, sagt Lukas. An die heißen Quellen von Furnas, weißt du noch? Das Picknick mit Lucie und Antonio und deiner Freundin, wie hieß sie gleich, ach ja, Ursula, und dann war da doch ihr unfreundlicher Begleiter, dieser Othmar. Wir haben ihn ja damals nach Ponta Delgada mitgenommen, das war vielleicht eine Fahrt, obwohl, er ist immer umgänglicher geworden, je näher wir zum Flughafen gekommen sind, irgendwie war er vielleicht sogar ein netter Kerl. Hast du noch Kontakt zu den beiden?

Zu Ursula schon, sage ich, sie ist gerade bei einem Kongreß in Dublin, soviel ich weiß. Von Othmar hat sie sich getrennt, er hatte ja Familie, aber ich glaube, es gibt da schon wieder jemand neuen. Ursula ist nie lange allein.

Wir gehen über die Kreuzung und tauchen wieder in eine dunkle Straße ein, Ziel haben wir keines verabredet, aber wir scheinen einen unsichtbaren Kurs zu halten, wie Vögel, die zur Küste ziehen.

Es gibt da etwas, was ich dir eigentlich noch berichten wollte, sagt Lukas. Ich weiß gar nicht, ob es richtig ist, dir davon zu erzählen, ganz besonders an einem so schönen Abend, aber ich denke, du solltest es wissen.

Ich spüre, wie mein Herz zu klopfen beginnt, ich würde gerne nach Lukas tasten und ihn vom Reden abbringen, aber meine Hände sind ganz kalt.

Es war nämlich noch einiges los nach eurem Abflug, sagt Lukas, soviel Aufregung gibt es selten auf der Insel. Du wirst es nicht glauben, aber sie haben eine Leiche in einem der heißen Strudel gefunden, ganz nahe an der Stelle, wo wir den Cozido gegessen haben, ziemlich makaber, ich weiß. Es war die Leiche eines Mannes, angeblich hat er seit geraumer Zeit sein Unwesen rund um die Hotels getrieben, er soll schon ziemlich … nun ja, entstellt gewesen sein, wie man ihn gefunden hat. Die Polizei nimmt an, daß er wieder eine Frau verfolgt hat und dabei abgerutscht ist, jedenfalls hat ihm niemand allzusehr nachgetrauert. Du bist doch jetzt hoffentlich nicht schockiert, Rheingard?

Ich bin stehengeblieben, zum Glück ist die nächste Laterne noch ein Dutzend Schritte weit weg, mein Gesicht muß völlig blaß sein unter der Bräune.

Nein, nein, es geht schon, die Geschichte klingt nur ganz schön schauerlich, es geht schon wieder.

Ich setze entschlossen einen Fuß vor den anderen. Lukas hat nach meinem Arm gegriffen, er wirkt ein wenig schuldbewußt, so gehen wir durch die Dunkelheit.
Es rauscht in meinen Ohren, ist jetzt vielleicht der Moment gekommen, endlich jemandem mein gräßliches Erlebnis anzuvertrauen? Ich war es, die den Mann ins kochende Wasser gestoßen hat, da staunst du, Lukas. Aber würde man mir auch Glauben schenken?
Licht fällt auf unsere Gesichter, dann ist es wieder dunkel. Ich sehe plötzlich eine Runde alter Damen vor mir. Jede Frau braucht ein kleines Geheimnis, sagt eine von ihnen, die alten Damen lächeln mir zu.
Ist auch wirklich alles in Ordnung, fragt Lukas.
Er klingt ehrlich besorgt, ich nicke heftig.
Komm, laß uns von etwas anderem, Erfreulicherem reden, sagt Lukas. Ich habe dir ja erzählt, daß ich in Kalifornien war, genauer in San Diego. Man hat mir dort bei der NASA einen Forschungsauftrag angeboten, zunächst mal für ein Jahr, es geht um die Erkundung des Vulkanismus der Jupitermonde, populär ausgedrückt, ich habe mich noch nicht entschieden.
Ein Auto fährt vorbei, seine Scheinwerfer verglühen in der Dunkelheit. Ich denke mir, daß ich vorhin vielleicht doch die Chance hätte nützen sollen, nun ist mein sehnlichster Wunsch nur für eine kurze Zeitspanne in Erfüllung gegangen. San Diego ist weit, ein Anruf ab und an, Rheingard, sei nicht unbescheiden.
Ich habe dort übrigens mit einem Zoologen gesprochen, sagt Lukas, seine Stimme ist jetzt ganz leise, er klingt ein wenig unsicher.
Der hat mir versichert, daß die Vogelwelt am Pazifik einfach phantastisch ist, die Strände sind jedenfalls ein Traum, und

Ornithologen werden an den diversen Uni-Instituten immer gebraucht, tja, ich meine nur, man könnte …
Oh ja, sage ich eifrig, die Vogelwelt Nordamerikas ist zwar nicht mein Spezialgebiet, aber ich habe schon sehr interessante Vorlesungen darüber gehört. Der Weißbürzel-Strandläufer zum Beispiel ist etwas kleiner als der Alpenstrandläufer, während sich der Einsame Wasserläufer von unserem Waldwasserläufer durch die dunkle Färbung von Bürzel und Oberschwanzdecken unterscheidet …
Wir halten inne, Lukas ist stehengeblieben.
Ich denke mir, daß ich ein hoffnungsloser Fall bin, eine alte Jungfer, die neben dem Mann ihrer Träume von Bürzelfärbungen schwadroniert. Es zuckt in meinen Mundwinkeln, ich würde mich gerne abwenden, aber die Hände des Mannes sind plötzlich auf meinen Schultern.
Rheingard, mein einsamer Strandläufer, sagt Lukas, seine Stimme ist ganz heiser, sein Atem ist ganz nah. Dann küssen wir uns, ein Auto fährt vorüber, aber ich habe keinen Wunsch mehr frei.

Noah
Meißen, Frühjahr 1733

Feuer und Rauch, so schien es ihm, machten seine ersten Erinnerungen aus.

Er war ein Junge gewesen, als er dicht neben dem König stand, in einem Gewölbe, in dem das Feuer loderte wie in der Hölle. Ein Junge mit Brandblasen an den Füßen und versengtem Haar am Kopf, die Männer um ihn hatten allesamt ausgesehen wie die Köhler, mit schwarzverrußten Gesichtern. Man hatte ihnen untersagt, einen Abzug zu mauern, um die fürstlichen Gemächer nicht mit Qualm zu behelligen.

Nun war der König gekommen, um das große Feuer zu besichtigen. August der Starke, König von Polen und Kurfürst von Sachsen, ein stattlicher Mann mit weißgepuderter Lokkenperücke, mit schmalen Augen über feisten Wangen, die Frauen, so hieß es, mußten sich vor ihm in acht nehmen. Seine Residenzen prangten vor Gold, seine Bastarde waren ohne Zahl, sogar eine Türkin hatte ihm einen Sohn geboren.

Sein Begleiter, der Fürst zu Fürstenberg, hatte auf dem Absatz umkehren wollen, aber Johann Friedrich Böttger, der die Experimente seit Monaten vorangetrieben hatte, nötigte die hohen Herrschaften zum Bleiben. Noah wurde befohlen, die Ofentüre zu öffnen, die weiße Glut kühlte nur langsam ab, endlich wurde man der Kapsel ansichtig, die sich im Ofen befand. Der Patron Böttger griff mit einer eisernen Zange nach dem Brenngut und warf es in ein Faß mit Wasser, das stets neben den Öfen bereitstand, es gab einen großen Knall.

»Nun ist das Stück zersprungen«, hatte der König enttäuscht gesagt, aber die Männer mit den verrußten Gesichtern wußten es besser. Böttger rollte den Ärmel seines Hemdes hoch und griff ins Wasser, eine völlig unversehrte Teekanne kam zum Vorschein, der König war voller Entzücken.
Nun war es also doch nicht Gold geworden, was die Männer auf der Dresdner Jungfernbastei zustande gebracht hatten, aber dafür Porzellan, braunes Porzellan immerhin, zwei Jahre später war Noah dabeigewesen, als Johann Friedrich Böttger die Herstellung von weißem Porzellan gelang. Bis dahin hatte es nur Porzellan aus China gegeben, es war so teuer, daß die Vorräte der europäischen Fürsten an Gold und Silber knapp wurden. August der Starke hatte sogar Soldaten verkauft, um Stücke für seine berühmte Sammlung erwerben zu können.
Aber er konnte auch ein leutseliger Herrscher sein an manchen Tagen. Noah und die anderen wurden auf sein Geheiß neu eingekleidet, sie bekamen Hosen und Hemden aus Tuch, noch nie, so dünkte es Noah, hatte ihn solch unerhörte Frische und Reinlichkeit umgeben. Aber er vergaß nicht einen Augenblick, daß sie alle Gefangene waren, festgesetzt in den Gewölben des Königs, die Fenster bis zur halben Höhe zugemauert, auf daß das Geheimnis Dresden nie verlassen würde.
Im Januar des Jahres 1710 gab August der Starke die Gründung der Manufaktur zu Meißen bekannt, in deutscher, lateinischer, französischer und holländischer Sprache, der Name Böttgers kam in dem Dokument nicht vor.
Die Arbeitsstätten befanden sich nun auf der Albrechtsburg, zwei Taler betrug der Wochenlohn. Aber es gab immer wieder Säumigkeiten, als die Lohnschuld gar einmal auf zwei Monate Rückstand angewachsen war, hatten sich der beherzte Paul Wildenstein und andere nach Dresden aufgemacht und dem König den Weg zum Reitplatz versperrt. Dieses unbot-

mäßige Betragen hätte wohl schlimme Folgen haben können, jedoch der König zeigte sich gnädig gestimmt, der ausständige Lohn wurde ohne alle weiteren Verzögerungen ausbezahlt.
Noah bewunderte die Kühnheit solcher Unternehmungen, aber er hielt sich von ihnen fern. In seinen seltenen freien Stunden streifte er am Ufer der Elbe entlang, die Männer der Manufaktur durften sich nun frei bewegen. Das Arkanum, »die geheymen Scripturen«, die Rezepte und Ergebnisse langjährigen Experimentierens waren in einem Wandschränkchen auf der Burg eingeschlossen.
Kaffee-, Tee- und Schokoladenservice verließen die Albrechtsburg, Salzfässer und Bierkrüge, Tafelaufsätze und Kruzifixe aus dem wundersamen neuen Material. Bunte Dekore waren gefragt, im August des Jahres 1717 konnte der Kammerrat Nehmitz dem König ein Schälchen mit blauer Unterglasurmalerei überbringen. Die Schmelzfarben Bordeauxrot, Neapelgelb und Erbsengrün kamen hinzu, aus schlichten Ranken und Bordüren wurden ganze Geschichten, die nun die bauchigen Kannen und Vasen zierten.
Noah hatte sich als geschickt und anstellig erwiesen, vom Farbenreiber war er zum Gesellen aufgestiegen, sein Platz war jetzt in der Malstube. Die Arbeit begann morgens um sechs und endete abends um acht, aber im Winter gab es sogar Brennholz und Kerzen, wer den Pinsel führte, der durfte keine Frostbeulen an den Händen haben.
Noah ging nun auch in den Ort, aber er fand keine Freunde bei seinen Runden durch die Gassen und über die Plätze von Meißen, die Handwerker und Kaufleute des Ortes verfolgten die Lohnarbeiter aus der Manufaktur mit scheelen Blicken. Nur eine sah ihm direkt ins Gesicht, wenn sie ihm Brot und Bier brachte, sie war eine Soldatenwitwe aus Jena, zwei Kinder mußte sie allein durchbringen. Noch immer lag ein Schat-

ten früherer Schönheit über ihren Zügen, mit hochgerecktem Kinn ging sie durch das Grölen der Männer in der Wirtstube, Noah schien es, daß sie so fremd war wie er.

Am 27. Februar 1723 wurde die Vermählung des Blaumalergesellen Noah Bader mit der Witwe Auguste Rahel Petzold in das Traubuch eingetragen. Noah hatte nun Familie, zu den zwei fremden Kindern kamen zwei eigene, von Liebe war nie die Rede zwischen ihm und seiner Frau, Liebe war für die hohen Herrschaften.

In der Manufaktur war Johann Gregorius Höroldt dem früh verstorbenen Böttger gefolgt. Höroldt hatte als Kunstmaler in Wien seine Fähigkeiten verfeinert, er trat höflich und bescheiden auf, seine chinesischen Motive entzückten den König. Aber er duldete auch keine Konkurrenz, die Lehrlinge und Gesellen wurden einem strengen Drill unterworfen. Seit dem Jahr 1722 war es üblich, die Kännchen und Zuckerdosen der Service mit einem Teil des kursächsischen Wappens zu versehen, den gekreuzten Schwertern. Dies war fortan Aufgabe der jüngsten Lehrlinge, Noahs Stiefsohn saß ganz unten am Tisch und führte den Pinsel, wobei er seine Zungenspitze gegen die Oberlippe drückte. Es gab Momente, da wurde Noah von einem Gefühl wie Zuneigung und Stolz ergriffen, wenn er das Kind betrachtete.

Noah und sein Freund Anselm gehörten nun zur Gruppe der Maler, die »Feine Figuren und Landschafften« tupften, die anspruchvollsten Motive der Manufaktur zu Meißen. Er war ein rechtschaffener, verheirateter Mann, im Winter gab es sogar Schuhe für die Kinder. Er hatte es gelernt, sich zu ducken, wenn der Schwager Höroldts durch die Malstuben ging, ein Bursche von gerade zwanzig Jahren, der zum Aufseher bestimmt worden war und alle mit seinen Launen schikanierte. Dann galt es das Tuch zu verstecken, in das Noah nun immer öfter husten mußte, unter den besorgten Blicken seines Freundes Anselm. Am Abend warf er das Tuch in einen Bottich mit kaltem Wasser, den seine Frau stillschweigend bereitgestellt hatte, am nächsten Morgen waren alle Spuren von Blut fortgespült.

Dann war die Frau des Herrn Oberkämmerers Löwenfinck durch den Burghof gegangen. Der Herr Oberkämmerer Löwenfinck hatte ein großes Tafelservice in Auftrag gegeben, eine Gabe zum ersten Jahrestag der Vermählung, so munkelte man. Landschaften mit Meeresgetier, mit Muscheln und Schilf sollten die Teller und Tassen schmücken, die junge Frau Löwenfinck hatte sehr bestimmt ihre Wünsche geäußert.

In wochenlanger Arbeit wurden Entwürfe gezeichnet und wieder verworfen, schließlich stand das Hauptmotiv fest, eine Uferlandschaft von Schilf gesäumt, ein Wasserlauf mit Krebsen und Fischen und Schwänen, eine Nixe im Schilf verborgen. Diese Miniatur war für die Teller und die große Platte, den Tortenaufsatz und die Kaffeekanne vorgesehen.

Die Arbeit ging Noah leicht von der Hand, seine Fische schienen im Wasser zu tanzen, das Schilf bog sich wie im Wind. Dreimal in diesem Winter kam die junge Frau Löwenfinck auf die Burg, um den Fortgang der Arbeiten zu besichtigen, selbstverständlich nicht in der Malstube, sondern in einem besonderen Zimmer, das man für solche Zwecke repräsentabel hergerichtet hatte. Noahs Blick folgte ihren Schritten, wenn sie über den Burghof ging, zum erstenmal in seinem Leben hatte er das Gefühl, betrogen worden zu sein, er wußte selbst nicht, worum.

Die Arbeit an dem Service ging zu Ende, die ersten Teile waren bereits in Kisten verpackt. Eine junge Frau stieg anmutig in ihre Kutsche ein, Räder drehten sich über dem Kies, dann war es wieder still im Hof.

Noah saß am Fenster und setzte aus winzigkleinsten Punkten das Gesicht einer Frau zusammen, die Frau war hinter Schilf verborgen. Er hatte sich nie die Freiheiten eines persönlichen Malstils zugestanden, gerade die Präzision, mit der er die Entwürfe umsetzte, hatte ihn zu einem der beliebtesten Handwerker der Manufaktur gemacht.

Noahs Pinsel schien über der Glasur zu schweben, wie eine Ahnung begann sich das Antlitz der Nixe im Wasser zu spiegeln. Noah blickte auf die vertrauten Züge, alle Bitterkeit war von ihm gewichen. Ihm schien, daß er um die Liebe wußte.